검황도제

임무성신무협 장편소설
ORIENTAL FANTASYSTORY & ADVENTURE

7

dream books
드림북스

검황도제(劍皇刀帝) 7

초판 1쇄 인쇄 / 2012년 2월 29일
초판 1쇄 발행 / 2012년 3월 9일

지은이 / 임무성

발행인 / 오영배
편집팀장 / 신동철
책임편집 / 윤상현
편집디자인 / 신경선
펴낸 곳 / (주)삼양출판사 · 드림북스

주소 / 서울특별시 강북구 송천동 322-10호
대표 전화 / 02-980-2112 팩스 / 02-903-0660
편집부 전화 / 02-980-2116 팩스 / 02-983-8201
블로그 / blog.naver.com/dreambookss

등록번호 / 제9-00046호
등록일자 / 1999년 3월 11일

© 임무성, 2012

값 8,000원

(주)삼양출판사 · 드림북스의 서면 허락 없이는 어떠한
형태나 수단으로도 이 책의 내용을 이용하지 못합니다.

ISBN 978-89-542-4743-6 (04810) / 978-89-542-4437-4 (세트)

* 지은이와 협의하에 인지는 생략합니다.
* 잘못된 책은 구입한 곳에서 바꾸어 드립니다.

검황도제

임무성 신무협 장편소설
ORIENTAL FANTASYSTORY & ADVENTURE

7

dream books
드림북스

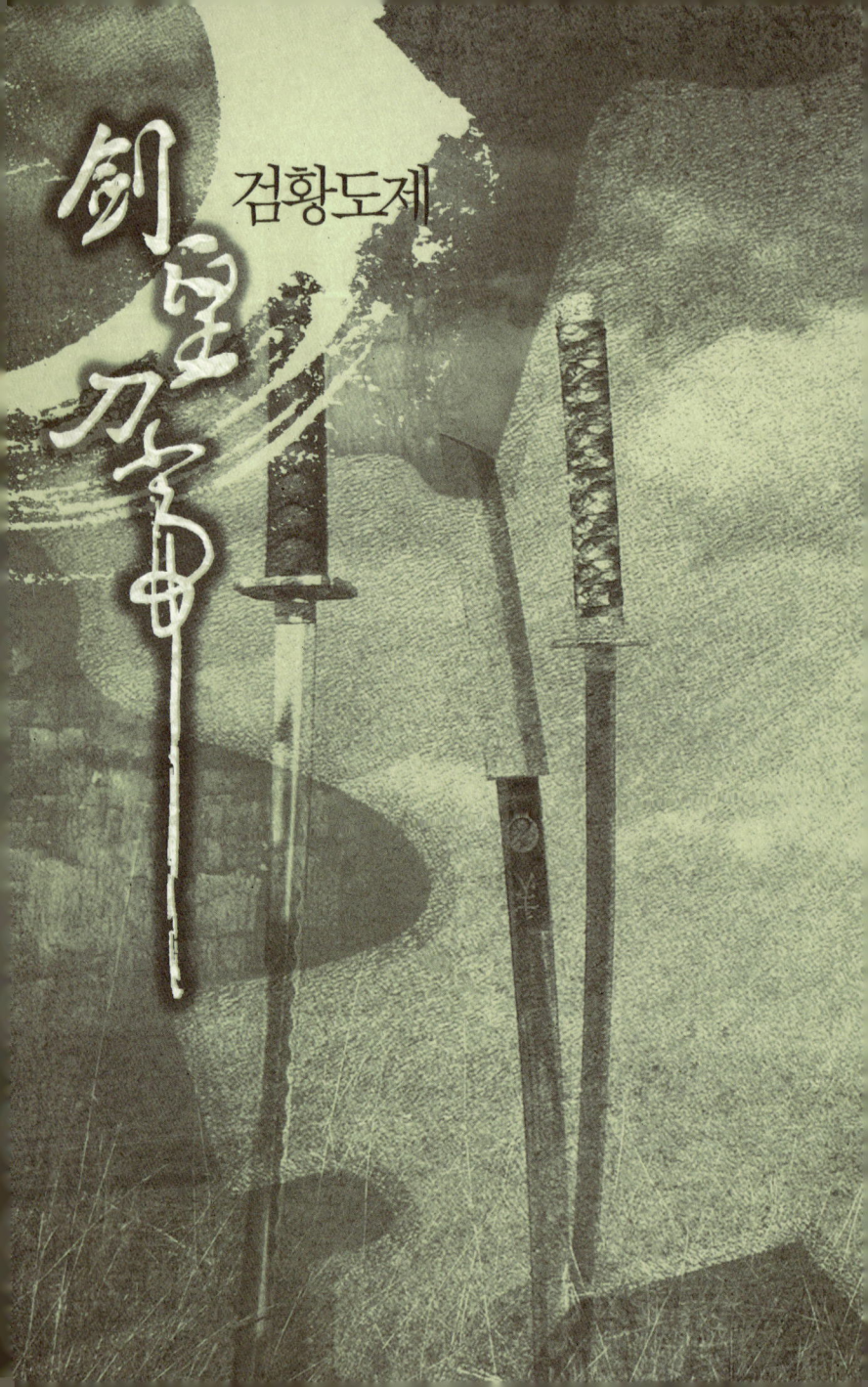

목차

제1장 태산의 집행자 | 007
제2장 합비로 | 047
제3장 생환과 재회 | 075
제4장 은밀한 역습 | 103
제5장 오교주 상백혼 | 133
제6장 살인의 계절 | 167
제7장 대마령의 선택 | 195
제8장 복수 | 227
제9장 진정한 의인 | 255
제10장 증지산, 오랜 칩거를 깨다 | 283

제1장
태산의 집행자

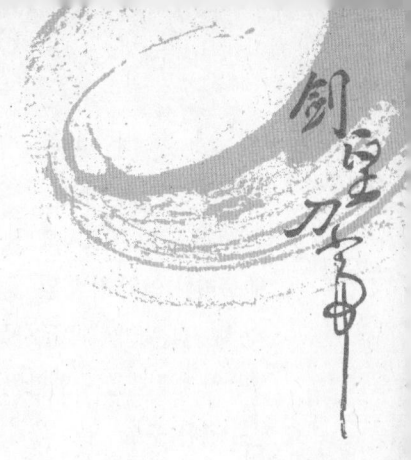

 눈물에 가려 눈앞이 뿌옇게 흐려진 매초향. 사지에 홀로 남겨두고 온 사형이 적들의 손아래 갈가리 찢겨 죽는 장면이 떠올랐다. 천명회를 조직하고 몸담은 이후로 살고 죽는 것에 대해 연연해 본 적이 없었다. 그렇지만 막상 혈육이나 다름없는 사형제들이 하나둘 그녀 곁을 떠나는 순간에 직면하고 보니 생살이 도려지고 찢어지는 듯 아팠다.

 사형의 목숨 값으로 얻은 마지막 기회였다. 사형의 희생을 헛되게 하지 않으려면 자신이 반드시 살아서 임무를 완수해야 했다.

 '조금만, 조금만 더 가면 된다.'

땅을 박차고 나는 듯 앞으로 전진해가던, 결단코 멈추지 않을 것 같던 매초향의 신형이 거짓말처럼 멈춰 섰다. 새카맣게 둘러싼 인의 장벽 앞에 맞닥뜨렸기 때문이었다. 수백, 수천을 헤아리는 마전의 무사들이 저마다 병기를 꺼내 들고 살기등등하게 일대를 수색하고 있었다.

우거진 수풀 속에 은밀하게 몸을 숨긴 매초향은 잠시 숨을 고르며 염두를 굴렸다. 위험을 감수하고서라도 정면 돌파를 택할 것인지, 아니면 시간이 다소 지체되더라도 안전하게 우회할 것인지를 두고 갈등했다. 정면 돌파를 하자면 못 할 것도 없었다. 수가 많아 거추장스러울 뿐이지 마전에 속해 있는 마졸들을 두려워할 매초향이 아니다. 더욱이 지금 매초향은 마교도라면 눈에 보이는 족족 참살해버리고 싶을 만큼 살심이 극도로 들끓어 올라 있는 상태였다.

'문제는 이놈들이 아니다. 구마존 중 몇 명이 내 뒤를 쫓고 있는지 알 수 없다. 그들과 싸우는 건…… 될 수 있는 한 피하는 편이 좋다. 여기서 내 위치가 발각되면 뒤쫓고 있는 놈들에게 꼬리가 잡힌다. 시간이 좀 더 걸리더라도 안전한 길을 택하자.'

매초향은 결정이 내려지자 신속하게 움직였다. 진행하던 방향이 아니라 반대쪽 능선으로 돌아서 멀리 우회하는 길을 택한 것이다. 아직은 포위망 안에 갇힌 게 아니라 주의만 기울인다면 별 위험 없이 목적지까지 당도할 수 있으리란 판단이었다.

 매초향은 맥이 풀려 제자리에 주저앉고 싶은 심정이었다. 천신만고 끝에 목적지에 당도했는데 막상 와보니 기다리고 있을 줄 알았던 대사형은 보이지도 않고 반갑지 않은 불청객들이 기다리고 있는 것이 아닌가.
 "여기서 기다리면 만나게 될 거라 해서 반신반의했는데 정말로 이리로 올 줄이야."
 볶은 콩을 한 줌 움켜쥐고 장난치듯 한 알씩 입안으로 던져 넣고 있는 사람은 구릿빛 피부에 눈빛이 음험해 보였다. 태산 정상으로 가기 위한 마지막 관문인 남천문 앞에 떡 하니 앉아 있는 이 사람은 구마존 중 하나였다. 냉혈한이라는 소문만이 세상에 퍼져 있을 뿐 그 외에는 그다지 알려진 게 없는 인물이었다. 마교 내부 소식에 정통한 사람이라면 구마존 중 가장 대면하기 껄끄러운 인물 중 하나로 곡상헌(曲常憲)을 꼽길 주저하지 않는다. 뇌정마존(雷霆魔尊) 곡상헌(曲常憲)은 마교의 새로운 절대도객으로 급부상한 초강자로 그가 완성한 뇌정도법(雷霆刀法)은 기존의 마교 무공과는 상이한 특징들을 많이 가지고 있어 중원에서 전래된 것이 아니냐는 의심을 사고 있을 정도였다. 어쨌든 그가 이 자리에 미리 와 기다리고 있었다는 사실은 매초향을 충격에 빠트리고도 남음이 있었다.

"그의 예상이 적중했군. 당신이 끝까지 살아 여기까지 올 거라 하더니 그 말이 맞았어. 기대에 부응해줘서 고맙다고 해야 하나."

매초향의 머릿속은 지금 엉망이었다. 목숨이 경각에 달한 위기 상황 속에서도 냉정함을 잃지 않던 매초향이었으나 지금 이 순간만은 도저히 그럴 수가 없었다. 대사형이 오지 않았다는 사실이 무엇보다 매초향을 불안하게 만들었다. 그는 약속을 어길 사람이 아니었다. 그가 이 자리에 오지 않았다는 건 도저히 올 수 없는 상황이란 뜻이었다. 최악의 상황을 언뜻 떠올리던 매초향은 불길함을 떨쳐내기라도 하려는 듯 황급하게 고개를 가로저었다.

'그럴 리가 없다. 대사형은 강한 분이다. 맥없이 당할 분이 아니다. 근자에 자자한 명성을 드날리는 구마존이라도 대사형에 비하면 아직 애송이에 불과하다. 대체, 대체 그분한테 무슨 일이 있기에…….'

매초향은 자신이 위기에 빠졌다는 사실은 뒷전이고 대사형의 안위가 신경이 쓰였다. 바로 그때, 콧속으로 파고드는 고약한 냄새가 주변에 진동하기 시작했다. 냄새의 출처는 뒤쪽이었다. 슬쩍 뒤를 돌아본 매초향은 뒤쪽 삼 장여쯤 떨어진 곳에 새로운 인물이 등장했다는 걸 알아볼 수 있었다. 코가 떨어져 나가는 게 아닐까 싶을 만큼 고약한 그 냄새는 현기증을 유발할 정도로 지독했다. 태어나서 한 번도 물을 가까이한 적 없는 사람이라 여겨질 정도로 그에게서는 악취가 풍겼는데 개방의 상거지와 나란히 세워둔다 해도 단연 돋보일 남루한 행색을 하고 있었다. 기실 그가 입은 옷은 고관대작들도 선뜻 사기 쉽지 않은 고가의 비단장삼이었다.

설사 선녀의 머리털로 짠 옷을 걸쳤다 해도 사흘을 채 못 넘기고 천이 다 삭아버리니, 상거지 꼴을 면키 어렵다는 고충을 평생 안고 살아야 하는 사람이 바로 그였다. 이 불운한 사내야말로 연전의 황궁 혈사에서 황제의 직계들과 궁녀들을 한 줌의 혈수로 녹여버려 천하 의인들의 공분을 사고 있는 인물이기도 했다.

귀독마존(鬼毒魔尊) 섭창해(葉滄海)!

구마존 중 독에 관해서는 타의 추종을 불허하는 괴물이었다. 마교 사람들이라면 지위고하를 막론하고 그와 특별한 친분을 가지길 학수고대한다. 그 이유는 오직 하나, 그가 바로 마혼단을 만들어낸 장본인이기 때문이다. 귀독마존은 이십대 중반의 청년이었지만 세상 다 산 노인처럼 여겨질 정도로 폭삭 늙어 있었다. 머리는 하얗게 셌고 그것마저도 군데군데 한 움큼씩 빠져 있어 머지않아 대머리가 될 것이 틀림없어 보였다. 움푹 꺼진 콧잔등에는 나비 모양과 흡사한 흑반이 뚜렷했고 비뚜름하게 옆으로 휜 코끝 때문에 한쪽 콧구멍이 훤히 들여다보였다. 양손에 하나씩의 호로병을 들고 있었는데 그는 연신 입안으로 무언가를 들어붓고 있었다. 모르는 사람이 본다면 대낮부터 두주불사를 마다치 않는 술주정뱅이로 여기기 십상인데, 실은 그가 마시고 있는 시커먼 액체가 천하에 드문 독수라는 사실을 아는 이는 많지 않았다. 그는 곡기 대신 독으로 연명하는 특이한 체질의 소유자였다. 그의 몸 자체가 독물로 채워져 있다고 해도 과언이 아닐 정도로 그는 독 그 자체였다. 사방에 진동하고 있는 고약한 냄새의 정체이기도 했다.

"케케케. 재미있군. 이 예쁜 누이가 바로 천명회의 진주라고 불리는 매초향 소저이신가 보군. 반갑소, 매소저. 나는 섭창해라고 하오."

귀독마존이 나타난 이후부터 남천문 일대를 은밀하게 옥죄며 압박하는 살기가 짙어지고 있었다.

상황은 명백했다. 매초향은 목적지에 도착했다는 안도감과 오랜만에 대사형을 만나게 된다는 기쁨에 그만 주의를 기울이지 못했고 적들이 파놓고 기다리고 있던 함정 속으로 스스로 걸어 들어간 것이었다. 불쑥불쑥 모습을 드러내며 점차 포위망을 좁히고 있는 자들의 수는 물경 백여 명을 넘기고 있었다. 그들은 지금껏 매초향을 추적하며 번거롭게 하던 마전의 졸개들과는 판이하게 격이 다른 마교 본대의 정예 고수들이었다.

구마존 휘하에는 오백 철기대와 정확한 인원이 공개된 적 없는 마혼대가 있었는데 지금 남천문 일대를 포위한 자들은 다름 아닌 마혼대 살수들이었다. 흑의에 흑립, 그리고 흑의 두건을 복면처럼 쓰고 있었는데 얼굴이라곤 코 아래부터 드러나 있는 게 전부라 그것만으로 누가 누군지 구분할 길은 없었다. 이들이야말로 정도련과의 대전에서 마탑과 함께 선봉에 섰었던 자들로 용맹함은 이루 말할 수 없을뿐더러 무공의 고강함 역시 마탑에 결코 뒤진다 할 수 없는 일당백의 정예 고수들이었다.

마탑이 붕괴될 시 즉각 보충할 수 있는 예비 전력으로 분류돼 있던 자들을 마혼대로 묶은 사실을 알고 나면 이들이 왜 그토록 강했는지를 납득할 수 있을 것이다.

매초향은 낙담했다. 마존들도 버거운 참에 마혼대 백여 명이라면 설사 자신이 하늘을 나는 재주를 지녔다 해도 이곳을 빠져나가긴 불가능하다 여긴 탓이었다. 그런 그녀의 심경 변화를 눈치챘는지, 아니면 의례적인 언급인지 모르지만 곡상헌이 매초향을 설득하고 나섰다.

"태사께서는 예나 지금이나 변함없이 천명회 사형제들이 돌아오길 학수고대하고 계시오. 무림은 완벽하게 우리 손아래 떨어졌소. 더 이상의 저항은 무의미하다고 생각하지 않으시오? 전향하는 편이 어떻소? 당신들은 우리처럼 특별한 존재들이기에 이런 제안을 하는 것이오. 잘 생각해 보시오. 과연 이 자리에서 헛되이 목숨을 잃는 편이 나은 것인지, 현실을 인정하고 새로운 삶을 살아가는 편이 현명한지."

섭창해도 한마디 거들었다.

"천명회는 끝난 거나 다름없지. 알고 있을 텐데……. 천명회 내부의 반역자가 누군지를 말이야. 당신이 그걸 알아내는 바람에 우리가 이 고생을 한 거지만. 케케케. 지금이라도 늦진 않았어. 썩 내키지는 않지만 당신이 만약 전향을 한다면 우리들의 동지로 인정해줄 아량 정도는 발휘해 보지. 당신이 그나마 미인이었으니 이런 선심이라도 쓰는 게야. 케케케."

매초향은 분노하지 않았다. 조용히 긴 한숨을 내쉬었을 뿐이었다.

'이들의 말은 틀리지 않다. 대세는 결정 난 지 오래다. 그 사실을 알면서도 우리가 포기하지 못하는 건 기적을 바라기 때문이 아니다. 스스로에게 부끄러워지지 않으려고 발버둥친 것뿐이다.'

천명회 내부에서 누군가 마교와 내통하고 있다는 사실을 짐작하게 된 대사형은 매초향에게 그 조사를 일임했다. 매초향은 몇 달간 은밀하게 내사하고 급기야 접선 장소를 알아내 증거를 포착하기에 이르렀다. 그리곤 배신자가 누군지를 대사형에게 알리고자 죽음을 무릅쓰고 추적을 뿌리치며 여기까지 온 것이었다.

'배신자를 처단하지 않는다면 천명회는 머지않아 붕괴되고 말 것이다. 내부적으로 신임이 높고 영향력이 지대한 그가 마음만 먹는다면 천명회 전체를 구렁텅이로 빠트리는 건 쉬운

일이다. 막아야 한다. 대사형에게 배신자가 누군지 반드시, 반드시 알려야 한다.'

매초향은 각오를 새롭게 했다. 그녀가 무공을 익힌 후 최대의 위기 상황을 목전에 두고 있었다. 이들의 포위망을 뚫고 살아갈 확률은 백에 하나도 기대할 수 없는 절망적인 상황이었다. 매초향은 침착하게 입을 열었다.

"우리 천명회에 속한 사형제들은 절대 마교도가 될 수 없는 사람들이다. 마교도가 되느니 차라리 죽는 편이 낫다. 너희 구마존은 사형제들이지만 과연 서로를 위해 대신 죽음을 택할 용기가 있느냐? 아마도 그리 생각하는 이는 단 하나도 없겠지? 그게 바로 너희의 본모습이다. 너희는 그저 태사의 꼭두각시일 뿐 쓸모가 없어지면 다른 마교도들과 마찬가지로 버려질 따름이겠지. 너희 중 하나가 죽는다 해도 누구 하나 슬퍼할 사람이 없을 것이다. 그리 사는 것이 좋은가? 만족스러운가? 호호호호. 너희가 뭘 알겠느냐. 사람의 모습을 하고 있으나 사람의 심성을 가져본 적이 없는 너희들이."

매초향의 발언은 구마존의 입장에서는 충분히 분노할 만한 말들이었다. 그런데도 그들은 전혀 그런 기색이 없었다. 섭창해는 배를 잡고 웃기까지 했다.

"케케케케. 아주 재미있는 말이야. 맞아. 그래서 그게 어쨌다는 거지? 우리는 태사를 존경하지도, 추앙하지도 않는다. 그저 그가 우리보다 강하기 때문에 따르는 것뿐이지. 또한

태산의 집행자 17

마교 따위가 어찌 되든 나와는 전혀 상관이 없어. 나 혼자 살기에도 벅찬 세상, 남까지 챙겨주고 살 정도로 오지랖 넓은 놈도 아니고. 살 길을 마다하고 죽겠다고 하니 원하는 대로 해주는 수밖에 없겠군. 곡가야, 네가 할래? 내가 할까? 그래도 보기 드문 미인인데 죽는 순간까지 고통을 줄 필요는 없지 않겠어? 네가 해라. 내가 양보할 테니깐."

귀독마존이 이런 재미있는 승부를 남에게 양보할 사람이 아니었다. 그렇다고 설마 매초향이 두려워 물러날 리도 없었으니, 그의 말이 진심이라면 이는 매우 드문 경우라 할 수 있었다.

곡상헌은 잠자코 옆에 둔 칼을 들고 일어섰다. 자신이 처리하겠다는 뜻이었다. 그때까지도 그는 볶은 콩을 연신 입안으로 던져 넣으며 우적우적 씹고 있었다.

바로 그때였다.

두두두두두.

지축을 흔드는 말발굽 소리가 멀리서부터 들려오기 시작했다. 곡상헌은 그 소리가 들리자마자 얼굴을 찡그렸다.

"꼴 보기 싫은 놈까지 오는군."

철기대 위에 두둥실 뜬 채로 날아오고 있는 사람은 단혼마존 혁관월이었다. 미리 이곳으로 와 기다리고 있던 곡상헌과 섭창해와 달리 혁관월은 우직하게 매초향의 뒤를 쫓아왔다. 그들은 서로 생각하는 바도 다르고 행동 방식에 있어서도 차이가 많이 났다. 그 때문인지 그다지 사이가 좋다고 할 수 없었다. 같은 편인 혁관월과 철기대가 도착했음에도 불구하고 미리 위치를 점하고 있던 마혼대는 비켜서질 않았다. 철기대는 더 이상 전진하지 못하고 마혼대 포위망 밖에서 대기하는 수밖에 없었다. 혁관월은 마혼대원들의 위로 두둥실 떠서 날아가며 혼잣말을 했다.

"마혼대 대주가 천살의 개가 되기로 맹세했다더니 그 소문이 사실이었나 보군."

작은 중얼거림이었지만 고수들인 마혼대원들이 못 들을 정도로 작진 않았다. 선두에 서 있던 마혼대원 중 하나가 이를 부드득 가는 소리가 마침 혁관월의 귀에도 들렸던가 보다. 혁관월은 새하얀 이를 드러내곤 어처구니없어하며 웃었다.

"개는 주인을 닮는다더니 그 말이 맞나 보군. 허허허."

대수롭지 않게 말했지만 혁관월의 음성에는 살기가 가득했다. 참으로 묘한 분위기가 아닐 수 없었다. 긴장감이 흐르고 있는 건 분명한데 그것이 결코 매초향과의 대치 때문이 아님은 명확했다.

혁관월은 도착하자마자 나머지 두 마존은 거들떠보지도 않고 매초향에게 먼저 목례를 해 보였다.

"사저, 오랜만이오. 절 기억하시겠습니까?"

뜻밖에도 정중한 혁관월의 태도에 매초향은 일순 어리둥절해져 있었다. 그리고 자신이 언제 혁관월을 만난 적이 있었던 가를 곰곰이 생각해보았다. 아무리 기억을 떠올려보아도 그 비슷한 사람조차 연상되지 않았다. 매초향이 물었다.

"우리가 구면이었던가?"

"절 기억하지 못하시는군요. 하긴, 당시 저는 보잘것없는 하급 수련생 신분이었을 뿐이고 사저께서는 최후 관문을, 그것도 가장 우수한 성적으로 통과하셨으니 저 같은 건 안 보였을 수도 있겠군요. 혹시…… 추운 겨울날 동료들에게 몰매를 맞고 쓰러져 있던 소년을 구해주고 군고구마를 건네줬던 일은 기억나십니까?"

해남도에서의 추억들 중 한 장면이 그 순간 번뜩 매초향의 뇌리를 스치고 지나갔다.

"그, 그럼 그때의 그 소년이 바로…… 너란 말이냐?"

혁관월은 환하게 웃었다.

"바로 접니다. 당시에 사저께서 건네준, 김이 모락모락 나던 군고구마 맛은 평생 잊지 못할 달콤한 것이었습니다. 이런 자리, 이런 상황에서 사저와 대면하게 된 사실이 못내 안타까울 따름입니다."

매초향도 기분이 썩 좋지 않았다. 제 기억에 의하면 당시 그 소년은 자신보다 고작 서너 살 아래쯤이었던 것 같았다.

혁관월은 어린 나이에 태사를 만나게 된 대개의 수련생들과 달리 조금 늦은 나이에 발탁이 된 편이었다. 그래서 비슷한 나이대의 수련생들에 비해서도 한참 뒤처져 있었고 그 때문에 따돌림을 곧잘 당하는 편이었다. 지금 생각해도 참으로 비참하고 힘겨운 시절이 아닐 수 없었다. 그랬던 그가 구마존 중 하나가 되었다는 사실만으로도 그간의 노력이 어떠했을지 짐작할 수 있는 부분이었다. 고통과 괴로움으로 하루하루를 견뎌나가던 혁관월에게 뚜렷한 목표 의식을 심어준 사건이 바로 매초향에게 도움을 받은 그 일이었다. 그때부터 혁관월은 전혀 다른 사람이라고 해야 할 정도로 무섭게 변했고 무서운 속도로 성장해갔다.

혁관월은 진심을 담아 입을 열었다.

"사저께 부탁이 있습니다."

"지금의 상황과 전혀 어울리지 않는 말을 하는군. 우리는 지금 서로의 심장을 겨눠야 할 적으로 만났다는 사실을 잊어버렸느냐?"

"그래서 더 간절하게 청합니다. 제발…… 뜻을 꺾어주십시오. 마교를 원수라고 생각하는 건 잘 압니다. 마교도가 되라는 게 아닙니다. 태사를 대적하지 마십시오. 예전의 관계를 회복할 순 없겠습니까? 어찌 됐든 그분은 사저를 키워주고 무공을 가르쳐준 스승이지 않습니까?"

"애쓰지 마라. 이미 돌이킬 수 없는 일이다. 태사가 옛사람이 아니듯 나와 천명회 사형제들 역시 다시는 과거로 돌아갈 수 없다. 너야말로 태사의 꼭두각시 노릇을 그만두는 편이 어떻겠느냐? 그가 과연 정상이라고 믿느냐? 우리가 존경하고 우러러보던 태사라고 여기느냐?"

혁관월은 어쩔 도리가 없음을 인정할 수밖에 없었다.

자신에게 호의를 보이고 있는 혁관월의 태도에 용기를 얻은 탓인지, 잠시 주저하던 매초향이 조심스럽게 전음으로 물었다.

『여기서 만나기로 한 사람이 있었다. 혹시 그 사람이 오지 않은 것도 너희와 관련이 돼 있느냐?』

별 기대 없이 물어본 것에 불과했지만 혁관월은 전음으로 대답을 해줬다.

『천명회의 회주이자 사저에게 대사형이 되는 그분을 말씀하시는 거로군요.』

『여기서 내가 만나기로 한 사람이 누군지…… 그것까지 알고 있었더냐?』

『제가 총단을 떠나기 전 천명회 비밀 거점을 습격하기 위해 앞서 출발한 토벌대가 있다는 소리를 들었습니다. 천살과 독비, 거기다 혈영까지 가세한지라 아마도…… 사저께서 기다리시는 그분은 사로잡혔거나 죽었을 가능성이 큽니다.』

매초향은 아득해지는 심정에 신형을 비틀거렸다. 최악의 상황이 아닐 수 없었다. 이 모든 게 천명회 배신자 한 사람 때문에 비롯된 일이라는 생각이 들자 매초향은 분을 참을 길이 없었다.

'말도 안 돼. 어찌 이렇게 허무하게……. 아니다. 대사형은 그리 쉽게 당할 분이 아니다. 분명 안전하게 몸을 피하셨을 거야. 그분만 무사하면 된다. 그럼 희망이 있다. 아직 절망할 단계는 아니다. 내 눈으로 확인하기 전에는 절대 믿을 수 없어.'

두 사람이 전음을 주고받고 있는 걸 알 리는 없지만 이런 이상야릇한 분위기가 못마땅했던지 귀독마존이 참견하고 나섰다.

"보고 있자니 눈꼴셔서 안 되겠군. 그렇지 않아도 네가 감상에 젖어 직접 손쓰기 곤란할 거 같아 뇌정이 처리하기로 했으니 여기에 대해 불만은 없겠지?"

단혼마존 혁관월은 차갑게 대꾸했다.

"기다려라. 아직 용무가 다 끝나지 않았다."

"젠장맞을. 누가 보면 오랜 세월 헤어졌다 다시 만난 연인이라도 되는 줄 알겠네. 흐흐흐."

귀독마존의 비웃음에 단혼마존이 발끈했다.

"뭐라 했느냐!"

보다 못한 뇌정마존이 나섰다.

"둘 다 추태를 보일 생각은 않는 게 좋을 거야. 쓸데없는 일에 감정 소모하지 말고 어서 끝내고 돌아가자. 매초향! 마지막으로 남길 말은 없나?"

귀독마존도 그렇고 뇌정마존 역시 매초향을 처리하는 일

을 그다지 힘들지 않다고 여기는 눈치였다. 이들뿐만 아니라 구마존 전원은 천명회 고수들을 한 수 아래로 얕잡아 보는 경향이 있었다. 그도 그럴 것이 태사의 손을 거친 것은 그들이나 자신들이나 마찬가지였지만 두 무리 사이에는 상이점이 있었다. 구마존이 동기 수련생들과 구별되는 초강자로 발돋움하게 된 건 마령과 일체화된 태사의 특별한 관심 때문에 가능했던 일이었다. 그 차이가 지금 구마존의 격을 한 차원 높이게 만든 이유의 전부였다.

천명회 고수들로부터 마존들이 비정상적으로 강하다는 얘기를 수차례 들어본 적이 있던 매초향은 하나도 아니고 세 명이나 이번 일에 동원되었다는 사실이 솔직히 의외라는 생각도 들었다.

"나 하나 잡자고 구마존 셋이 움직였다니 영광이라고 생각해야겠군. 지금은 모든 게 너희 뜻대로 된다고 여기겠지만 언젠가는…… 너희들 역시 오늘의 일을 후회할 날이 반드시 올 것이다."

"충고는 새겨두도록 하지. 아 그리고, 혹 착각하는 것 같아 미리 말해두는데 당신 하나 잡자고 우리 세 사람이 동원됐다고 여기면 곤란해. 당신을 처리하는 건 부차적인 일이었고 실은 좀 더 큰 대어를 잡아보겠다고 지금껏 기다려 왔던 거였지. 그런데 우리 기대와는 달리 걸려들지가 않아 아쉽군. 자, 시작하지. 그다지 고통스럽진 않을 거야. 내 칼은 죽음을 내리는 일에 익숙해져 있거든."

"나 역시 마찬가지다!"

커다란 외침은 결코 매초향의 입에서 흘러나온 것이 아니었다.

세 마존과 주변에 있던 마혼대와 철기대원들 전원이 소리가 난 방향으로 시선을 돌렸다. 처음에는 손톱 크기만 한 작은 흑점 하나에 불과했다. 이내 커지더니 급기야 사람의 형체로 변해갔다. 무서운 속도로 질주해오고 있는 사람은 단숨에 허공을 날아 매초향의 앞에 정확히 떨어져 내렸다.

남천문 앞에 있던 전원을 의혹과 불신에 사로잡히게 만든 이 사내야말로 매초향이 그리도 믿고 의지하는 단 한 사람, 바로 천명회의 회주이자 과거에는 마탑의 마종이라 불렸던 시대의 풍운아 단무기였다. 그의 등장은 매초향에게는 그 무엇과도 비견할 수 없는 큰 기쁨이었지만 다른 사람들에게는 납득하기 어려운 불가사의한 상황이기도 했다. 그는 절대 여기에 올 수도, 와서도 안 되는 사람이었기 때문이다. 단무기는 도착하자마자 사매의 안위부터 챙겼다.

"괜찮으냐?"

"대…… 사형."

금방이라도 눈물을 펑펑 쏟아낼 것 같은 사매의 표정을 대하자 얼른 시선을 외면한 단무기였지만 그의 얼굴에는 희미한 안도감이 서려 있었다. 그의 행색만 보아도 그 역시 많은 고초를 겪었음을 알 수 있었다. 자신의 것인지, 아니면 남의 것인지 모를 피를 잔뜩 뒤집어쓴 채 옷자락도 여기저기 찢겨 있었다. 얼굴도 피곤한 기색이 역력했다. 그런데도 매초향은 그런 그가 옆에 있다는 사실 하나만으로도 든든하고 안심이 됐다.

단무기는 겉으로 표현은 안 했지만 매초향 혼자 있는 것을 보고 슬퍼했고 그녀가 아직 무사한 걸 보고 안도했다. 그는 여기까지 오는 내내 오직 한 가지 생각만 했다. 내가 가지 않으면 모두 죽는다. 천명회에 이런 크나큰 위기가 닥친 건 배신자가 누군지 모르기 때문이었다. 그 열쇠를 풀어줄 사람은 이제 하늘 아래 매초향 하나뿐이었다. 손에 검을 빼든 채로 단무기가 입을 열었다.

"초향아, 누구였느냐?"

침착하고 나지막한 소리였지만 매초향은 느낄 수 있었다. 지금 그가 얼마나 분노하고 있는지를. 매초향은 한 차례 심호흡을 하고 나서야 입을 열었다.

"우림, 우림이 소행이었어요."

확실히 그 말은 단무기를 충격에 빠트리고도 남음이 있었다. 찢어질 듯 두 눈을 부릅뜬 채로 단무기는 다시 한 번 확인했다.

"막내였…… 다고?"

매초향이 그 사실을 확인하고 처음 보였던 반응과 똑같은 반응을 단무기 역시 보이고 있었다. 마지막 순간까지 혐의를 두지 않았던, 거의 유일하다시피한 장본인이 바로 단우림이었다. 막내 사제이지만 천명회 부회주를 맡길 만큼 능력이 출중하고 의협심 또한 남다른 그 아이가 왜 그런 짓을 했단 말인가? 단무기는 일시지간 생각을 이어갈 수 없었다. 도무지 믿어지지 않는 말이었기 때문이다.

"그 아이가 그랬다면…… 필시 이유가 있을 것이다."

"그야…… 그렇겠지요."

"그래도…… 용서할 순 없겠지."

"절대로, 절대로 용서할 수 없어요."

단무기와 매초향은 참담한 심정을 금할 길이 없었다. 믿음이 컸던 만큼 이들이 느끼는 배신감도 컸다. 그만은 그럴 리 없다고 철석같이 믿었기 때문에 충격과 분노는 더 컸다.

이제 단무기는 여기서 살아나갈 일을 생각해야 했다. 복수를 하든 천명회를 다시 추스르고 재기의 발판을 마련하든, 그 모든 건 살아남고 나서의 일이다. 만만치 않은 적수가 세 명이나 된다. 일대를 포위한 마혼대와 철기대 역시 성가신 존재인 건 분명했다.

한편 단무기의 등장에 말문이 막힌 세 마존은 서로 눈빛을 교환하기에 바빴다. 뇌정마존이 결국 참지 못하고 질문을 했다.

"당신이 여기 왔다는 걸 어찌 받아들여야 할지 모르겠군.

천살과 혈영이 합작하고도 실패할 정도로 당신이 강했다는 소린가. 그건 말도 안 되는 얘기고…… 어떻게 사지를 빠져나왔지?"

"너희는 이해할 수 없을 것이다. 반드시 살아서 해야 할 일이 남은 사람은 죽는 것도 쉽지 않다는 것을."

그 말에 섭창해가 웃었다.

"그들은 어찌 되었지? 설마 네 손에 죽은 건 아니겠지?"

"그들은 지금쯤 분통을 터트리고 있겠지. 난 줄 알고 사로잡은 인물이 내가 아님을 깨닫고서 말이야."

짧은 한마디에 불과했는데도 대강의 전개를 짐작하게 된 뇌정마존이 감탄성을 연발했다.

"어쨌든 당신이 대단한 사람인 건 인정하지 않을 수가 없군. 다른 사람도 아니고 우리 중 가장 강한 둘을 상대하고도 살아남은 유일한 사람이 된 셈이니 영광으로 여겨도 좋을 거야. 하지만 그리 현명하진 못하군. 용케 목숨을 부지했으면 안전한 곳으로 몸을 숨길 것이지 사지로 다시 뛰어든 것을 보니 말이야."

"장담하지 마라. 세상일은 왕왕 의외의 변수가 발생하는 법이고 또한 한 치 앞도 모르는 것이 사람의 운명이란 것이다. 설혹 정해진 내 명이 얼마 남지 않았다고 해도 너희 손에 생을 마감할 일은 없을 테니."

다른 사람이 그런 소리를 했다면 콧방귀도 안 뀌었겠지만 상대는 다른 이도 아닌 단무기였다. 태사의 손을 거쳐 간 숱한 수련생들 중 최강이라고 자타가 공인한 고수. 적어도 구마존이 등장하기 전까지 그의 아성에 도전할 사람은 아무도 없었다. 교주들마저 눈치를 보게 만든 희대의 강자를 제거하는 일은 생각만큼 쉽지 않을 것이었다. 그런 단무기를 인정했기에 천살마존과 혈영마존이 동시에 간 것인데 그런 그들을 감쪽같이 속이고 여기에 나타날 줄은 상상도 못 해본 일이었다.

매초향을 혼자 처리하겠다고 나섰던 뇌정마존도 이번에는 그런 호기를 부리지 않았다. 뇌정마존과 귀독마존은 은밀하게 전음을 나눈 끝에 합공을 통해 신속하게 승부를 결정짓기로 하였다. 설령 일대일로 대결을 펼친다 해도 자신들 중 패하는 사람이 있으리란 생각은 별로 들지 않았지만 그래도 혹 있을지 모를 만에 하나의 변수마저 원천 차단하기 위함이었다.

그들이 막 살아남기 위해, 또는 죽이기 위한 대결에 돌입할 즈음 한곳에서는 기괴한 사건이 발생하고 있었다. 태산으로 진입하는 요로들은 이미 마전의 졸개들이 막아두고 있어 이 근처로 접근하는 사람들은 아무도 없었다.

현재의 강호는 무법천지였다. 마교에서 파견한 각 지역의 마전들이 다스리고 있다지만 그들 자체가 일반 양민들에게는 흉악한 도적이나 다름없으니 오죽하겠는가. 게다가 전통적인 호족들과 명문들이 군벌을 형성한 채 마전의 지시를 충실히 이행한답시고 온갖 악행을 일삼으며 양민들의 고혈을 빨아대고 있었으니 인심은 흉흉하기 이를 데 없었다. 의인은 오간 데 없고 지사들은 자취를 감추고 말았다. 그런 상황에 마전의 '마'자만 보여도 몸을 숨기기 급급한 것이 정상인데 숨기는커녕 오히려 시비를 걸고 있는 사람이 하나 있었다.

"하긴, 너희 같은 졸자들이 무얼 알겠느냐만."

겁도 없이 마전의 무사들에게 접근해 몇 마디 물어보고는 한다는 소리가 졸자 운운이었으니 그 말을 들은 마전 무사들의 표정이 어떠했겠는가. 마전 무사들로 하여금 용감무쌍하다 못해 광인이라 여기게끔 만든 이는 다름 아닌 휘륜이었다. 이번 작전의 대략적인 윤곽만 알 뿐 구체적으로 어떤 사람을 추적하는지, 그들의 현재 위치가 어찌 되는지를 하나도 파악 못 한 휘륜은 하급 무사들에게 접근해 정보를 캐보려다 그만뒀다. 막 돌아서려던 휘륜을 멈춰 세운 건 곡부 마전에서 출정대를 편성해 지원 나온 참정이었다.

"이거 간이 배 밖에 나온 놈일세. 지금 네놈이 어떤 분에게 시비를 걸었는지 대관절 모른단 말이냐. 여봐라, 눈이 있어도 귀인을 알아보지 못하는 저놈의 수급을 당장 베어라."

"네."

"지시가 없었어도 그럴 참이었습니다."

"안 그래도 몸이 근질근질하던 차에 때마침 이런 눈먼 봉사 놈을 하나 보내주셨군. 하늘은 참 어질기도 하시지. 흐흐흐."

 살기등등한 기세로 다가오는 마전의 무사들을 슬쩍 돌아보던 휘륜은 생각을 고쳐먹고 몸을 틀었다.

 주요 길목마다 마전의 졸개들이 진을 치고 있는 건 보았지만 왠지 모르게 여기 있는 놈들은 마치 태산을 아무도 오르지 못하도록 막고 있는 것 같은 기분이 언뜻 들었다. 휘륜은 염두를 굴렸다.

 '혹시 추적을 피해 태산으로 올라간 것인가? 흐음, 그럴 수도 있겠군.'

 자신에게 다가서고 있는 놈들은 신경도 쓰지 않은 채 잠시 혼자만의 생각에 골몰해 있던 휘륜이 막 결정을 내린 후였다. 바로 그때 살기등등하게 다가선 마전의 무사 하나가 냅다 칼을 휘둘러 휘륜의 수급을 베어내고 있었다. 하지만 그건 어디까지나 그의 야심 찬 계획에 불과했고 칼은 무슨 연유인지 상대의 목과 두 치 간격을 두고 멈춰 서고 말았다. 더 이상 전진할 수도, 후퇴할 수도 없는 기가 막힌 상황에 처한 무사는 입가에 감돌던 웃음기마저 씻은 듯 사라진 채 어쩔 줄 몰라하며 발만 동동 구르고 있었다. 결정을 내린 휘륜은 제 목에 칼을 가져다 댄 무사들과 그 뒤에서 이 불가사의한 사태에 경악의 낯을 하고 있는 무사들을 한차례 쓸어보며 가련하다는 눈빛을 잠시 보냈다.

'죽여도, 죽여도 끝이 없을 정도로 많은 사람들이 마교에 가담했고 협조하고 있다. 애처롭다고 살려두면 또 이들 손에 엉뚱한 피해자가 양산되지 않겠는가. 이들에게 동정심은 금물이다. 사리사욕에 사로잡혀 악한 길에 마음을 빼앗겨버린, 그래서 사람도 짐승도 아닌 어중간한 흉물이 돼버린 악도들은 죽여 없애는 길이 최선이며 유일한 자비다.'

휘륜은 마교에 몸과 정신을 팔아버린 악도들을 하나도 살려두지 않겠노라 결심을 굳혔다. 세상은 과거로부터 지금까지 그래왔듯 앞으로도 영원히 아름답고 완벽할 수 없는 불완전체일 수밖에 없음을 인정하면서도 한편으론, 세상을 더 절망적으로 보이게 하는 종기를 도려내버리고 싶은 자극과 충동을 휘륜은 억제하기 힘들었다. 그리고 자신이 결심하고 또 실행해가고 있는 이 지긋지긋한 살행을 중단해야 할 당위성을 아직까지 찾아내지 못했기 때문에 그는 앞으로도 멈추지 않을 것이 분명했다.

"다음 생에도 혹 인간으로 태어나게 된다면 사람으로 살아가면서 최소한 갖춰야 할 덕목 정도는 고민해보는 그런 사람이 되었으면 좋겠다. 행운을 비마."

휘륜 앞에서 넋 놓고 있던 사람들은 휘륜이 한 말을 제대로 귀 기울여 듣지도 않았다. 그들은 지금 눈앞에서 벌어지고 있는 불가사의한 사건에 대한 충격으로 정신이 마비되어 있었다. 그리고 그들은 의문을 풀지도 못하고 더 이상 생각을 이어갈 수 없는 상태가 되어갔다.

휘륜은 굳이 변명하고 싶은 마음이 없었다. 세상을 구원하려는 영웅이 되겠다는 마음도 없었다. 그는 그저 추악한 살인자로 불려도 좋았다. 마침 자신에게 인간이기를 포기해버린 망종들을 처리할 힘이 주어졌고 그 힘을 사용하는 편이 좋겠다는 신념이 생겼기 때문이라고 여겼다. 휘륜의 손짓은 화려하지도 않았다. 농부가 땅을 일구는 것처럼, 화가가 붓을 놀리는 것처럼 자연스러울 따름이었다.

앞을 막아서는 마전의 고수들은 단 하나의 예외도 없이 목숨을 잃었다. 그리고 그는 점차 전진해갔다.

남천문 앞에서 보기 드문 격전이 벌어지고 있었다. 몇 사람이 어울려 펼치는 싸움은 휘륜의 관심을 끌 정도로 매우 특별했다. 고수다. 휘륜이 그리 단정 지을 만한 사람은 많지 않을 것이다. 휘륜의 신형은 허공을 평지처럼 밟으며 사람들이 자그마하게 보일 정도로 높은 상공에 두둥실 떠올라 있었다.

무리들 중 자신이 익히 알고 있는 두 사람을 구별해내는데 그다지 오랜 시간이 걸리지 않았다.

'단무기와 매초향이…….'

천명회를 이끌고 있는 두 사람과의 만남은 비록 짧았지만 당시에 받은 인상은 결코 가벼운 게 아니었다. 이제야 대화가 통할 만한 아는 얼굴을 만났다는 사실이 우선 반가웠고 그들이 마교와 타협하거나 굴복하지 않고 여전히 투쟁 중이라는 사실에 가슴 속이 잠시 뜨거워졌다.

휘륜은 냉정하게 단무기의 상태를 살펴보았다.

'단무기와 저 정도로 호각지세로 싸울 수 있다니…… 증지산의 새로운 작품들이겠군.'

단무기와 상대하고 있는 두 마존은 마공이 지닌 공능을 여실히 드러내고 있었다. 하지만 상대 역시 같은 능력을 소지하고 있었고 더군다나 마공에 대한 면역성으로만 따지자면 우월하다고 할 수 있었다.

'둘 모두 단무기에 비해 근소한 차이로 약세를 보일 뿐 실력이 그리 뒤떨어지는 편도 아니다. 그런데도 우위를 점하지 못하는 건 저 둘이 합공을 해본 적이 한 번도 없기 때문이다. 서로를 보완하며 위력을 극대화하기는커녕 서로를 방해해 오히려 감소시키고 있어. 겉으로는 화려하고 대단해 보이지만 설익은 밥이로군. 실속이 없다. 무슨 이유인지 단무기의 내력이 상당 부분 소실돼 있는 것처럼 보인다. 그것만 아니라면 진작 승부는 갈렸을 것이다. 도와주지 않아도 되겠어.'

하지만 이내 휘륜은 그 생각을 수정하지 않으면 안 되었다. 일대를 장악하고 포위하고 있던 일단의 무리들이 슬며시 행동을 개시하고 있는 걸 보았기 때문이다. 귀독마존의 지시에 따라 마혼대가 움직이기 시작했던 것이다.

'후후. 그건 안 되지.'

휘륜은 남의 밥상에 손을 대는 것 같은 기분이 들었지만 어쩔 도리 없이 자신이 나서야 할 때라고 생각했다.

그것은 한창 격전 중에 정신이 없던 두 마존과 단무기의 행동마저 멈춰버리게 만들 정도로 돌발적인 사건이었다. 하늘에서 날벼락이 떨어졌다. 처음엔 모두가 그리 생각했다. 그리고 그건 한 번으로 끝나지 않았고 일대를 쑥밭으로 만들어버릴 정도로 연이어 떨어지고 있었다.

콰콰콰콰콰콰쾅.

한 해 동안 온 세상 사람들이 터트리는 폭죽을 모조리 모아서 한꺼번에 터트린다 해도 이런 굉음이 날까 싶었다.

지축이 뒤흔들리는 요란한 굉음이 가라앉고 난 뒤에야 살아 있는 사람들이 웅크렸던 몸을 일으켜 세웠다. 놀라운 일이었다. 그리고 도저히 믿어지지 않는 일이었다. 마혼단의 반수 이상이 비명도 못 지르고 절명해버린 것이다. 세 마존은 동시에 수십 발의 벽력탄이 터졌다고 판단했고 과연 누구의 소행인지를 가려내기 위해 주변을 둘러보기 바빴다. 혐의가 의심되는 인물을 찾아내지 못하자 그들은 어안이 벙벙해져 있었다. 바로 그때였다. 포위망의 일각이 다시 허물어지기 시작했다. 연유도 알 수 없이 마혼대원 하나가 픽 고꾸라지더니 다른 대원들마저 파도처럼 연달아 풀썩풀썩 쓰러지는 것이었다. 그리고 세 마존은 최초의 단서라 할 만한 것을 목격했다. 희끄무레한 무언가가 마혼대원들 사이를 빠르게 누비고 있는 걸 본 것이다.

"머, 멈춰라!"

귀독마존의 외침은 공허하게 허공중으로 흩어져 갔을 뿐 아무런 효력도 발휘하지 못했다. 속수무책이었다. 막상 당하고 있는 마혼대원들조차 어찌해야 할지를 몰라 갈팡질팡하고 있었다. 무언가가 보여야 반격을 하든가 피하든지 해볼 텐데 그들의 눈에는 아무것도 보이지 않았고 그 무엇도 느껴지지 않았다. 철기대라고 이 괴사의 희생물에서 제외되지는 못했다. 어떤 이는 목을 부여잡은 채 무릎을 꿇었고 어떤 이는 제 복부가 갈라지는 장면을 바라보며 쓰러지고 있었고 어떤 이는 허리가 양단되며 고꾸라졌다. 잔인하고 두려운 장면이 아닐 수 없었다. 차라리 수백 수천 군마 아래 짓밟히는 와중이라면 이토록 끔찍한 생각은 들지 않았을 것이다. 분명히 눈앞에서 끔찍한 살행이 벌어지고 있는데 흉수를 찾아낼 길 없다는 사실이 아직까지 살아 있는 사람들을 두렵고 떨리게 만드는 일이었다.

순식간의 일이었다. 그토록 의기양양하고 기세등등해 보이던 마혼대와 철기대 전원이 변변한 저항 한번 못 해보고 쓰러진 것은.

핏물이 넘쳐나는 땅 위로 그제야 무언가가 나타나기 시작했다. 태산이라도 떠받치고 남을 듯 당당한 체구의 사내였다. 휘륜의 등장에 매초향과 단무기는 동시에 헛바람을 집어삼켰다. 두 사람 역시 너무도 놀란 탓에 동공은 커지고 입은 쩍 벌리고 있는데 아무런 말도 입 밖으로 흘러나오지 않았다. 단지 심장이 쿵쾅거리며 빨리 뛰었을 뿐이다. 정신을 차린 매초향은 그제야 반가움의 일성을 토해냈다.

"아, 당신이었군요. 당신은 역시 그렇게 죽을 사람이 아니었어요. 언젠가는 다시 나타날 거라 믿었는데……."

"미안하오. 끝까지 참견하지 않으려고 했는데 저놈들이 반칙을 하려는 것 같아서 나도 어쩔 수 없었소."

휘륜과 단무기의 시선이 얽혔다. 두 사내는 묵묵히, 별다른 감정의 표현 없이 서로를 응시하고만 있었다. 참을 수 없었는지 단무기가 먼저 입을 열고 말았다.

"더 거대해지셨구려. 이제는 바라볼 수도 없을 정도로."

"단형은 애송이들 상대로 너무 시간을 끄는 게 아니오?"

천하의 구마존더러 애송이라 부르는 게 자칫 어색할 성도 싶었지만 휘륜의 입에서 흘러나오니 그 말이 당연하게 여겨졌다. 단무기는 그저 실없는 사람처럼 웃기만 했다. 휘륜의 시선은 명백해 보였다. 기다릴 테니 속히 끝내라. 그런 뜻이 담겨 있는 눈빛 같았다. 단무기는 솔직하게 말했다.

"좀 벅차오. 많이 지쳤소. 오랜만에 만난 처지에 무례한 부탁인 건 알지만 대신 좀 처치해 주셨으면 좋겠소. 대신 오늘 진 빚은 나중에 톡톡히 갚으리다."

휘륜은 빙긋 웃었다.

"그래도 실례가 안 되겠소?"

"실례는커녕 몹시 바라던 바요."

자기들 목숨을 갖고 서로 농담을 주고받고 있는 두 사람을 바라보고 있는 세 마존의 심정이 태연할 리가 없었다. 그런데도 긴장의 일색을 하고 있을 뿐 그들 중 누구도 성급하게 나서는 이가 없었다.

"귀하는 누구신데 상관없는 일에 관여하시려고 하시오?"

귀독마존이 다급한 나머지 그렇게 운을 떼며 시간을 벌어보려 했지만 스스로도 자신이 지금 뱉어놓은 말과 그런 말을 꺼낼 수밖에 없는 이 상황 자체가 창피했던지 숨고 싶은 심정이었다. 서로 인사를 주고받고 있는 걸 뻔히 보았으면서 상관없는 일 운운했으니 이치에 맞지 않았고 수하들이 모조리 떼죽음 당한 복수를 갚아주기는커녕 이런 굴욕적인 태도를 보이고 있는 자신이 수치스럽고 한심스러웠다. 그렇지만 속마음은 한결같았다.

'피할 수 있다면 피하고 싶다. 이 자와 싸운다는 건 도저히 승산이 없는 일이다. 격이 다른 존재. 마치 또 한 사람의 태사를 보는 것 같지 않은가. 대체 이런 사람이 어찌 또 있을 수가 있단 말인가. 젠장, 우리 시대가 활짝 열린 줄 알았는데 그게 아니었던가.'

창피를 당하더라도 일단은 살고 보자는 심산을 가감 없이 드러내고 있는 귀독마존과 달리 뇌정마존의 태도는 상반됐다.

"네놈이 지금 무슨 짓을 했는지 알고나 있는 것이냐? 감히 본교와 맞서고도 살아남기를 바라느냐!"

격분한 나머지 고함을 치긴 했지만 그 역시 무력함을 느끼고 있는 건 마찬가지였다. 당장에라도 빼든 칼을 휘두르며 목을 치겠다고 덤벼야 마땅할 텐데 자신은 지금 감히 그럴 용기를 못 내고 있었다. 그 역시 본능적으로나마 일단 이 상황을 모면해야 한다는 걸 인식하고 있었다. 셋 중 그나마 침착한 태도를 보이고 있던 단혼마존은 이런 상황 가운데에서도 의문을 풀고 싶었던가 보다.

"귀하는 대체 누구시오. 천하에 당신 같은 사람이 있다는 소문은 들은 적이 없거늘. 대체 누구시오?"

휘륜은 세 사람의 서로 다른 태도에 일일이 반응하지 않고 마지막 질문에만 답을 내려줬다.

"너희들 마교도들이 치를 떨어마지 않는 검황이 바로 나다. 검황 휘륜. 너희에게 죽음을 내릴 사신의 이름이니 똑똑히 새겨두어라. 적어도 누구 손에 죽는지 정도는 알고 있어야 할 것 같아서 알려주는 것이다."

"다, 당신이 바로 태사께서 언급하셨던 바로 그……."

"죽은 게 아니라…… 멀쩡하게 살아 있었단 말인가."

"이런. 대체 교주들은 누굴 죽였다는 말인가."

그들의 말은 휘륜의 고개를 갸웃거리게 만들었다. 자신은 마교 교주들에게 협공당해 죽음을 당할 뻔했던 적은 있었다. 그렇지만 확실하게 목숨이 끊어지지 않았는데도 어째서 그리 확신했는지, 무얼 근거로 다른 마교도들에게 검황이 죽었다 전했는지 영 납득이 가지 않는 일이었다. 그들이 왜 그랬을까? 단지 자신의 상태가 위중해 곧 죽을 것이라 믿어 의심치 않았던가? 그게 아니라면 반드시 검황이 죽었다고 말했어야 할 어떤 상황이 있었던 건가? 의문은 꼬리에 꼬리를 물었지만 그걸 이 자리에서 확인하고픈 마음도 없었다. 지금 휘륜에게 다급한 건 나머지 세 잔당들을 마저 해치우고 단무기와 매초향에게서 그간의 사정을 좀 더 상세하게 듣는 일이었다. 휘륜에겐 무엇보다 정보가 절실했다. 특히 지인들의 생존 여부와 만약 살아 있다면 근황과 접촉할 수 있는 방법을 알아내는 게 시급했다.

"말이 길어져 봤자 서로에게 유익한 건 아무것도 없다. 각오는 했을 터이니 마지막 발악이라도 해 보거라."

휘륜이 세 사람을 결코 살려두지 않으려 한다는 건 명백했다. 그때 매초향의 시선이 잠시 단혼마존에게 머물렀고 그녀는 무슨 생각을 했는지 휘륜에게 전음으로 부탁을 했다.

『저들에게 알아볼 것이 있습니다. 한 사람은 살려 두셨으면 좋겠습니다. 부탁드리겠어요.』

거기서 끝낸 것이 아니라 매초향은 한 사람을 굳이 콕 집어 살려달라고 부탁했다. 그녀가 지목한 사람은 단혼마존 혁관월이었다. 휘륜은 그녀의 눈빛에서 애매모호한 감정의 여운을 느꼈지만 별로 개의치 않았다. 그녀 자신의 말처럼 그럴 만한 이유가 있겠거니 생각했을 따름이었다. 단혼마존은 매초향에게 표했던 잠시의 반가움이 이 순간 자신을 살리고 있음은 꿈에서도 짐작 못 하고 있을 것이다.

제 입으로 사신이라 자처한 휘륜은 그 이름에 어울리게 당당한 기세로 세 사람을 압박하며 한 걸음을 앞으로 디뎠다. 절로 신음성을 토해낸 마존들은 필생의 공력을 끌어올려 격전에 대비했다. 생의 마지막 순간이 될지도 모르기에 그 긴장감은 감출 길이 없었다. 무수히 많은 살생을 해왔고 자신이 어떤 곳, 어느 순간에 죽을지 모른다는 각오를 다져온 사람들이었음에도 불구하고 막상 그런 때가 지금일지도 모른다고 여기니 절로 심장이 떨려오는 건 어쩔 도리가 없었다. 그들 역시 그런 면에서 보자면 사람이 분명했던 것이다.

휘륜을 가운데 두고 품자 형으로 포위한 세 사람은 서로 눈빛을 주고받더니 누가 먼저랄 것도 없이 급작스럽게 공격을 시작했다.

단순히 허공을 가르는 건 나무 작대기를 쥔 연약한 어린아이라도 할 수 있는 일이나 세상의 어떤 절대 고수도 그 공간 자체를 파괴할 순 없다. 그들은 마치 허공에 대고 헛손질을 하고 있는 것 같았다. 휘륜은 한 줌의 공기라도 된 듯 그들의 매서운 강기 속을 유유히 떠다니고 있었다. 한차례 강기의 폭풍이 휩쓸고 지나간 그 자리는 처음과 마찬가지로 똑같았고 휘륜 역시 처음 위치에 똑같은 자세로 서 있는 것이었다. 이미 태사를 통해 이와 유사한 경험을 해본 적 있던 세 사람은 더더욱 가슴이 오그라드는 심정을 금할 길이 없었다.

뒤로 물러서서 졸지에 관전자가 되어버린 단무기와 매초향도 눈빛을 반짝이고 있었다. 매초향이 전음으로 대사형에게 물었다.

『저건 무슨 신법이죠?』

『모르겠다. 과연 저걸 신법이라고 한정 지어 불러도 되는지조차. 그는 이미 차원이 다른 세계에 도달해 있는 것 같구나.』

『태사와 비슷한 경지일까요?』

『확신할 수 없지만…… 이거 하나만은 분명하다. 검황만이 태사를 상대할 수 있는 유일한 사람일 것이다.』

두 사람은 한 번도 입 밖으로 낸 적 없지만 더 이상 희망이 없다고 여겼을 때가 있었다. 그때부터 자신들 손으로 세상을 바꿔놓을 수 있다는 기대감은 사실상 버린 셈이나 마찬가지였다. 단지 옳은 일이기 때문에 신념에 따라 멈추지 않고, 포기하지 않고 해나갔을 따름이었다. 하지만 이제는 다시 희망이라는 단어를 조심스럽게 꺼내볼 수 있을 것 같았다.

검황 휘륜의 재등장은 천명회를 이끌고 있는 두 사람에게는 너무도 가슴 벅찬 사건이 아닐 수 없었다.

휘륜은 이곳에 등장한 후 처음으로 병기를 꺼내 들었다. 그가 지니고 있는 유일한 병기는 제남 병기점에서 사부가 사준 바로 그 귀검이었다. 사연 속 아이들이 원래 살던 검혼당의 이름을 따 검혼이라고 이름 지었지만 정작 지금까지 이 검을 써볼 일이 없었다. 지금도 굳이 병기가 필요한 상황은 아니었지만 휘륜은 뜻밖의 흥취에 사로잡히기라도 했는지 검혼을 꺼내 부드럽게 매만졌다. 검이 화답이라도 하듯 잔잔한 귀성을 토해내고 있었다. 휘륜은 흡족했다. 남의 눈에는 시퍼런 귀기로 보일지 모르나 휘륜의 눈에는 그것이 성스러운 보광으로 여겨질 따름이었다.

휘륜은 왼손에 검을 쥐고 정면을 똑바로 바라봤다. 그는 주변의 세 사람을 바라보고 있지 않았다. 그가 지금 바라보고 있는 것은 그 너머의 무한한 공간이었다. 지금 기분대로라면 태산도 일검에 베어버릴 수 있을 것 같았다. 휘륜은 전신에 충만한 진기를 체외로 모조리 뱉어냈다. 몸은 텅텅 비었고 호흡이 끝남과 동시에 이내 폭발적으로 몸 안에 진기가 차올랐다. 그의 몸과 정신은 이 세계와 분리되지 않고 일체화되어 있었다. 주변의 경물은 사라지고 그의 눈에 비치는 것은 기력의 소용돌이와 흐름이었다. 주변의 기력들이 모조리 휘륜의 몸 안으로 쏟아져 들어오고 있었다.

그 순간 휘륜을 포위한 채로 긴장을 늦추지 않고 있던 세 사람은 돌발적인 상황을 겪고 당황할 수밖에 없었는데, 몸 안에 뭉쳐 활화산처럼 터져 오르기 일보 직전이던 내력이 갑자기 흩어지며 한 줌 진기도 남아 있지 않은 것 같은 공허함을 느낀 것이다. 어찌 된 연유인지를 깨닫기도 전에 그들은 보아야 했다.

우우우웅.

휘륜의 검이 엿가락처럼 늘어지더니 거기서부터 미증유의 거력이 쏟아져 나오고 있었다. 따스한 훈풍은 아니었지만 그렇다고 광풍은 더더군다나 아니었다. 무언지조차 판별하기 힘든 빛줄기가 줄줄이 뿜어지고 있었는데 그것은 강기처럼 확실한 형태를 지니고 있지도 않았다. 굳이 설명하자면 자욱한 물안개 같은 느낌에 가까웠다. 반짝반짝거리는 입자가 분명한 빛의 기류가 전신을 감싼 순간 그들은 정신이 혼미해진다는 느낌을 받았다. 떨치고 저항해보려고 했지만 이미 자신들의 몸과 마음은 스스로 통세할 수 없는 상태였다. 그리고 그들의 육신이 먼지 알갱이처럼 잘게 부서지더니 공중으로 흩어져버렸다. 애초에 아무것도 없었던 것처럼.

충격적인 장면이었다. 관전하고 있던 단무기와 매초향에게도 마찬가지였지만 유일하게 살아남은 단혼마존에 비할 바가 아니었다. 그리고 그는 왜 자신은 무사했는가에 생각이 미쳤다. 그는 도무지 대적할 엄두조차 못 냈다. 그저 멍하니 조금 전까지 두 마존이 자리 잡고 있던 빈 공간을 응시하고 있을 따름이었다.

 휘륜의 검은 끊임없이 움직이고 있었다. 때로는 거칠게, 때로는 부드럽게 빈 공간에 아름다운 선을 그려 넣고 있었다. 검무는 그 뒤로도 한참이나 지난 뒤에야 멈췄다.

 네 사람이 동행하고 있었다. 태산을 내려온 휘륜과 단무기 등이었다. 혁관월은 과연 그가 구마존 중 한 사람인가 의심이 갈 정도로 얌전하게 매초향의 옆에서 걸음을 내딛고 있었다. 걷는 중에 주로 대화를 주도하는 이는 휘륜이었다. 그는 궁금한 것을 물었고 나머지 셋 중 아는 이가 있으면 충실히 대답을 하는 식이었다.

 넷 중 둘은 목적지가 분명했고 나머지 둘은 불명확했다. 휘륜은 지인들을 찾아 나서야 할 입장이었고 혁관월은 자신이 끝까지 살아남을 수 있을지 장담조차 할 수 없는 입장이었다.

휘륜이 다시 물었다.
"그 전투 후로 정도련은 강호에서 자취를 감춘 것이구려."
이번에도 단무기가 대답했다.
"네, 그렇습니다. 당시의 피해가 워낙 극심했습니다. 정도련 수뇌부 중 꽤 많은 사람이 죽은 걸로 들었습니다. 어딘가에 모여 재기를 노린다고 믿기 힘들어 보일 지경입니다. 뿔뿔이 흩어지지 않았나 생각될 뿐입니다."
세간에 알려져 있던 것보다는 훨씬 더 심각한 피해를 입은 것 같았다. 몇 차례의 전투가 벌어졌지만 애초 정도련이 마교의 정예와 맞서 싸워 이길 확률은 미미했다.
"너는 아는 게 없느냐?"
혁관월에게 휘륜이 먼저 말을 건넨 건 최초였다. 혁관월은 흠칫 놀라더니 떠듬거리며 입을 열었다.
"구체적으로…… 무얼…… 이르시는 건지……."
"마교의 수뇌 중 한 사람이니 천하의 동향에 대해서는 손바닥 들여다보듯 하고 있을 것 아니냐?"
혁관월은 지금의 제 처지가 도무지 순순히 받아들여지지 않았다. 자신이 이런 꼴이 될 줄 한 번이라도 상상조차 해본 일이 없었다. 어쨌든 지금 혁관월은 자존심을 앞세워 입 다물고만 있기에는 심신이 지쳐 있었기에 곧바로 현실에 순응하고 말았다.
"현재 마교에 대항하는 세력이라고는 천명회 말고 딱 한

곳밖에 없습니다. 과거 사파대종사였던 고해 노완동이 이끄는 밀종 일맥입니다."

단무기도 고개를 끄덕였다. 그 역시 밀종 일맥의 활약상은 듣고 있던 차였기 때문이다. 게다가 휘륜이 해남도에 제 발로 찾아갔을 때 그의 탈주를 돕기 위해 나섰다가 밀종 일맥과 힘을 합한 적도 있었으니 인연이 아예 없지는 않았다. 하지만 그 후로는 그들과 전혀 교류가 없어 상세한 정보는 알 길이 없었다.

휘륜도 제가 교주들 손에서 살아남을 수 있었던 데에는 그들의 역할이 지대했다는 것을 검계 검주인 조부로부터 들은 적이 있었다. 더군다나 고해 노완동과는 서로 안면을 익힌 사이가 아니었던가. 휘륜은 그가 자신과 밀접한 관계가 있는 사람이란 건 아직 알지 못했다. 만약 그 사실을 알았다면 이리 침착한 표정을 하고 있지는 못했을 것이다.

"그들의 본거지는 모르고 있겠군."

"네, 워낙에 비밀스러운 집단인지라. 다만 한 가지……."

"한 가지 뭐?"

머뭇거리던 혁관월은 결국 자신이 알고 있는 사실을 자진해서 모두 털어놓고 있었다. 이런 묘한 심리 상태는 자신이 성의를 보이면 혹 살려주지 않을까 하는 기대감 때문이기도 했지만 그것이 이유의 전부는 아니었다. 솔직히 자신의 이런 모습을 스스로도 설명하기 곤란했다.

"밀종 일맥은 오랜 세월 동안 마교에 대항해 왔으면서도 명맥을 유지한, 저력이 있는 집단입니다. 그렇다고는 해도 교주들과 저희 구마존의 통솔 아래 움직이는 마교 정예 전력을 상대할 수 있을 정도는 못됩니다. 그런데 밀종 일맥에 고해 노완동 말고도 그 못지않은, 아니 그보다 더 강한 고수들이 여럿 있는 것 같습니다. 고해 노완동을 사로잡을 기회가 두 번쯤 있었는데 그때마다 번번이 그 신비 고수들 때문에 실패하고 말았습니다. 아마도…… 검황께서 찾으시는 분들이 밀종 일맥과 함께하는 것이 아닌가…… 그런 짐작이 드는군요."

휘륜은 속으로 확신을 내렸다.

'사부님과 사조님, 그리고 마검에 조부까지도 모두 거기 함께 계실지도 모르겠구나. 어쩌면 옥불까지 합류했을지도.'

그는 내심 그런 기대감을 갖고 곰곰이 생각에 잠겼다. 과연 어떤 방법으로 그들과 접촉할 수 있을지 고민해뵈도 쉽게 답이 내려지지 않았다. 천하제일의 정보망을 구축하고 있을 마교도 찾아내지 못하는 자들을 휘륜이 무슨 수로 찾아낸단 말인가.

'역시 애초의 생각대로 향림뿐인가. 반대로 생각하면 내가 그분들을 찾기 위해 애쓰는 것과 마찬가지로 내가 다시 강호로 나올 때를 대비해 어딘가에는 단서를 남겨두지 않았을까. 합비로 가는 게 빠르겠구나. 그나저나 향림이 아직 건재한지

걱정이로군.'

 네 사람의 동행은 안휘 땅 회남(淮南)에서 끝났다. 다음 만남을 기약하고 세 사람을 먼저 보내고 난 뒤 휘륜은 합비로 곧장 떠났다.
 안휘 지역의 중심지인 합비는 이전에도 대시진이었지만 근자에는 과거와 비할 바가 없이 커져 있었다. 근래엔 안휘 지역을 넘어 중원 전체의 중심지로 부상하고 있을 정도였다. 강호 전역이 무법천지요, 마전과 지방 군벌의 횡포가 극심한 데 비해 그나마 합비에서는 그런 무차별 약탈이 자행되진 않았다. 사람들이 몰리는 이유는 오직 그 하나뿐이었다.
 해남도를 벗어난 마교의 주력이 진군해 황군과의 마지막 전투마저 승리로 끝내고 천하를 움켜쥔 뒤 과연 어디에 정착할 것인지를 두고 많은 사람들이 관심을 기울였다. 폐허가 되다시피 한 자금성 자리에 새로운 궁을 세울 것이란 예상도 나왔고 합비에 터전을 잡지 않겠느냐고 생각하는 이들도 많았다.
 사람들의 예상과 달리 절대자가 된 증지산은 마교의 주력을 이끌고 남하해 동정호를 끼고 있는 악양에 총단을 건립했다. 증지산은 구마존과 마탑 등 마교의 신진 세력만을 악양에 머물게 했고 새롭게 영입한 사파와 각 방면의 고수들은 대륙 각지의 마전에 배속시켰다. 그리고 하부 세력인 마전들을 구마존과 교주들이 절반씩 지휘하도록 조치했다. 교주들은 증지산과 함께 총단에 머무는 것이 부담스러웠던 나머지 합비와 장사, 낙양 등으로 이동했다. 합비는 교주들 중 가장 많은 수가 머물고 있어 마교의 두 번째 총단이란 소리까지 들을 정도였다. 증지산이 악양에 마교 총단을 세운 뒤에 사람들이 빠져나간 것과 달리 교주들이 합비로 오자 오히려 사람들이 늘어났다는 사실은 시사하는 바가 컸다. 교주들은 마교에 대한 불신을 불식시키고자 함인지 적극적인 유화 정책을 펼쳐 합비는 그나마 사람이 살 만한 곳이란 평판이 자자했다. 그렇다고 해도 하루가 멀다고 싸움판이 벌어지고 걸핏하면 분쟁이 나서 사람이 죽어나가는 건 다른 곳과 크게 차이가 없었다. 이곳 역시 마도와 사파 고수들의 소굴이고 그들에게는 지상에 펼쳐진 낙원이나 마찬가지였던 것이다.

얼마 뒤 세상을 또 한 번 놀라게 한 사건이 있었다. 악양에 터를 잡은 증지산과 마교 내 신진 세력이 무슨 연유인지 남하하더니 다시 해남도로 들어가 버린 것이다. 그 이유에 대해서는 의견들이 분분했지만 실상을 제대로 아는 이가 없을 정도로 지금까지도 의문으로 남아 있었다. 그때부터 합비와 낙양에 남게 된 교주들의 활동 반경이 더 넓어졌고 권한은 막대해졌다. 신진 세력이 관리하고 주관하던 마전들 역시 교주들이 관할하게 되었다.

휘륜은 합비에 들어왔다가 깜짝 놀랐다.

'합비가 이렇게 큰 도시였던가.'

끊임없는 사람의 물결 때문에 우선 놀랐고 다른 곳과는 달리 비교적 난리가 나기 전의 일상적인 도시의 풍경을 유지하고 있다는 점에서 신선했다. 북적거리는 대로에는 사람들의 고함소리가 시끌벅적했다. 성업 중인 객잔들 주변에 좌판을 벌이고 장사하는 사람들도 많아 과연 이곳이 마교가 장악하고 있는 곳이 맞는지조차 의심이 갈 정도였다. 휘륜은 솔직히 반신반의하고 있었다.

'이제 천하를 거머쥐었으니 민심을 달래보겠다? 그게 아니면 증지산의 방침과 별개로 마교 교주들이 딴 뜻을 품었나? 어쨌든 의외긴 하군. 증지산은 대마령과 일체화되었다. 완전체는 증지산을 배제한, 이전과는 전혀 딴판인 인격체일까? 아니면 대마령과 증지산이 적절하게 섞인 상태일까? 완전체의 성향이 부정적인 성향으로 굳어져 있다는 건 알겠는데 그게 어느 정도인지 짐작조차 안 가는군.'

휘륜은 마령이 어떤 능력을 지녔는지 짐작하고 있었지만 인간의 몸을 숙주로 삼아 일체화될 경우 어떤 현상이 벌어지는지 경험한 적이 없으니 거기에 대해서 아는 바가 없었다. 강호에 나오기 전만 해도 증지산이 사람들을 학살하고 다니고 심지어 자신을 따르는 마교도들까지 무차별 척살하는 광자가 되어 있을 것이라 여겼다. 그런데 와서 보니 그런 건 아닌 듯싶었다.

'아니다. 결국 마령은 장차 그리될 것이다. 내재된 분노와 폭력성을 주체할 수 없기 때문이지. 지금 숨을 고르고 있는 건 어쩌면 다른 마령들의 존재를 신경 쓰기 때문인지도.'

향림의 림주인 구지옥녀 한옥림은 과거 휘륜에게 합비로 오거든 천선루를 찾아달라고 했었다.

'천선루, 천선루가 과연 어디에 붙어 있는지를 모르겠군. 향림의 본거지일 테니 규모가 작지는 않을 터인데. 이런 식으로 무작정 헤매다가는 언제 찾을지 모르겠구나.'

결국 휘륜은 지나가는 행인을 아무나 붙잡고 물어보기로 했다. 그때였다. 낯이 익은 사람 하나가 눈에 띄었다.

'저 자는 바로……'

놀랍게도 의외의 장소에서 의외의 인물을 발견한 것이다.

'악초림!'

과거 휘륜은 제남의 세가 동맹에서 동심단원들과 함께 머물렀을 때가 있었다. 그때 설리의 주변을 맴돌며 휘륜의 심기를 건드렸던 악초림이 틀림없었다. 그때와 달라진 점이라면 잘생긴 얼굴에 흠집이 생겼다는 정도였다. 오른쪽 뺨에 지렁이가 기어가는 것 같은 형상의 흉터가 나 있었지만 그것 때문에 못 알아볼 정도는 아니었다.

마종 단무기에게 죽임을 당한 마지막 사파대종사의 첫째 제자이자 천하상벌의 주인이기도 했던 악초림. 첫눈에 반해버린 설리에게 구애했다가 거절당한 수모를 참지 못하고 설리에게 무례를 범하다 휘륜에게 제지당했던 적도 있었다. 그 사건이 아니었어도 휘륜과는 악연이라 해도 좋을 만큼 사사건건 부딪히기 일쑤였었다. 악초림이 멸사문을 배후에서 조종해 복수를 준비한다는 얘기까지 들었었다. 그랬던 그가 여태 무사하다는 사실도 의외였지만 마교의 본거지인 합비의 대로를 대규모 행렬을 이끌고 유유히 지나고 있다는 사실이 휘륜을 아연실색게 만들었다. 모른 척 그냥 지나갈까 싶기도 했지만 일단은 궁금함을 참지 못해 행렬을 몰래 따라가 보기로 했다.

악초림은 화려한 복장에 잡털 하나 섞이지 않은 매끈하게 잘 빠진 백마에 올라탄 채 대로 가운데를 지나가고 있었다. 그의 앞뒤로 말에 탄 무사들 백여 명이 호위하고 있었다. 악초림의 바로 뒤를 바짝 따르고 있는 이는 당천통이었다.

동심단원들을 이끌고 우문세가를 박차고 나갔던 당천통이 악초림과 뜻을 함께하고 있다는 소식은 알고 있던 일이어서 그다지 놀랍지는 않았다. 다만 휘륜이 의아하게 생각하는 건 당천통을 따라갔던 나머지 동심단원들의 모습이 단 하나도 보이지 않는단 사실이었다.

합비의 중심지에서 북쪽을 향해 가로지르는 대덕로의 끝에는 거대한 성문이 하나 있었다. 바로 합비왕부였다. 일행은 합비왕부의 성문을 말에서 내리지도 않은 채 그대로 통과하고 있었다.

'합비왕부인가? 이곳에…… 소혜가 있겠구나.'

소혜군주의 얼굴이 잠시 떠올랐다. 악초림이 왕부와 어떤 관계인지 캐보고 싶은 마음도 들었지만 휘륜은 생각을 고쳐먹고 발걸음을 돌려세웠다.

좌판을 열고 장사에 열중하던 상인에게 물어 간신히 천선루의 위치를 알게 된 덕에 휘륜은 그다지 헤매지 않고 찾아갈 수 있었다. 휘륜의 예상과 달리 천선루는 규모가 크지 않았다. 향림이 총력을 다해 확장한 곳치고는 너무 작은 규모라 휘륜은 고개를 갸우뚱거릴 수밖에 없었다. 양쪽 옆 객잔들이 사층이나 되는 규모인 데 반해 천선루는 단층이었고 내부 또한 단조롭기 짝이 없었다. 과연 자신이 제대로 찾아온 게 맞을까 의심이 갈 정도였다.

턱을 괴고 꾸벅꾸벅 졸고 있는 점소이 말고는 주변을 둘러봐도 손님을 빈기는 이 히나 찾아볼 수 없었다. 점소이 앞에 선 휘륜이 몇 차례 헛기침을 하자 그제야 깨어난 점소이가 입가로 흘러내린 침을 손등으로 쓱 닦아내며 말문을 열었다.

"어떤 용무로 오셨습니까, 손님?"

질문부터가 상식 밖이었다. 보통 무엇을 드시겠느냐, 또는 어떤 자리로 모실까요, 등이 나와야 하는데 이 점소이는 무슨 일로 왔느냐고 묻고 있었다.

"이곳이 천선루가 맞긴 맞는 것 같은데 과연 내가 찾는 곳인지를 모르겠소."

"천선루가 확실합니다만 무엇 때문에 그러십니까?"

"흐음. 혹시 여기 주인이 한옥림이란 사람이오?"

순간 점소이의 눈빛이 살짝 달라졌다.

"그분은 왜 찾으십니까?"

"맞긴 맞나 보군. 가서 전하시오. 제남에서 옛 친구가 찾아왔다고."

점소이는 반신반의하며 휘륜의 위아래를 빠르게 훑어보았다.

"진정 제남에서 오셨습니까?"

"그렇소."

"잠시 기다리십시오."

휘륜은 미심쩍은 게 한두 가지가 아니었지만 지금으로서는 점소이의 말에 고분고분 따르는 수밖에 없었다. 기다리라고 하더니 점소이는 그 자리에 멍하니 있는 것이 아닌가. 바로 그때 일단의 무리들이 입구 쪽에서 쏟아지듯이 몰려들어왔다. 험상궂게 생긴 사내들 여럿이 이제 나이 갓 스물을 넘겼을 법한 예쁘장한 처녀를 앞장세우고 들어오더니 점소이에게 눈짓을 했다. 한쪽에 물러서 있던 휘륜과 그 여인의 눈빛이 잠시 마주쳤다. 여인은 눈물을 흘렸는지 아직 다 마르지 않은 물기가 얼굴에 가득했다. 눈도 다소 부어 있는 것이 오랜 시간 울었다는 걸 알 수 있었다. 여인은 체념한 듯 힘없이 고개를 숙였다.
 점소이가 한쪽 방향을 가리켰다. 사내들은 처녀를 앞세우고 점소이가 가리킨 벽 앞에 가서 섰다.
 그르르릉.
 석문이 열리고 있었다. 그제야 휘륜은 사방 벽에 촘촘하게 구분되어 있는 석판들이 사실은 모조리 출입구라는 것을 알게 됐다.
 '이 건물이 단층이니 지하에 시설이 갖춰져 있다는 겐가. 그나저나 이상한 일이야. 한옥림이 향림에서 인신매매를 할 리는 없건만 방금의 그 여인은 마치 강제로 끌려온 것 같지 않던가. 사내들은 한몫 챙기게 돼서 신이 나 보이는 것 같고.'
 모든 게 의문투성이였다. 휘륜은 기다려도 점소이가 가서 알릴 생각을 않자 다그쳤다.
 "언제까지 기다려야 하오."
 "잠시만 기다리십시오. 이미 소식을 전했습니다."
 점소이도 생각보다 오래 지체된다고 여겼는지 표나게 발을 쿵쿵 굴리고 있었다. 알고 보니 점소이 발밑에는 여러 개의 발판이 있었는데 방문자의 목적과 성격에 따라 구별해 알리는 것 같았다.
 휘륜이 물었다.
 "저 문들은 밖에서는 열지 못하게 돼 있소?"
 휘륜을 경계하는 눈빛으로 바라보던 점소이는 귀찮은 듯

짧게 대꾸했다.

"네. 밖에서는 절대 열지 못합니다."

"방금 들어간 여인은 잡혀오는 것 같던데 내가 제대로 본 게요?"

점소이는 처음으로 정색했다.

"그것까지는 저도 아는 바가 없군요. 궁금증을 해결해드리지 못해 죄송합니다, 손님."

그르르르릉.

석문이 열리는 소리가 나자 휘륜의 고개가 그쪽으로 돌아갔다. 방금 열렸던 석문과는 다른 곳이었다. 그 안에서 정복을 갖춰 입은 십여 명의 무사들이 걸어 나왔다. 그들은 휘륜을 발견하고 곧장 그를 향해 걸어오더니 정중하게 예를 올리곤 물었다.

"어떻게 오셨습니까?"

"한옥림을 만나기 위해 제남에서 왔소. 그녀가 여기 있소?"

"선약이 되어 있으십니까?"

그 말을 하는 무사의 눈길이 휘륜이 허리에 매달고 있는 검에 잠시 닿았다. 상대가 어떤 목적을 갖고 온 사람인지, 혹 나쁜 의도를 품고 온 것은 아닌지 먼저 파악하는 것 같았다.

다소 귀찮기는 했지만 이곳에서 소란을 피울 생각이 없는 휘륜은 성실하게 대답했다.

"오래전 한옥림이 여길 찾아오라는 말을 남긴 적이 있소.

내 인상착의를 얘기하면 될 것이오."

"존함이 어찌 되시는지 여쭤봐도 되겠습니까?"

휘륜은 자신이 등장했다는 사실이 여러 사람들에게 알려지는 것을, 특히 마교의 상층부에까지 알려지는 것을 아직은 원치 않았다. 번거로운 일이 생길 것이 틀림없었기 때문이다. 두려운 마음은 없지만 귀찮긴 했다. 잠시 망설이던 휘륜이 대답했다.

"륜이라고 하면 될 것이오."

"그럼 잠시 여기서 기다려 주십시오. 속히 알아보겠습니다."

무사들의 신호를 받은 점소이가 발판 하나를 다시 구르는 것이 보였다. 무사들 중 둘만 그 안으로 사라졌고 여덟 명은 남아 휘륜의 곁에 죽 늘어서 있었다. 보호보다는 감시의 목적인 듯싶었다.

한 식경쯤 지났을까? 석문이 올라가며 형형색색의 옷을 갖춰 입은 사람들이 쏟아져 나왔다. 그중 선두에 선 사람을 휘륜은 한눈에 알아볼 수 있었다. 한옥림이었다. 그녀가 직접 모습을 드러낸 것이었다. 한옥림은 휘륜을 보고 믿겨지지 않는지 잠시 탄성을 토하더니 휘륜 앞으로 와 절을 하는 것이었다. 휘륜은 별반 놀라운 일이 아니었지만 함께온 사람들이나 밖에 있던 점소이와 무사들은 뜻밖의 장면에 망연자실해 있었다.

"천녀, 귀공을 다시 뵙게 될 날을 학수고대하고 있었습니다."

 예전 제남에서도 휘륜을 예사롭지 않게 대한 건 사실이지만 지금과 같은 극경의 태도는 아니었다. 휘륜은 그녀가 이런 태도를 보이는 이유를 짐작해 보았다.

 '내가 검황이란 사실을 안 게로군.'

 혹 다른 사람의 눈에 띄기라도 할까 마음이 다급해진 한옥림은 휘륜을 석문 안으로 바삐 안내했다.

 "어서 천녀를 따르시지요. 뫼시겠습니다."

 휘륜은 잠자코 그녀가 하자는 대로 따랐다. 석문 안은 휘륜의 짐작대로 아래쪽으로 경사가 나 있었고 그 끝에는 화려하게 장식된 또 다른 문이 보였다. 문을 열고 들어서니 천장과 벽과 바닥이 온통 대리석으로 꾸며져 있었고 뛰어난 장인들이 솜씨를 부린 훌륭한 조각상들이 군데군데 자리 잡고 있어 운치를 더했다. 복도는 길고 복잡했다. 커다란 분수대를 중심으로 사방으로 복도가 거미줄처럼 이어져 있었는데 이곳이 처음인 사람은 길을 잃기 십상일 것 같았다.

 한옥림이 휘륜을 안내해 간 곳은 자신의 처소로 쓰이고 있는 가장 화려한 석실이었다. 상아로 된 탁자와 의자, 그리고 황금으로 장식된 갖가지 집기들은 흔히 볼 수 없는 희귀한 것들이었다. 휘륜이 의자에 앉고 나자 한옥림은 그 앞에 공손하게 섰다. 휘륜은 그게 불편했던지 자리를 권했다.

 "림주도 거기 앉는 편이 낫겠소. 아무래도 불편해서 안 되겠소."

몇 번이나 사양하던 한옥림은 마지못해 자리에 앉았다.

한옥림이 물었다.

"언제 강호로 나오셨습니까?"

"며칠 안 되었소. 본인이 림주를 왜 찾아왔는지는 짐작하고 있겠지요?"

"어떤 하문이든 내리십시오. 성심성의껏 대답해 드리겠습니다."

"그간의 강호 사정은 대충 들어 알고 있고…… 찾고 싶은 사람들이 있소."

한옥림은 빙긋 웃음 지었다. 마치 휘륜의 사정을 속속들이 다 알고 있다는 듯이.

"절 찾아오신 건 매우 잘하신 일입니다. 정도련의 수뇌부는 물론이고 우문세가의 가솔들, 그리고 검황님의 지인들 소식까지, 웬만힌 긴 다 파악하고 있습니다."

막혀 있던 가슴 속이 한꺼번에 뻥 뚫리는 기분이었다. 기대감을 갖고 왔지만 이처럼 속 시원한 얘기를 듣게 될 줄은 몰랐던 것이다.

'참으로 유능한 사람이 아니겠는가. 세상의 숨겨진 보배로군.'

감탄에 감탄을 하던 휘륜은 서두르지 않고 한옥림의 다음 말을 기다렸다.

"정도련의 수뇌 중 반수 이상은 연전의 거듭된 전투에서 목숨을 잃었습니다. 남은 전력들은 현재 세 군데로 흩어졌고 외부 활동을 전면 중단한 채 내부 결속을 다지고 전력을 보충하는 일에 중점을 두고 있습니다."

"정면 격돌을 하고도 전멸하지 않은 게 천만다행이구려."

"만약 천선부의 전력이 아니었다면 전멸을 면치 못했을 것입니다."

"천선부가 정도련을 도와 마교와 싸웠단 말이오?"

"그런 줄 알고 있습니다. 천선부의 노신선들이 마교의 주력을 지연시키고 그 틈에 퇴각했기에 목숨을 많이 건진 줄 알고 있습니다."

"그랬구려. 현재 그들은 어디에 있소?"

"핵심 전력과 수뇌들은 현재 사천땅 청성산(靑城山)에 웅크리고 있습니다."

청성산이라면 성도와도 그리 멀지 않은 곳이었다. 휘륜은 궁금해졌다.

"그들의 소재는 마교에서도 눈에 불을 켜고 찾고 있을 텐데 림주께선 어찌 그 사실을 이리 소상히 알고 있소?"

"실은 천녀가 그동안 마교의 동태를 살펴 정보를 취합해 정도련에 제공해주고 있었습니다. 현재 정도련은 기존의 정보망이 대부분 유실된 상태라 제게 의존하는 바가 큽니다."

한편으로는 한옥림이 참 대견하고 장해 보였다. 그 때문이었을까?

"내 이 자리에서 한 가지 약조를 하리다. 림주의 원수는 내 손으로 꼭 갚아 주겠소. 아니 그놈을 잡아다 림주 앞에다 반드시 세워 주리다."

기대하지 않았던 말을 급작스럽게 들은 탓인지, 순간 한옥림의 눈가에 눈물이 핑 도는 것이었다.

"감사합니다. 그래주신다면 천녀는 여한이 없습니다."

그때 한 여인이 옥 소반에 차와 다과를 차려서 가지고 들어왔다. 그녀는 바로 예전에 휘륜도 만난 적이 있던 한옥림의 양녀인 백란이었다. 벽안의 미녀인 백란의 미태는 예전보다 더 완숙해져 빛을 발하고 있었다. 그녀는 말없이 소반을 두 사람 사이에 놓고는 물러났다. 백란의 시선이 휘륜을 슬쩍 바라보는 걸 한옥림은 놓치지 않았다. 백란이 사라지고 나자 다시 휘륜이 입을 열었다.

"내가 김황이탄 선 언제부터 아셨소?"

"밀종에서 찾아온 분과 대면하고 나서 알았습니다."

휘륜은 입안이 바짝 마르는 심정이 되었다.

"밀종은 어디로 가면 만날 수 있소?"

"저도 거기까지는 알 수 없습니다. 밀종을 이끄시는 고해노완동 어르신께서는 저를 신뢰하면서도 그것까지는 알려주시지 않더군요. 당금 무림에서 밀종은 꼬리가 발견되지 않는 신룡과도 같이 신출귀몰합니다. 현재 천하에서 가장 신비스러운 조직으로 알려진 게 괜한 일이 아닙니다."

휘륜은 실망을 금치 못했다.

"하지만 머지않아 다시 밀사가 찾아올 것입니다. 한 달에 한 번씩 정기적으로 이곳에 밀사가 찾아옵니다."

휘륜은 반색했다.

"오, 그게 사실이오?"

"사나흘 후면 밀사가 찾아올 시기입니다. 여기서 며칠 머무시면 원하는 걸 얻을 수 있을 것입니다."

묵은 체증이 뚫리는 심정이었지만 완전히 근심이 걷힌 건 아니었다. 지금껏 입 밖에 내지 않고 있던 주요 관심사를 입에 올렸다.

"밀종에 혹시…… 설리와 제 스승님도 함께 계시오?"

한옥림은 휘륜의 애타는 마음을 짐작하고 있는지 한결 따뜻한 눈길로 바라봤다. 휘륜은 제 마음속을 들킨 것 같아 겸연쩍어했다.

"설리님은 밀종에 머물고 계신 게 확인이 되었지만 만취공 어르신에 대한 소식은 듣지 못했습니다."

휘륜은 내심 기쁨과 안타까움이 교차하는 걸 느꼈다. 만취공의 안위를 모른다는 말에 얼굴이 어두워지는 휘륜을 보며 한옥림은 제 잘못이 아님에도 불구하고 안절부절못했다. 휘륜은 그런 그녀를 의식해 처음으로 찻잔에 손을 댔다. 한 모금 들이켠 휘륜은 차 맛이 좋다며 칭찬을 아끼지 않았다.

"차 맛이 아주 일품이구려."

"상질의 용정차입니다. 입맛에 맞다니 다행입니다."

휘륜은 갑자기 생각이 났는지 여기 오기 전에 본 장면을 물었다.

"합비에서 악초림을 보았소. 화려한 행렬을 이끌고 합비왕부로 들어가던데 혹시 그에 대해 아는 바가 있소?"

한옥림은 얼굴을 살짝 찡그렸다. 그것은 명백한 불쾌감을 담고 있었다.

"어떤 시대든 변절자가 행세하는 경우는 흔한 일이지만 그를 보고 있자면 불쾌하기 짝이 없습니다. 그는 제 스승의 원수를 갚겠다고 멸사문을 지원하더니 마교가 세상을 거머쥐자 그들 편에 가장 먼저 가담한 인물입니다. 그는 마교 대교주의 충복이 되어 중원의 협사들을 척살하는 임무를 자임하고 있습니다. 그 과정에서 자신의 뜻에 반기를 든 옛 동심단 원들을 모조리 반역사토 제쏘해 옥에 가두기까지 했습니다. 현재는 이곳 합비왕부에 머물고 있는 걸로 알고 있습니다."

"왕부가 마교의 소굴이 되었소?"

"반쯤은 그런 셈이지요. 현재 합비왕부에 머물고 있는 교주는 네 사람입니다. 왕야는 자신이 쓰던 거처를 교주들에게 내어주고 별전으로 물러나 있는 걸로 알고 있습니다. 듣기로는 왕야가 이전부터 협조해온 공로를 참작해 지위를 보전하고 대접을 해주는 걸로 알고 있으나 앞으로 어찌 변할지는 아무도 장담할 수 없는 일이지요."

"소혜군주에게는 별일이 없소?"

"그녀에게는 큰 변화가 있었습니다. 교주들은 무슨 속셈인지 소혜군주를 신녀로 추대하고 일월신교, 즉 마교의 상징적인 인물로 내세워 신격화하고 있습니다. 석 달에 한 번씩 신녀가 주재하는 거대한 규모의 제사를 지내는데 직접 보고 나니 그녀가 정말 신녀가 아닌가 생각이 될 정도로 인상적이었습니다. 저도 이러니 일반 민초들의 눈에는 어찌 비치겠습니까. 그녀 때문에 일월신교가 점차 대중들의 지지를 받고 있는 것 같아 심히 우려가 됩니다."

놀라운 일이었다. 마교의 교주들이 증지산과 다른 길로 가고 있는 건 분명했다.

"교주들은 마교의 치세를 영원토록 이어가고 싶은가 보구려."

"무엇보다 큰 문제는 마교에서 비밀스럽게 유통시키고 있는 각종 마약들입니다."

"흐음. 그건 듣긴 했소만 그리 사태가 심각하오?"

"심각합니다. 마교에서 생산한 마약은 동일한 무게의 황금과 같은 가치를 지니고 있습니다. 마약을 한 번이라도 복용한 사람은 다시 찾게 되어 있고 점차 중독돼 몸과 정신이 피폐해지고 망가질 때까지 자각하지 못합니다. 설사 경각심을 가진다 해도 웬만한 사람은 절제하기 쉽지 않습니다. 거기다

워낙에 비싼 가격이기 때문에 마약을 구입하는 자금을 마련하기 위해 어떤 짓도 서슴지 않는다는 것이 가장 큰 문제입니다. 마교의 수뇌부들은 마약의 유통량을 조절하고 자신들에게 충성하는 사람들 위주로 우선 보급하고 있습니다."

"귀독마존이 혹 그 일을 책임지고 있지 않았소?"

"귀독마존은 마혼단을 만든 사람으로 알고 있습니다. 마혼단은 마교 내 무사들에게만 지급되는 것입니다. 일반에 유통되는 것과는 좀 다릅니다."

"귀독마존이 사라졌으니 마혼단은 더 이상 구할 길이 없어지겠군."

한옥림은 깜짝 놀랐다.

"귀독마존이 죽었습니까?"

휘륜은 태산에서 있었던 일을 간략하게 설명해줬다. 어차피 다 알려질 일이기도 했다. 휘륜이 강호 소식에 대해 대강이리도 파악할 수 있었던 게 천명회주를 먼저 만난 덕분이라는 걸 한옥림은 그제야 알게 됐다.

한옥림은 휘륜이 검황이란 사실을 알았을 때부터 그의 능력이 자신이 짐작하고 있던 수준을 훨씬 상회하리라는 예상은 했지만 구마존 중 세 사람을 가볍게 꺾을 정도였나 싶어 다소 놀라고 있었다.

휘륜의 급한 의문들은 대충 해결이 된 셈이었다. 휘륜이 미리 알아두면 좋을 만한 정보들을 한옥림은 하나씩 차근차근

풀어나가기 시작했다.

 한옥림의 긴 이야기가 끝이 났다. 휘륜은 한옥림의 이야기를 듣는 중에 자신의 이후 행보를 구체적으로 정리하고 계획할 수 있었다. 참으로 유익한 정보들이 아닐 수 없었다. 마교와 강호 사정이 속속들이 파악되자 급한 일의 선후가 저절로 결정되었다. 중요한 대화가 마무리되고 휘륜이 더 이상 궁금해하는 게 없는 듯싶자 한옥림은 조심스럽게 몸을 일으켜 세웠다.

 "쉬십시오. 천녀는 이만 물러가 보겠습니다. 언제든 시비에게 절 찾아오라 이르시면 만사 제쳐놓고 언제든 달려오겠습니다."

 고개를 끄덕이던 휘륜은 갑자기 궁금한 게 생겼다.

 "잠깐, 림주에게 한 가지 묻고 싶은 게 있소. 나무라지 않을 테니 숨기지 말고 사실대로 일러주시오."

 한옥림은 몸을 일으킨 채 공손하게 물었다.

 "무엇이든 말씀하십시오."

 "아까 입구에서 기다리다 목격한 것인데…… 혹시 이곳에서 인신매매가 이뤄지오?"

 휘륜은 작은 변화라도 놓칠세라 한옥림의 표정을 예리하게 주시하고 있었다. 표정 변화도 없이 한옥림은 담담하게 대답했다.

 "거기엔 그럴 만한 이유가 있습니다."

일단 한옥림은 부정하지 않았다. 다른 대답을 기대하고 있던 휘륜은 속으로나마 적잖게 실망했다. 어쨌든 다음 얘기에 귀 기울였다.

"현재 합비에는 강호 전역에서 팔려온 노비들을 사고파는 시장이 형성돼 있습니다. 갖가지 이유와 사연을 지닌 사람들이 전란을 겪으면서 노예 신분이 되었습니다. 특히 나이 어린 처녀들의 경우 든든한 보호자가 없는 이상 값싼 돈에 여기저기 팔려 다니는 일은 이제 일상이 되었을 정도로 참혹한 지경에 이르렀습니다. 처음에는 저희 향림이 보유한 자금으로 가능한 한 그들을 확보해서 자유의 몸으로 만들어주었지만 얼마 지나지 않아 또다시 잡혀 오는 걸 보고 방법을 바꿨습니다. 여기저기 난립하던 인신매매 시장을 제가 주도적으로 통합해 운영하고 있습니다. 시장에 나오는 여자들을 모두 사들이지는 못해도 최선을 다해 확보해왔습니다."

과연 그녀가 거짓을 보태지 않았을까 의심하는 마음도 없지 않았지만 휘륜은 왠지 모르게 믿어보고 싶은 마음이 더 커졌다. 여인으로 험한 강호를 헤치며 살아온 한옥림은 누구보다 이 시대 여자들의 고통과 아픔을 잘 헤아리고 있었다. 그런 그녀가 여자들을 이용해 제 배를 불리는 데 혈안이 되어 있다면 그녀를 따르는 여인들이 그리 마음 편히 지내는 건 있을 수 없는 일이었다. 직접 목격한 일을 두고 재차 의심을 품고 싶지는 않았다. 그래도 확인은 해봐야 했다.

"그들을 사서 모두 기적에 올리는 게요?"

한옥림은 웃었다.

"아닙니다. 그 많은 수를 어찌 기적에 다 올리겠습니까. 세상으로 다시 내보내기도 위험해 안전한 장소에 모아서 보호하고 있습니다. 스스로의 힘으로 자신을 지킬 수 있도록…… 조금이라도 보탬이 될까 싶어 무공을 가르치고 있습니다."

"훌륭한 일을 하시는구려."

"당연히 해야 할 일입니다."

"그런데 인신매매 시장이라면 큰돈이 오갈 텐데 마교가 관여하지 않소?"

"민심을 달래려 함인지 그런 곳까지 마교가 손을 뻗지는 않습니다. 단지 매달 일정한 액수의 상납금을 요구하고 있고 불필요한 충돌을 할 필요는 없을 것 같아 저들이 원하는 만큼 건네주고 있습니다."

안 그래도 요즘 한옥림의 고민은 거기 있었다. 향림을 통해 지난 세월 축적해온 부가 만만찮다고는 해도 무한정인 건 아니었다. 합비로 옮겨오고, 더군다나 인신매매 시장을 주도하며 노예 신세로 전락한 여자들을 자비를 털어 사들이면서 지출은 급속도로 늘어난 데 반해 수입은 턱없이 부족했다. 결국 재산을 계속 까먹고 있는 셈이었는데 이대로 간다면 얼마 못 버티고 바닥이 날 것 같았다. 그때가 되면 인신매매 시장에 나온 여인네들을 사들이는 일도 그만둘 수밖에 없었다.

그 시기가 머지않았다는 점이 한옥림을 초조하게 만들고 고민에 빠트렸다. 처음에 인신매매 시장이 형성돼 그 거래가 활발한 걸 보고 한옥림은 마치 과거의 제 처지를 보는 것 같아 충격과 동시에 연민을 느꼈다. 그때부터 만사 젖혀두고 그 일을 우선적으로 처리해왔다. 이제 슬슬 한계가 오고 있다는 사실이 한옥림은 안타까울 따름이었다.

그 얘기를 마지막으로 한옥림은 휘륜을 홀로 남겨두고 떠났다. 한옥림이 마지막으로 한 말이 가시처럼 가슴에 박혀 휘륜을 아프게 했다.

'세상을 단번에 뒤집지 못하는 이상…… 그 세월 동안 많은 사람들이 함께 고통을 겪어야 한다. 다른 어떤 것으로도 보상해줄 수 없고 치유할 수 없는 마음의 상처도 생길 것이다. 어쩔 도리가 없는 것인가. 지금 헤아릴 수 없이 많은 사람들이 도움의 손길을 필요로 하지만 막상 도울 수 있는 여력에는 한계가 있나. 과거 옥불의 말처럼…… 나 혼자서 모든 걸 감당할 수 있다고 생각하는 건 오만이고 독선일지도.'

휘륜은 한옥림에게 자금을 지원해줄 방책을 강구해봐야겠다는 생각을 갖게 되었다.

제3장
생환과 재회

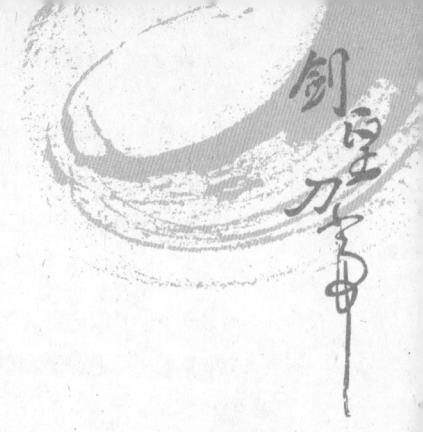

 한옥림이 예견한 대로 밀종의 밀사는 예정된 날을 넘기지 않고 천선루를 찾아왔다. 그리고 휘륜과 만났다. 휘륜이 밀종을 향해 떠나는 데 동행하지 못하는 한옥림은 무척 아쉬워하고 섭섭해했다. 밀사의 안내를 따라간 곳은 휘륜이 꿈에서도 생각지 못한 의외의 장소였다.

 합비왕부.

 기존의 왕부를 확장하고 증축해 삼분지 이를 마교가 사용하고 있는 실정이었다. 설마 이곳에 밀종의 본거지가 있을 줄 누가 알았겠는가. 아무리 등잔 밑이 어둡다지만 이처럼 대담한 결정을 내리기란 웬만한 사람에겐 쉽지 않은 일이었다.

그렇지만 휘륜이 보기엔 위험천만하기 짝이 없었다. 왕야의 거처인 충렬전의 지하 석로를 따라 걷는 휘륜은 기가 막힌 심정이었다.

'밀종이 여기 있으니 천하를 샅샅이 뒤져도 찾지 못한 건 당연한 일이지. 참으로 대단하군. 왕야는 그럼 지금껏 마교에 거짓으로 협조하고 있었단 말인가. 그렇지 않고는 설명이 되지 않는 일이다.'

하나밖에 없는 딸을 포함해 오랜 세월 세상을 감쪽같이 속여온 왕야의 치밀함에 휘륜은 혀를 내두를 수밖에 없었다. 지하 밀전으로 안내된 휘륜은 잠시 기다렸고 조금 뒤 그곳에서 그렇게 만나길 바라마지 않았던 지인들과 재회할 수 있었다. 사부와 사조, 그리고 마검 태공악, 고해 노완동과 검계의 검주인 조부까지 모두 무사했던 것이다.

합비왕부에 웅크린 채 때를 기다리고 있던 사람들은 또 그들대로 고대하던 휘륜의 등장에 만가움을 감추지 못했다. 휘륜이 차례로 인사를 나누고 해후의 감정을 만끽하고 있는 동안 한쪽 구석에서 가슴에 한 손을 얹고 떨리는 심정을 주체하지 못하고 있는 여인이 하나 있었다. 설리였다. 몇 년 동안 그녀는 몰라볼 정도로 성숙해져 있었다. 천생의 미색은 훼손되지 않고 더 빛을 발하고 있었지만 그동안 마음고생이 심했음을 증명이라도 하듯 수척해져 있었다. 휘륜과 설리의 눈빛이 처음으로 엉켰다. 그녀는 바라보는 것만으로도 가슴이 벅찬지 고개를 숙였다. 그 순간 설리의 눈에 눈물이 핑 감돌았다.

자리를 정돈하고 앉은 사람들은 휘륜의 의중을 캐기에 전념했다.
"이제 어쩔 작정이냐?"
이중에 가장 웃어른이라 할 수 있는 구상화가 사손의 의향을 물은 것이다. 그것 자체가 휘륜을 이 무리의 지도자로 인정한다는 의미나 다름없었다. 휘륜이 대답을 하기도 전에 마검 태공악이 그동안 참아왔던 분노를 터트리고 싶어 안달했다.
"증지산의 수급을 베러 가야지. 안 그런가? 아니지, 아니야. 먼저 여기에 있는 마교의 주구 놈들부터 처리하는 게 순서겠군. 그동안 이놈들이 하는 짓을 두 눈 멀쩡히 뜨고 치켜보는 게 너무 힘들었다네. 노부더러 또 참으라고 한다면 그땐 미쳐버릴 게야."
휘륜은 한차례 소리 없이 미소 지은 뒤에 주변의 노인들을 바라보며 천천히 입을 열었다.
"저도 마음 같아서는 당장 그리했으면 좋겠습니다만, 아쉽게도 그럴 수가 없습니다."
스승인 단목철이 의아해하며 물었다.
"알아듣게 얘기해 봐라. 네가 나오기만 학수고대했는데 그릴 수가 없다니?"

"마령은 그 하나가 아닙니다. 증지산을 처단하고 나면 다른 마령들이 위기를 느껴 깊은 곳으로 숨어버릴 가능성도 있습니다. 마령은 모두 셋이고 그 모두를 처단해야만 안심할 수 있습니다."

검계 북파의 검주이자 휘륜의 조부인 휘야검이 근심을 지우지 않은 채 말했다.

"마령 셋이 연합할 공산도 배제할 순 없지 않겠느냐?"

"그들은 기본적으로 서로를 적대합니다. 하지만 위기에 처하게 되면 그럴 가능성도 있습니다."

"그러면 연합을 하기 전에 하나씩 처리하는 편이 손쉬울 터인데."

"그건 맞사오나 그러자면 마령 셋이 모두 숙주의 몸에 완전히 합일된 후라야 합니다. 증지산의 경우에는 완전체가 되었으니 관계없지만 나머지 두 마령은 아직 어떤 상태인시노 모르고…… 무엇보다도 아직 찾아내지 못했으니 지금 단계에서 증지산을 치는 건 어리석은 일 같습니다."

휘륜의 말대로라면 단순한 일이 아니었다. 앞으로도 난관이 많지 않겠는가. 세 마령이 합일을 끝내야 하고 행적을 모두 파악한 상태에서 하나씩 처리해야 한다. 말로야 쉽지만 그 과정이 결코 순탄할 순 없었다.

"이걸 어쩐다. 무엇보다 마령이 깃든 숙주를 다른 사람들은 보아도 알 수 없다는 점이 가장 큰 문제겠어."

구상화가 지적한 부분은 정확했다. 그 사실을 휘륜이라고 생각해보지 않은 건 아니었다. 휘륜은 제가 구상해둔 계획을 털어놨다.

"증지산을 제외한 두 마령은 숙주를 정하고 안착한 뒤에 현재 가장 두드러지게 드러나 있는 증지산을 표적으로 삼고 움직일 가능성이 많습니다. 그들끼리 부딪혀 양패구상(兩敗俱傷)한다면 좋겠지만 반드시 그리되리란 보장이 없습니다. 마교의 교주들 중 하나로 분해 증지산의 동태를 살피는 한편, 다른 마령들의 접근을 미리 차단하고 제거하는 쪽으로 계획을 잡아 봤습니다만…… 어찌 생각하십니까?"

전대 검황이자 휘륜의 스승인 단목철이 되물었다.

"마교 교주를 죽이고 그 행세를 하겠다는 것이냐?"

"네, 스승님."

"흐음, 좋은 계책이긴 하다만 좀 위험하지 않겠느냐? 마교의 특성상 오랜 세월을 함께 해온 측근들이 주변에 많을 터인데 그들의 눈을 속이는 일은 쉽지 않을 것이다. 발각되면 어찌하려고 그러느냐? 그럴 경우 증지산이나 다른 마령들이 오히려 경각심을 가지지 않겠느냐?"

역시 단목철은 예리했다. 휘륜도 그걸 생각하지 않은 게 아니었다. 휘륜은 조심스럽게 입을 뗐다.

"그래서 좀 어려운 부탁을 드릴까 합니다. 교주 하나를 골라 당사자뿐만 아니라 그 측근까지 모두 바꿔치기할 생각입니다."

마검 태공악이 무릎을 소리 나게 치며 말했다.

"오! 그거 아주 좋은 생각이로다. 하급 무사들이야 수뇌들 눈치 보기 급급할 터이고 하나 둘도 아니고 수십 명을 한꺼번에 의심하는 일은 없을 터이니. 또 문제가 생겨도 수습하기 수월할 것이고. 어떻소, 좋은 계획인 듯싶지 않소?"

마검 태공악의 말처럼 휘륜의 계책은 괜찮아 보였다. 문제는 휘륜이 이 말을 어렵게 꺼낸 이유 때문이었다. 지금 휘륜은 그 일을 자신들더러 같이 해달라고 요청하고 있었다. 남 노릇한다는 것이, 더군다나 마교의 무뢰배 행세를 한다는 것이 여기 있는 사람들의 지위와 체면을 생각하면 가당치도 않은 일일 수 있었다.

구상화가 못마땅한 듯 중얼거렸다.

"거참, 팔자에도 없는 마교 교도 행세를 다 해보게 생겼군."

단목철이 나서서 망설이고 있는 좌중의 인물들에게 동의를 구했다.

"다들 고생 좀 하십시다. 천하의 안정을 위해 한 몸 바치기로 작정했으니 이제 와 체면을 따져 무엇하겠소."

모두가 거의 동시에 고개를 끄덕거리고 있었다. 그걸 본, 내심 조마조마해하며 긴장하고 있던 휘륜의 마음이 그제야 풀렸다. 사실 여기 있는 인물들만큼 완벽하게 다른 사람으로 변장할 수 있는 사람이 어디 있겠는가. 변체역용술은 무공의 고하에 따라 질에서 큰 차이를 보일 수밖에 없었다. 여기 있는 사람들의 무위야 논할 필요가 없을 정도로 압도적이니 스스로 정체를 드러내기 전에는 웬만해서는 허점이 드러나지 않을 것이다. 게다가 혹 문제가 생긴다 한들 수습하기에도 용이했다. 일일이 휘륜이 간섭하지 않아도 믿고 맡겨두면 알아서 다 처리할 수 있는 역량을 보유했다는 점에서 이 이상의 적임자가 없었다.

그때 마검 태공악이 엉뚱한 제안을 했다.

"아예 이곳 왕부에 기생하고 있는 교주 놈들을 싹 갈아치우는 게 어떻겠나?"

"전원을 말입니까?"

"그렇지."

다들 서로의 얼굴을 바라봤다. 휘륜이 망설이고 있는 사이, 구상화가 마검 태공악의 의견이 마음에 들었는지 그쪽으로 몰아갔다.

"차라리 그편이 낫겠어. 그리하는 걸로 하자."

단목철은 스승의 심중을 헤아리기라도 했는지 고민도 해보지 않고 동의했다.

"하나를 제거하고 나머지 놈들 눈치를 보느라 진땀을 빼느니 여기 있는 놈들을 싹 다 우리 사람으로 교체하면 차라리 운신하기도 좋을 것 같군요. 저도 찬성입니다."

휘륜은 사실 거기까지는 계획하지 못했다. 생각해 보니 그 편이 차라리 나을 것 같았다.

반대하는 이가 아무도 없자 휘륜이 질문했다.

"현재 왕부에 터를 잡고 있는 교주가 누군지 파악이 되셨습니까?"

그 질문에는 밀종의 종주인 고해 노완동이 대답했다.

"그건 내가 대답하는 편이 낫겠군."

휘륜을 바라보는 노완동의 시선은 따스했다. 그는 아직 휘륜에게 하지 못한 말이 있었다. 그와 휘륜은 매우 특별하고 밀접한 관계가 있었다. 그 사실을 현재 이 자리에 있는 사람들 중 유일하게 휘륜만 모르고 있었다.

오랜만에 다시 보게 된 고해 노완동이 자신을 바라보는 시선이 이전과는 판이하게 다르다는 사실에 휘륜은 의아해했시만 별로 대수롭지 않게 여겼다.

"아홉 명의 교주들 중 총 네 명이 합비에 머물고 있지. 대교주가 이끄는 천마교 계열의 교주들 중 삼교주는 대교주와 함께 낙양에 터를 잡았고 혈마교의 수장인 이교주와 그 아들인 오교주는 장사에 웅크리고 있네. 아직 해남도에 머물고 있는 네 번째 교주를 제외한 나머지 교주들이 현재 이곳 왕부에 도사리고 있어."

"그럼 육, 칠, 팔, 구교주겠군요."

"그렇지."

"천마교와 혈마교 계열의 교주들이 섞여 있는 셈이로군요."

"그들 사이의 알력과 내분은 여전하지만 표면적으로는 잠잠한 편이야. 구마존의 등장 이후로 입지를 위협받게 되었기 때문이지. 그렇다고 교주들이 단합한 건 아니지만 어쨌든 충돌은 될 수 있는 한 피하고 있는 실정이지."

휘륜은 의문이 들었다.

"구마존의 대다수가 혈마교 계열의 후예들인 걸로 알고 있습니다. 그런데도 이교주가 그들을 경계하고 있습니까?"

"그러게 말일세. 처음엔 이교주를 비롯한 혈마교 계열의 교주들이 구마존의 등장을 반기고 지원하는 입장이었네만 지금은 사정이 달라졌어. 구마존은 천마교와는 확실히 대립각을 세우고 있고 혈마교 측 교주들과도 그다지 소통이 없는 편이야. 그들은 증지산의 구상에 따라 신진 세력의 구심점 역할을 하고 있고 구세력의 대표격인 교주들과는 일정한 거리를 두고 있어. 그 때문에 혈마교 측에서도 관점을 바꾸지 않았는가 짐작할 뿐이지."

"그런 속사정이 있었군요."

휘륜은 자신이 태산에서 두 명의 마존을 제거한 사실을 밝혔다. 그리고 단혼마존은 천명회에 억류돼 있다는 사실도 알렸다. 그 소식엔 모두 반가워했다. 무엇보다 휘륜의 무위가 기대를 충족시켜 주었다는 점에서 만족하는 것 같았다. 실상 좌중의 인물들이 가장 궁금해하는 부분이 바로 그 점이었다. 휘륜의 무위가 정작 증지산을 넘지 못한다면 수족을 모조리 잘라내도 현 상황을 타개할 결정적 한 수를 기대할 수 없게 되는 것이다.

휘륜은 천명회와 정도련의 잔존 세력에 대해서도 얘기했다.

"그들과 연계해서 연합 전선을 형성해야 할 것 같습니다. 그들이 강호 전역의 마전들을 치고 우리가 마교 내부에서 흔들면 금상첨화일 것입니다."

진지한 얘기들이 논의되고 결정되어갔다. 여기 있는 사람들이 그동안 힘이 없어 참고 지내온 건 아니었다. 휘륜이 돌아오리라 확신하며 그때를 기다려 온 것이다. 지금껏 마교가 강호를 유린하고 무법천지로 만들어가는 과정을 지켜보면서도 그들은 인내하며 참아왔다. 그러다 보니 울분이 쌓여 폭발하기 직전까지 가 있었다. 이제 대대적인 역습이 시작되려 하고 있었고 그 중심에는 사상 최강의 무인이라 할 수 있는 휘륜이 버티고 있었다.

* * *

사람은 생각지도 못했던 뜻밖의 일을 겪게 되면 당황하기 마련이었다. 휘륜도 그랬다. 일가 피붙이 하나 없는 줄 알았는데 뜻밖에도 조부가 살아 계시다는 사실을 알았을 때 얼마나 놀랍고 또한 반가웠던가. 그런데 이번에는 어머니의 조부, 즉 외증조부께서 계시다고 하니,. 더군다나 그 사람이 다름 아닌 고해 노완동이라고 하니 휘륜이 쉽게 받아들이지 못하는 것도 무리가 아니었다. 상황 설명을 다 듣고 난 뒤에도 여전히 휘륜은 절반쯤은 얼떨떨해했고 절반쯤은 납득하기 힘들었다. 강호의 절반을 움켜쥐고 있던 사파대종사가 제 육친이 그 꼴을 당할 때까지 방치했다는 것도 언뜻 이해가 안 갔고 왜 어머니는 그 처지가 되도록 조부인 노완동에게 도움을 청하지 않았을까? 무엇이 그녀로 하여금 끝까지 외롭게 삶을 마감하도록 고집을 부리게 만든 것일까? 그 점이 휘륜은 못내 납득이 안 갔다. 한편으로는 외증조부라고 밝힌 노완동을 원망하는 마음까지 생겼다.

조부인 휘야겸과 노완동과 마주하고 앉은 휘륜의 표정은 그리 썩 밝지가 않았다. 휘야겸을 대할 때와는 또 다른 반응이었다. 솔직히 아버지에 대한 기억은 희미했지만 어머니의 기억은 장성한 휘륜에게도 아직까지 잊히지 않고 생생하게 남아 있었다. 어머니의 마지막 순간이 얼마나 비참하고 외롭고 쓸쓸했는지를 알고 있는 휘륜은 노완동에게 쉽게 외증조부란 소리가 나오지 않았다.

그런 휘륜의 기색을 알아챘기 때문일까? 노완동은 케케묵은 과거 얘기를 들려주었다. 자신이 살아온 인생 여정을 담담하게 꺼내놓는 노완동의 노안에는 회한이 가득했다. 사파대종사와 밀종의 계승자라는 신분, 그리고 그가 짊어진 사명들은 혈육들을 제대로 보살피지 못할 정도로 많은 희생을 강요했다. 그것은 밀종의 역사와 밀접한 관련이 있었다. 밀종의 계승자는 대대로 혈육이 있어도 세상에 공개할 수 없었다. 공개하길 꺼려했고 심지어 왕래조차 제한적이었다. 그 사실이 드러나는 순간 마교의 표적이 되어 멸족을 당하는 사례가 많았기 때문이었다. 노완동도 그 점 때문에 식솔들을 방치하다시피 할 수밖에 없었다. 멀리서 바라보며 몰래 지켜주고 보호하는 정도가 그가 할 수 있는 전부였다. 가장이 없는 집안은 점차 피폐해지더니 종래엔 해체되다시피 했다. 하나밖에 없는 아들이 두 딸을 낳았다는 것까지 알고 있었다. 손녀들이 다섯 살과 세 살일 때 한 번 안아본 것이 마지막이었던 걸로 기억하고 있다.

"후에 알게 된 사실이지만 장성한 두 손녀가 각기 실 길을 찾아 집을 떠난 이후로 백방으로 수소문해봤지만 쉽게 찾을 수가 없었다. 그러다 우연하게 둘째 손녀를 찾게 되었고 그 아이를 통해서 네 어미 소식을 듣게 되었다. 하지만 그땐 이미 늦어버린 뒤였다."

노완동은 제 무책임에 대한 변명을 늘어놓고 싶지 않았다. 그는 숱하게 용서를 구했고 스스로를 자책해왔다. 그 괴로움의 세월은 그 자신이 누려온 영광과 명예조차도 하잘 것

없는 것으로 만들어버릴 정도로 시리고 아팠다. 그 깊은 아픔을 홀로 가슴에 새기고 살아온 지난 세월은 돌이켜 생각해보고 싶지 않을 만큼 끔찍한 것이었다. 이렇게 고통스러울 줄 진작 알았다면 결단코 가족을 이루지 않았을 것이라고 수백 번도 넘게 후회를 했었다. 그런 와중에도 그는 자신에게 맡겨진 사명을 충실히 수행해왔다.

'나 자신이 그런 삶을 살아야 했고 스승님과 역대 검황들의 삶 역시 그와 같았으니 이해가 안 가는 건 아니다. 그런데도…… 어머니를 생각하니 잘 용납이 안 되는구나. 내가 이리 옹졸한 놈이었던가.'

그때 노완동의 깊은 눈 속에서 반짝거리는 물기를 보았다. 이상한 일이었다. 그 순간 견고한 벽처럼 쌓여 있던 반감과 거부감이 모래성처럼 허물어지며 저 작고 앙상한 노구를 안아주고 싶다는 간절함이 샘솟듯 일어났다. 휘륜은 마음이 시키는 대로 했다.

"소손, 외증조부님을 뵙습니다."

휘륜은 절을 했다. 어머니를 대신한 용서의 몸짓이기도 했다. 노완동의 눈에서 급기야 억눌러두었던 눈물이 둑이 무너진 것처럼 쏟아져 내렸다. 다시는 눈물을 흘릴 일이 없을 줄 알았는데 그 작고 야윈 몸에 뜨거운 눈물은 마르지 않고 남아 있었던 것이다. 노완동은 휘륜의 몸을 따스하게 안아 일으켰다. 그리고 품 안에 힘차게 안았다. 휘륜의 큰 체구를 절반도 다 알지 못했지만 노완동은 이 순간 죽어도 여한이 없다는 생각을 했다.

가족이라는 이름으로 연결되어 있는 세 사람은 오순도순 정다운 얘기를 나누고 있었다. 휘륜이 물었다.
"그럼 이모님은 무사하시겠군요. 어디 계십니까?"
"섬서 한중(漢中)에서 고아들을 모아서 돌보고 있단다."
"좋은 일을 하시는군요. 자식들은 있습니까?"
"여식이 하나 있다. 네게는 사촌 동생이 되겠구나. 이름이 소군, 담소군(譚小君)이란다. 아주 예쁘고 영특한 아이지."
"그렇군요. 제게도 이렇게 많은 가족이 있었군요."
신기한 일이 아닐 수 없었다. 세상 천지에 저 혼자라고 여겼을 때도 있었다. 그런데 그게 아니었던 것이다. 어쩌면 평생 모르고 살다 갔을 수도 있었을 것이다. 몰랐던 가족들을 다시 찾게 되었단 사실은 그 자체로도 기쁨이었지만 무엇보다 설명할 길 없는 든든함과 안도감을 줬다.
화제는 곧장 검계로 옮겨갔다.
"북파의 생존자는 얼마나 됩니까?"
"삼 할이 채 안 된다."
검계에서 본 시체의 수를 보고 대충은 짐작했는데 북파의 피해가 더 극심했음을 알 수 있었다.
"남파의 생존자들은 지금 어디 있습니까?"

"그들은 모두 증지산을 따라 해남도로 기어들어갔다."

"결국…… 증지산과 그들 사이에 왕래가 있었을 것이란 애초의 짐작이 사실이었군요."

"결과적으로는 그리된 셈이지. 증지산이 지금 무슨 생각을 하고 있는지를 당최 모르겠구나. 마교 교주들을 중원으로 내보내 천하를 유린하더니 정작 자신은 해남도로 다시 숨어들어가 모습조차 비치지 않고 있으니 그 속을 짐작조차 하기가 어렵다."

"그는 강호의 사정에 신경 쓸 마음의 여유가 없을 겁니다. 눈엣가시인 다른 마령들과 나를 제거하고 나면 강호는 언제든 자기 마음대로 요리할 수 있다고 믿을 테니 말입니다. 그것이 또한 사실입니다. 지금 그의 관심사는 오직 부담스런 적들을 거꾸러뜨리는 일에만 집중돼 있을 겁니다."

휘야겸이 결정적인 질문을 던졌다.

"증지산을 죽일 자신이 있느냐?"

"막상 해보기 전에는 저도 장담할 수 없습니다. 저 역시 그의 밑바닥을 다 들여다본 것이 아니고 그도 내 능력의 끝을 전혀 짐작조차 못 하고 있습니다. 최소한 허무하게 지는 일은 없을 것이라 자신할 순 있습니다."

만족스럽진 않아도 그만하면 마음이 놓이는 대답이었다. 휘륜의 신중한 성격을 감안하면 충분히 승산이 있음을 느꼈기 때문이다.

"그만하면 되었다. 지금 비록 세상이 혼란하고 악이 창궐한다 하여도 이때야말로 마교를 완전히 이 땅에서 제거하고 영구한 평화를 정착시킬 절호의 기회다. 명심해야 한다. 네가 버텨주어야만 널 중심으로 모인 사람들이 희망을 잃지 않고 끝까지 싸울 수 있다. 마지막 승리를 거둘 때까지 한시도 긴장을 늦춰서는 안 된다. 이제 너는 너 하나의 몸이 아니다. 천하의 안녕이 네게 달려 있다고 해도 과언이 아니니 항시 조심을 해야 할 것이다."

"명심하겠습니다."

밀종의 제자들이 고해 노완동의 지휘 아래 은밀하게 제거 대상자들을 조사하고 파악해가고 있던 그 시간에 휘륜은 설리와 모처럼 단란한 한때를 보내고 있었다. 둘 사이에 시간은 멈춰버린 것 같았다. 서로를 끌어안은 채 돌이 되기라도 한 것 같았다. 서로의 체온과 호흡을 느끼며 살아 있어 줘서 고맙다는 말을 속으로 뇌이고 또 되뇌었다. 떨어진 둘은 침상에 걸터앉은 채 잠시 서로를 바라봤다. 설리의 입에서 흘러나오는 음성이 속절없이 떨리고 있었다.

"돌아오실 거라 믿었어요."

휘륜은 장난스럽게 말했다.

"또?"

"네?"

"그거 말고 더 하고 싶은 말이 없어?"

"……없어요. 많았는데 지금은 하나도 생각이 안 나요. 몇 년간 차곡차곡 쌓아둔 말이 쌓여서 허물어지길 몇 번을 거듭했을 거예요. 살아만 돌아와 달라고, 천지신명께 빌고 또 빌었어요."

휘륜은 다른 사람들의 안부도 묻지 않을 수가 없었다.

"사형이나 우문세가의 식솔들이 하나도 안 보이는데 다들 정도련에 있는 건가? 그들은 왜 여기로 오지 않았지?"

설리는 고개를 흔들었다. 그녀의 눈에 물기가 차올랐다.

"저도 잘 몰라요. 난리 통에 뿔뿔이 흩어졌어요. 저도 검왕 어르신이 곁에서 지켜주지 않았다면 어찌 됐을지 모르죠."

설리는 당시의 상황이 다시 떠올랐던지 전신을 부르르 떨었다. 제남으로 급습해온 마교도는 정도련만 표적으로 삼은 게 아니었다. 그들은 지옥에서 막 뛰쳐나온 야차들처럼 무자비했고 그들의 손에 목숨을 잃은 사람들의 수는 헤아리기조차 힘들었다. 정도련 수뇌부는 제남을 포기하고 퇴각하기로 결정을 내렸다. 그나마 신속한 수뇌부의 결정 탓에 피해를 줄일 수 있었다. 무극검왕은 설리를 우선적으로 보호했다. 그가 없었다면 설리는 적들에게 사로잡혔거나 죽었을 것이다. 그는 자신을 돌보지 않고 오직 주모인 설리의 안전만 생각했다. 정도련의 주력에서 이탈한 채 도주하고 있던 무극검왕과 설리가 위기에 빠진 적이 있었다. 무극검왕이 비록 강하다 해도 그 혼자서 그 많은 수를 감당하기엔 역부족이었다. 더군다나 설리를 보호하면서 싸워야 했기에 전력을 다할 수도 없는 상황이었다. 그때 나타나 위기에서 구해준 사람들이 있었으니 바로 휘륜의 조부인 휘야겸이었다. 휘야겸과 북파의 생존자들은 무극검왕을 위기에 몰아넣은 마교 고수들을 단숨에 척살해버렸다.

"동행하다가 어르신이 누군지를 알게 됐어요."

그 뒤로는 굳이 설명을 듣지 않아도 알 것 같았다. 휘야겸은 설리에 대해 알고 있었다. 하나밖에 없는 손자가 사랑하는 여자. 별일이 없다면 자신의 혈육을 이어갈, 천하에 비길 바 없이 소중한 존재를 마침 자신이 구해낸 것을 조상들과 천지신명께 감사했다. 그때부터 설리의 안전은 휘야겸의 차지였다. 무극검왕도 그편이 더 안전할 것이라 생각했고 별 불만을 가지진 않았다.

"검왕께서는 정도련의 주력과 합류하겠다며 가시곤 그 뒤로…… 소식을 전혀 들은 바가 없어요. 무사하시겠죠?"

한옥림에게 들은 바로는 정도련의 수뇌 중 상당수가 목숨을 잃었다고 하지 않던가. 그녀도 현재 살아남은 정도련의 수뇌에 대한 상세한 정보까지는 파악하지 못하고 있었다.

"걱정 마. 철노는 강한 사람이니깐 별 탈 없을 거야. 그보다는 다른 사람들이 더 걱정되는군. 여기 일이 안정이 되면 연락을 취해봐야지."

"연락할 방법은 있으세요?"

"내게 다 생각이 있으니깐 걱정하지 마."

"네. 저는 숙부님만 믿겠어요."

말없이 잠시 설리의 얼굴을 빤히 내려다보던 휘륜은 한숨을 푹 내쉬었다.

"웬 한숨을 그렇게……."

"큰일이야. 네 입에 붙은 그 숙부란 소리가 언제쯤이면 다른 말로 바뀔지 말이야."

설리의 얼굴이 발갛게 달아올랐다.

"그, 그럼 뭐라고 그래요."

"차차 나아지겠지. 아참, 소혜는 만나 보았어?"

"네. 하지만 딱 두 번뿐이었어요. 워낙 감시하는 눈길이 많아서 쉽지 않아요."

"아마도 그렇겠지."

"두 번 모두 내 앞에서 눈물을 보였어요. 견디기 힘든가 봐요. 하루하루가 지옥 같다며……."

설리도 목이 메는지 말끝을 흐렸다.

"지금 소혜를 만나러 가볼까?"

"그래도 돼요?"

"그럼. 안 될 게 뭐가 있어."

"어떻게요? 감시의 눈길이 사방에 가득한걸요."

"그런 건 내게 아무런 문제가 안 돼. 이왕 얘기가 나왔으니 한 번 가볼까."

휘륜은 일어나더니 설리를 번쩍 안아 들었다.

"어머!"

설리는 깜짝 놀라긴 했지만 싫은 기색을 보이진 않았다. 휘륜은 그녀를 안은 채 밖으로 걸어나갔다.

시간은 어느새 삼 경을 지나 사 경으로 막 접어들고 있었다. 야심한지라 경비를 서는 무사들을 제외하고는 모두가 잠들어 있을 시각이었다. 지하 석전을 벗어나 밖으로 나온 휘륜은 곧장 충렬전의 지붕으로 올라갔다. 그는 미리 설명을 들은 상태였기 때문에 주저하지 않고 방향을 정해 움직일 수 있었다. 그의 신형은 허공을 가르며 신속하게 움직이고 있었다. 신기한 것은 사방에서 감시의 눈길을 번뜩이고 있을 사람들이 한둘이 아닐 터인데도 누구 하나 신호를 하는 사람이 없다는 점이었다.

원래는 왕무의 서고가 있던 자리였지만 지금은 헐어내고 그 자리에 신전을 건립했다. 이 신전 일대는 신성한 지역으로 선포되었으며 설사 신녀의 부친인 왕야라도 미리 허락을 받지 않고는 출입할 수 없었다. 신녀의 공식 일과는 엄격하게 정해져 있었다. 반드시 새벽닭이 울기 전에 깨어 있어야 하고 일어나면 가장 먼저 깨끗한 물로 목욕재계를 해야 한다. 실오라기 하나 걸치지 않은 그녀에게 제관들이 깨끗한 제복을 입히는데 이 옷이라는 게 길이가 무려 오 장이나 되기 때문에 늘 제관들이 따라다니며 시중을 들지 않으면 혼자서 움직이는 것도 쉽지 않았다.

하루에 세 번 제사를 지내는데 정해진 시간에 어김없이 진행된다. 신녀는 성스러운 존재기 때문에 남성의 손길이 닿으면 안 됐다. 그래서 평생 처녀로 늙어야 하고 처녀로 죽어야 할 운명이었다. 제사를 지내는 일 외에 신녀의 가장 중요한 업무 중 하나는 신전을 찾는 신도들에게 축사하는 일이었다. 손을 댄다거나 직접 접촉하는 일은 없고 그녀의 손끝이 닿은 물과 음식을 먹거나 걸친 옷을 만지는 것으로 구원을 받을 수 있다고 믿는다. 그리고 마지막으로 신녀가 몸과 혼을 깨끗하게 만드는 신단을 내리는데 이게 곧 마약의 일종이다.

돈이 많은 사람, 일월신교에 공헌을 많이 한 사람 순으로 앞자리에 앉혀 높여준다. 역시나 가장 앞자리는 교주들 차지였다. 신기한 점은 교주들마저 신녀의 축사를 받고 실제로 그걸 통해 마음의 안식을 찾는다는 사실이었다. 신녀는 그들에게도 신성한 존재로 추앙받고 신앙의 대상이 된다는 점에서는 소혜군주 자신도 놀라워하고 있었다. 그녀가 신녀가 된 것은 이전의 신녀가 죽으며 그녀를 지목했기 때문이었다. 역대의 어떤 교주들도 신녀의 역할과 고유의 권한에 대해 간섭한 적이 없고 권위를 훼손한 적도 없었다.

두 사람은 누구의 제지도 받지 않고 신전 안으로 들어갈 수 있었다. 신전 안은 양쪽 벽에 일정한 간격을 두고 설치된

횃불만이 외롭게 타오르고 있었다. 제단 앞에 있는 거대한 향로에는 헤아릴 수 없이 많은 향이 타들어가고 있었다. 신전을 거쳐 내전으로 들어가는 입구 앞에 섰다. 여기서부터는 특별히 경비가 삼엄하다는 것을 단번에 알아볼 수 있었다.

휘륜이 손을 댄 적도 없는데 문이 저절로 열렸고 복도에 늘어서 있던 경비병들이 차례대로 축 늘어졌다. 그걸 본 설리는 벌린 입을 다물지 못했다. 자신이 직접 보면서도 도무지 믿기 힘든 광경이었기 때문이다. 휘륜은 긴 복도를 따라 걸었다. 미로처럼 복잡한 복도를 이리저리 지나쳐 한곳에 당도했다. 유난히 크고 화려하게 조각된 청동문이 활짝 열렸다.

내부는 화려함의 극치를 이루고 있었다. 바닥에는 발목까지 푹푹 잠길 만큼 푹신한 양탄자가 깔려 있었고 사방 벽은 온통 황금이었다. 방이 총 열두 개나 되었는데 통로마다 한 명의 여제관이 한쪽 무릎을 세우고 앉아 있었다. 그녀들 역시 그 상태로 잠에 빠진 사람처럼 고개를 숙이는 것이었다. 몇 개의 방을 지나쳐 마지막에 당도한 곳은 지금까지 거쳐왔던 곳과는 비교가 안 될 정도로 컸다. 그 가운데 장정 열 사람이 한꺼번에 누워도 넉넉할 만큼 큰 침상이 있었다. 침상 위에 한 사람이 죽은 듯 누워 잠들어 있었다. 합비왕부의 유일한 군주인 소혜였다. 지금은 일월신교의 신녀로 더 유명하고 많이 알려져 있었지만 그런 건 휘륜에게 아무런 의미도 없었다. 잠들어 있는 소혜의 얼굴은 피부가 투명하게 느껴질 만큼 매끈했다. 그런데 역시 설리의 말처럼 그녀의 얼굴에는 지친 기색이 역력해 보였다. 설리가 목소리를 줄여 조심스럽게 물었다.

"어떻게 해요? 곤히 자는 것 같은데."

"깨워."

"깊이 잠든 것 같은데……."

휘륜의 품에서 떨어져 나온 설리는 침상에 앉긴 했지만 소혜를 깨우는 일을 몇 번이나 주저했다. 그러다가 결심을 굳혔는지 어깨를 잡고 가볍게 흔들었다.

"소혜야."

소혜의 눈꺼풀이 천천히 올라갔다. 잠시 올려다보던 소혜 군주는 완전히 잠이 깬 건 아닌지 처음엔 영문을 몰라하며 눈만 끔벅이고 있었다. 그러다 정신이 들었는지 깜짝 놀라며 외쳤다.

"언니! 여길 어떻게 온 거야? 이게 꿈이야 생시야?"

그녀의 목소리엔 반가움이 가득했다. 소혜는 설리의 품에 왈칵 안겼다. 설리는 소혜의 등을 토닥이며 약간 들뜬 목소리로 말했다.

"누가 왔는지 돌아보렴."

설리의 품에서 떨어져 나온 소혜는 그녀의 목소리에서 어떤 예감을 가졌는지 긴장하는 빛이 역력했다. 그녀는 쉽게 뒤를 돌아보지 못했다.

"누, 누가 왔는데?"

미소 짓고 있는 설리를 바라보며 소혜는 자꾸만 되물었다.

"네 눈으로 직접 확인해보면 되잖아. 어서."

소혜는 두 손을 가슴 위에 포개며 긴장한 빛을 지우지 않은 채 살며시 상체를 틀었다. 거기에 그가 있었다. 소혜는 아무 말도 못 했다. 더한층 깊어진 동공은 끊임없이 떨리고 어깨 역시 잔 떨림을 계속하고 있었다.

"오, 오라버니. 오라버니 맞아? 정말…… 돌아온 거야? 이거 꿈 아니지? 언니, 내가 지금 허상을 보는 거 아니지?"

소혜는 도무지 믿어지지 않는 것 같았다. 지금 설리가 자신을 찾아온 일부터 시작해서 휘륜이 활짝 웃고 있는 모습까지도 모두가 꿈속의 일이라고 생각하는 것 같았다. 몇 번이나 확인하고 또 확인하던 소혜는 결국 왈칵 울음을 터트리고 말았다. 침상을 박차고 일어선 소혜는 나비의 몸짓처럼 훨훨 날아 휘륜의 품속으로 파고들었다. 휘륜은 그녀를 힘차게 안아 주었다. 소혜는 그때부터 소리 내어 울기 시작했다. 그동안 참아왔던 설움이 한꺼번에 치밀어올라 도무지 주체할 수가 없었다.

사방 그 어디에도 구원의 손길은 없었다. 제 의지와는 상관없이 원치 않는 삶을 억지로 살아야 한다는 것도 괴로운 일이었고 이 끔찍한 무리들 가운데 섞여 매일 그들의 미친 짓거리를 보아야 한다는 사실도 고통이었으며 무엇보다 제 손에서 건네지는 마약들로 인해 사람들이 숱하게 병들고 폐인이 되고 종래엔 목숨까지도 잃는다는 사실이 양심에 가책이 되었다. 하루에도 수십 번 자살을 결심했지만 용기가 없어 실행하지 못했다. 죽는 그 순간까지도 이 괴로움을 떨쳐내지 못할 것이란 좌절감은 그녀의 영혼을 질식시킬 만큼 고통스러운 것이었다. 그럴 때마다 그녀를 지탱해온 세 사람이 있었다. 아버지와 설리언니, 그리고 그리운 한 사람, 바로 휘륜이었다. 가끔 휘륜이 꿈에라도 나오는 날에는 베갯잇이 눈물로 흠뻑 적셔진다.

 소혜는 휘륜이 그리웠다. 그리워도 만나지 못할 사람이라고 체념하고 살았다. 설리 앞에서는 내색하지 못했지만 그가 죽었다는 소식을 몇 번인가 교주들에게 들은 적도 있었다. 그럴 때마다 내심으로 얼마나 부정하고 또 부정했는지 모른다. 그럴 리가 없다. 반드시 살아 돌아올 것이다. 그래서 이 끔찍하고 고통스러운 나날에서 해방시켜 줄 것이다. 그렇게 믿고 또 믿었다. 그런데 그가 눈앞에 나타난 것이다. 하지만 아직은 이 순간이 현실이라는 확신이 들지 않았다.

 휘륜은 그녀가 울음을 그칠 때까지 기다렸다. 등을 토닥여 주면서.

 울음을 그친 소혜는 휘륜의 품에서 빠져나오며 다시 한 번 휘륜의 얼굴을 올려다보았다. 그대로다. 그는 여전히 웃고 있었다.

"꿈이…… 아니었어."

세 사람은 오랜만에 마음껏 수다를 떨었다. 그리고 소혜는 휘륜에게 그렇게 듣고 싶어 하던 말을 들을 수 있었다.

"며칠만 참고 기다려라. 모든 건 이 오라비가 다 해결해줄 테니깐. 믿지?"

소혜는 대답 없이 고개만 끄덕였다. 그것이 어찌 가능할 것인가에 대한 의문은 들지도 않았다. 그리고 두 사람은 돌아갔지만 좀체 소혜는 흥분을 가라앉힐 수가 없었다. 그녀는 하루 종일 다른 사람처럼 절반쯤 넋이 나간 채로 지냈다.

제4장
은밀한 역습

 호랑이를 잡기 위해 호랑이 굴로 들어가는 것이 과연 현명한 판단일 수 있을까? 가장 빠른 선택일 순 있어도 성공을 위해 보장된 길은 아니었다. 어쨌든 악초림은 원수를 갚기 위해 원수들의 소굴로 들어가길 마다하지 않았고 지금까지는 얼추 성공의 길이 내다보이는 것 같았다. 강호의 패권을 마교가 거머쥐는 순간 악초림은 뒤도 돌아보지 않고 마교에 투신했다. 지금 생각해보면 그때의 결단은 매우 시의적절했던 것 같았다. 마침 운이 따라 대교주와 연이 닿았고 지금은 의심할 바 없는 충복으로 인정받고 있었다. 그에게 세상이 어찌 뒤집히는가는 그리 중요한 문제가 아니었다. 사부였던 사파대종사의 죽음에 연관된 사람들을 처단하는 것이 첫 번째 목표였고 두 번째는 자신을 눈엣가시처럼 여기던 사파의 거두들을 굴복시키는 일이었다. 마지막으로 마교에서 최소 다섯 번째 안에 들어가는 실권자가 되는 것이었다. 지금 자신은 비교적 원하는 목표를 빠르게 성취해가고 있는 셈이었다. 대교주의 밀명을 가지고 구교주와 독대하고 있는 이런 자신이 악초림은 한없이 자랑스럽고 대견하게까지 느껴졌다.

언제나 느끼는 거지만 구교주 관세민은 소심한 사람이었다. 지금까지 숱한 도전에도 아홉 번째 교주직을 지켜오고 있었지만 그렇다고 상위의 교주에게 도전할 용기도 없는, 딱 그 자리를 지키기 급급한 위인이었다. 그렇지만 대교주에 대한 충성심은 의심할 바가 없었다. 악초림은 대교주의 고민거리가 실상은 구교주 그 자신임을 말해주고 싶은 마음이 굴뚝같았지만 참았다.

'교수가 될 만한 실력자들을 물망에 올려두어도 정작 이 위인이 위로 올라가주질 못하니 계책을 세울 수가 없다. 그렇다고 자신에게 맹목적인 충성심을 보이는 이 사람을 밀어낼 순 없지 않겠는가. 대교주는 명분을 매우 중히 여기는 사람이다. 의리를 지키지 못한 지도자는 자격이 없다고 믿는다. 그 생각이 바뀌지 않는 한 이 사람은 안전할 것이다. 복도 많은 사람이지.'

"그래, 대교주님께서 무슨 말씀을 전하라 하시던가?"

악초림은 머릿속에서 이어가던 생각을 중단하고 얼른 대답부터 했다.

"천명회의 확인된 비밀 거점을 토벌하는 일을 우리 측과 혈마교 측에서 절반씩 전력을 구성해 단행하기로 했습니다. 구교주님 휘하에서 삼백을 추려 보내라고 하셨습니다."

"허탕을 치지 싶은데. 천명회의 수뇌들이 바보가 아닌 이상 한 번 털렸으니 거점을 옮기지 않겠는가."

"천명회 토벌은 사실상 핑계에 불과하고 슬슬 본교 내 세력 구도를 재편하시겠다는 의향이신 듯합니다."

구교주의 얼굴에 긴장의 빛이 서렸다.

"어떻게 말인가?"

"토벌대가 구성되면 지휘를 이교주가 맡기로 했습니다. 그가 공에 눈이 멀어 정신이 없는 사이에 합비에 있는 혈마 계열의 교주들을 신속히 제거하고 그 자리를 우리 측 인사들로 대체하겠다는 계획이십니다."

구교주는 눈살을 찌푸렸다. 께름칙해하는 표정이 역력한 것을 보고 그가 지금 무슨 생각을 하는지 악초림은 훤히 들여다보였다.

"우려하시는 부분은 잘 해결이 된 것 같습니다. 천살마존으로부터 엄정한 중립을 지키겠다는 서약을 받아내셨습니다."

구교주는 그 말이 믿기지 않는다는 표정이었다.

"그들은 혈마교 측 출신이거늘 어찌 그리 쉽게 받아들였다는 것이지?"

"반대급부로 강북에 대한 소유권을 저들에게 보장하고 간섭하지 않겠다는 약속을 하신 걸로 알고 있습니다. 실상 마존들은 혈마교 측 출신이 대부분이지만 핵심 인사와 관련이 있는 사람은 단 하나도 없습니다. 오히려 자신들의 출신을 거북해하고 있다는 편이 정확할 것입니다. 태사의 곁을 떠나 강호로 나오게 되어도 막상 자신들이 터전으로 삼고 기반이 되어줄 지역이 남아 있지 않다는 데 대한 현실적 불만과 불안감을 완전히 해소시켜 주었더니 돕지 못하는 게 미안하다고 했다더군요."

"마존들이 중립을 지킨다 해도 과연 태사가 별 조치도 취하지 않고 참고 지나갈까?"

"대교주님께선 일단 저질러 놓고 보면 태사도 별 태도를 취하지 않을 것이라 확신하고 계시더군요. 태사를 만나고 나서 내리신 결론입니다."

"그래? 흐음. 그럼 내가 무얼 하면 되는가?"

"토벌대가 구성된 후 대교주님과 삼교주님께서 합비로 은밀하게 잠입하실 것입니다. 구교주님께서 하실 일은 신녀가 우리 측을 지원하도록 만드는 일입니다. 합비에 있는 교주들이 살해당한 것이 아니라 구교주님 손에 차례로 거꾸러졌다는 사실을, 그것이 합법적이고 공식적인 대결이었음을 증언만

해준다면 토벌에서 허탕을 치고 돌아온 이교주가 문제 삼고 싶어도 그럴 수가 없을 것입니다."

"그럼 내가 육교주가 되는 것인가? 흐흐."

"그렇게 되겠지요."

"괜찮은 계책이로군. 대교주님께서 직접 나서신다면 여기 있는 교주들쯤이야 흐흐."

"자, 여기 대교주님께서 보내신 서한입니다. 일단 먼저 읽어 보시지요."

구교주는 엄숙한 신색으로 서찰을 펼쳐 읽어갔다. 방금 악초림이 말한 내용과 별반 다르지 않았고 말미에 자신을 격려하는 글이 덧붙여져 있었다. 서찰을 곱게 접어 품 안에 넣은 구교주는 잠시 천장에 시선을 주고 있었다.

"신녀를 우리 사람으로 만들 수 있느냐가 관건입니다. 그걸 실패하고 나면 혈마교 측과 전면전도 각오해야 할 정도로 사태가 심각해질 것입니다. 자신 있으십니까?"

"으음, 그건 쉽지 않은 일이겠지만 어떻게 해서라도 그리 만들어야지. 최악의 경우 왕야의 목숨으로 위협하면 신녀도 어쩔 도리가 없겠지."

"반감을 갖게 해서는 안 됩니다. 그녀가 후에라도 구교주님의 소행을 슬쩍 흘리기만 해도 사태는 걷잡을 수 없게 됩니다."

"어지간히 구워삶아서는 안 되겠군. 어쨌든 신녀 문제는 내게 맡기게. 그나저나 자네도 이제 슬슬 한 자리를 꿰차야 할 때가 온 듯싶은데, 어떻게 생각하나?"

악초림은 이럴 때 어찌 처신해야 하는지를 잘 알고 있는 사람이었다. 비록 속마음으로야 그런 야심이 절실하지만 자기편 앞이라 해도 무턱대고 그런 내심을 드러냈다가는 좋은 인상을 남기기는커녕 견제의 대상이 될 수도 있었다.

'특히 구교주 이 자처럼 소심한 사람에게는 특별히 조심해야 한다.'

악초림은 시침 뚝 떼고 말했다.

"하하. 제가 어디 그런 능력이 돼야 말이지요. 현재의 역할에 충분히 만족하고 있습니다."

"아니야, 아닐세. 일전에 대교주님께서도 자네 칭찬을 많이 하시더군. 그동안 자네로 인해 유입된 중원의 고수들이 어디 한둘인가. 거기다 자네는 사재를 털어 막대한 자금 지원까지 하고 있지 않은가. 대교주님께서는 자네를 무척 신임하고 소중하게 여기고 계셨네."

"그저 감사할 따름입니다. 일월신교 출신도 아닌 제게 무공을 직접 전수해주시고 이런 대임을 맡겨주시는 것만으로도 수생을 바쳐 충성해도 다 갚지 못할 은덕입니다."

"허허, 사람이 거기에 겸손하기까지 하니."

악초림은 더 이상 시간을 끌고 싶지 않았다.

"그럼 전 교주님만 믿고 이만 가보겠습니다."

"아니 왜, 좀 더 쉬었다 가지 않고."

"시급하게 처리해야 할 일이 산적해 있습니다. 그럼 대사가 치러질 때 뵙겠습니다."

악초림은 구교주의 안전을 물러 나오며 회심의 미소를 지었다.

'구교주는 대교주님의 허락만 떨어져도 언제든 뛰어넘을 수 있는 사람이다. 이번엔 우선 공석이 될 세 자리 중 하나를 꿰차는 데 만족하자. 너무 급하게 먹다가는 체할 수도 있는 법이니. 이 일이 완료되는 대로 혈마교 측에 붙어 있는 배신자 놈들을 하나씩 제거할 것이다. 처참하게 능욕하고 잔인하게 처단할 것이다. 돌아가신 사부님이 구천에서 흐뭇하게 여기실 수 있도록.'

밖으로 나온 악초림은 눈이 부신 듯 손으로 얼굴을 가리며 찡그렸다. 갈라지는 햇빛 사이로 사부의 생전 모습이 환상처럼 나타났다 사라지고 있었다.

* * *

악초림과 일행들이 합비왕부를 떠나던 그날 밤 자정, 작전을 개시하기 위해 사람들이 모여 있었다. 자연스럽게 휘륜이 전체를 지휘하게 되었다. 제거 대상 파악은 완료되었다. 휘륜은 그 인원을 나눠 분담시켰다.

"원래의 계획대로 네 개 조로 나눠 작전에 돌입하겠습니다. 사조님께서 육교주를, 사부님께서 칠교주, 조부님께서 팔교주를 나머지 구교주는 마검께서 담당해 주십시오. 밀종과 검계 고수분들을 이끌고 급습한다면 별 무리 없이 처리할 수 있으실 겁니다. 그리고 외증조부님께서는 뒤처리를 맡아주십시오. 시체를 치우고 흔적을 말끔히 지우는 일을 해주셨으면 합니다."

구상화가 의문을 드러냈다.

"그러는 너는 그동안 뭐하려고?"

그러고 보니 휘륜만 쏙 빠져 있었다. 휘륜은 빙긋 웃으며 천연덕스럽게 대꾸했다.

"소손은 지원에 문제가 없도록 만전을 기하겠습니다. 혹 문제가 발생하는 조를 즉각 지원할 뿐만 아니라 척살 대상자를 제외한 나머지 마교도들이 눈치채지 못하도록 차단하는 임무를 담낭하겠습니다."

말이 좋아 지원이지 실상 이 중에 도움을 받아야 할 정도로 약세인 사람은 아무도 없었다. 고해 노완동은 자신이 지원조로 물러나 있게 된 게 영 탐탁지 않은 눈치였다. 어쨌든 비밀 작전은 시작되었다. 야음을 틈타 은밀하게 움직이던 사람들은 신속하게 척살 대상자가 있는 곳으로 잠입했고 소리도 없이 하나씩 제거해갔다. 고해 노완동은 밀종의 고수들을 이끌고 뒤처리를 주로 담당했다. 수백 명이 움직이고 있다고는 도저히 믿을 수 없을 정도로 사방은 여전히 소음 하나 없이 고요했다.

휘륜의 사부인 이십구대 검황 단목철은 제 마지막 표적인 마교의 일곱 번째 교주를 노려보고 있었다. 침상에 모로 누워 잠들어 있는 노인은 비쩍 마른 체구에 말상의 긴 얼굴, 그리고 턱에는 몇 가닥의 염소수염을 지저분하게 기르고 있었다. 염라수라고 불리는 공포의 사십사 초식을 극성에까지 익힌 절대 고수로, 마른 체구의 사람들이 대부분 그렇듯 매우 치밀하고 또한 예민한 성격의 소유자였다. 소리도 기감도 없이 단목철이 접근을 했건만 칠교주 염라수는 마침 그때 두 눈을 지그시 뜨고 있었다. 다가서던 단목철도 놀랐을 정도로 의외의 상황이기도 했다. 단목철은 칠교주와 정식으로 대결을 펼치기 위해 이곳에 잠입한 것이 아니었다. 소란이 벌어지면 안 됐다. 단목철의 입에서 자그마한 소리가 흘러나왔다.

"이미 늦었다. 잘 가시게."

검의 외형은 사라지고 반투명한 무형의 검강이 머리를 쳐든 뱀처럼 파고들며 칠교주의 머리와 몸통을 분리해버렸다. 참으로 기가 막힐 일이 아닐 수 없었다. 아무리 기습이었고 방비하기 늦었다고는 하지만 마교의 교주에 올라 있는 절대 고수가 고함 한 번 질러보지 못하고 목숨을 잃었다는 건 확실히 충격적인 사실이 아닐 수 없었다. 기실 칠교주가 정식으로 단목철과 겨뤘다고 해도 십 초식을 넘기기란 사실상 불가능했다. 그 정도로 두 사람 사이에는 커다란 격차가 존재했다. 그 장면을 지켜본 사람이 있었다. 바로 휘륜이었다. 그는 사부인 단목철이 눈치채지 못하게끔 칠교주의 수급이 잘리는 순간 그곳에서 사라졌다. 단목철은 자신의 배후에서 휘륜이 지켜보고 있었다는 사실은 꿈에서조차 상상하지 못했을 것이다.

지금 가장 바쁜 사람은 휘륜이었다. 그는 네 교주가 살해되는 현장을 모두 지켜보았고 혹 소란이 벌어질까 우려해 근처로 다가오는 무사가 있으면 혈을 찍어 재웠다.

수십 명의 척살 대상자가 제거되는 데 걸린 시간은 채 한 시진을 넘지 않았다. 참으로 깔끔하고 신속하며 환상적인 마무리가 아닐 수 없었다. 밀종의 고수들은 흔적을 말끔히 지웠다. 피 냄새마저 나지 않는 완벽한 뒤처리가 아닐 수 없었다.

거사가 완료되고 나서 육교주로 분한 구상화의 침전에 다섯 사람이 모여들었다. 그중 셋은 나머지 교주들의 모습을 하고 있었으며 체구마저 똑같아 평소 곁에서 모시고 있던 사람이라도 다른 점을 찾기란 힘들어 보였다. 자기 본모습을 하고 있는 휘륜과 노완동은 그런 네 사람을 차례로 바라보며 의미 모를 웃음을 짓고 있었다.

작전이 수립되고 나서 교주들 행세를 하기로 한 네 사람은 제한된 짧은 시간 동안 각각 맡겨진 척살 대상자들의 특징을 파악하는 데 주력했다. 목소리와 평소 행동거지를 유심히 관찰해두었다가 후에 완벽하게 흉내 내야 했다. 지금 네 사람은 그들이 변장하고 있는 사람들 흉내를 내고 있었는데 휘륜은 그 모습이 너무도 자연스러워 절로 웃음이 나왔다.

구교주의 모습을 하고 있던 태공악이 무언가를 손에 들고 흔들었다.

"이 자의 품에서 이런 서찰이 나왔네. 한번 읽어보게. 아무래도 상황이 좀 복잡해질 것 같은데 괜찮을지 몰라."

서찰을 빠르게 훑어본 휘륜은 난색을 했다.

"이런……."

서찰은 다른 이들의 손에 차례로 넘어갔다. 서찰의 내용을 모두 다 파악한 좌중의 인물들은 잠시 침묵을 지키고 있었다. 일이 꼬여도 제대로 꼬였다는 표정들이었다.

"이참에 대교주와 삼교주마저 제거해버리는 편이 어떻겠나? 여기로 기어들어올 테니 그리 어려운 일도 아니잖은가."

휘륜은 반대했다.

"그게 꼭 그렇지도 않습니다. 다른 교주들은 몰라도 대교주는 증지산의 능력으로도 제거하지 못한 사람입니다."

휘륜은 증지산이 말해줬던, 신비한 괴공의 비결을 대교주가 터득했다는 사실에 대해 간략하게 설명했다.

"마검께서는 혹 그 비결이 무언지 아시는 게 있으십니까?"

마검 태공악은 다소 믿어지지 않는다는 표정이었다.

"그놈이 그걸 터득했다고? 이론상으로 불완전한 것이었는데 그걸 어찌 터득했을꼬. 그건 환혼불괴마공이란 것인데 사실상 수련을 하는 사람도 드물뿐더러 성공한 사람이 없어 아무도 거들떠 안 보던 무공일세. 그 수련 과정이 하도 참혹해 그 과정에서 미치광이가 되는 건 예사고 목숨을 잃는 일이 부지기수였지. 그걸 제대로 익혔다면 그놈은…… 불사신이나 다름없어. 죽이는 건 고사하고 상처를 입히는 것조차 여간 어려운 일이 아닐 거야. 정말 믿어지지 않는 일이로군."

"약점 같은 건 없습니까?"

"그런 걸 노부가 알 턱이 없잖은가. 터득한 사람이 없으니 약점이 무언지도 제대로 알려진 게 없다고 해야겠지."

"그렇군요."

"자네라면 가능하지 않을까?"

상화는 반대했다.

"확실하지 않은 일에 모험을 거는 건 반대하오. 실패라도 하면 당장 여기 소식이 외부로 흘러갈 터인데 그렇게 되면 중지산이 알게 될 터이고 우리 계획이 모두 수포로 돌아가지 않겠소. 더군다나 륜이의 존재가 세상에 완전히 드러나고 나면 다른 두 마령들이 경각심을 가지고 더 몸을 사리게 되오. 그러니 다른 대책을 수립해봅시다."

잠시 고민에 빠져 있던 휘륜이 대안을 내놓았다.

"이렇게 해보는 게 어떻겠습니까? 이교주에게 이 계획을 미리 흘려 방비하게 만드는 것입니다."

휘야겸이 휘륜이 새로 내놓은 계책의 허점을 지적하고 나섰다.

"그걸 알고 있는 건 구교주뿐인데 누가 그 소식을 이교주에게 알리겠느냐. 여기 있는 나머지 교주들이 운이 좋아 알아냈다고 해도 그렇게 될 경우 구교주의 목숨은 보장할 수 없게 될 터인데 상황이 복잡해지지 않겠느냐."

"그건 매우 간단합니다. 천마교 측에서 꾸민 계책을 역으로 이용하면 됩니다. 여기 합비의 혈마교 측 세 교주에 의해 계책이 발각된 구교주가 암살당하고 새로운 교주를 등장시키는 것이지요. 여기 있는 사람들끼리 입을 맞춘 이상 별문제가 없을 것입니다."

마검 태공악은 다소 아쉬워하는 눈치였다.

"그럼 나는 구교주 역할을 하지 않아도 되겠군."

"대신 새로운 교주 역할을 하셔야 할 겁니다."

"오, 그렇겠군."

"아마 모르긴 해도 그렇게 되면 천마교 측에서 무수히 많은 도전자들이 나올 것입니다. 좀 귀찮을지도 모릅니다."

태공악은 오히려 좋아했다.

"재미있겠군. 노부는 대찬성일세."

단목철은 우려를 표했다.

"너무 급격하게 세력이 기우는 건 아닐까? 천마교 측 교주는 고작 두 명만 남게 될 텐데. 이교주가 전면전으로 몰고 가서라도 천마교를 몰아내려 하지 않을까?"

"상관없습니다. 그리되면 더 좋지요. 어차피 우리 목적은 이들 간에 싸움이 벌어지도록 부추겨 세력을 약화시키고 더불어 수뇌부를 차례로 우리 측 인물들로 바꿔치기하는 겁니다. 후에는 강호로 나오는 구마존들까지 하나씩 제거하면 증지산의 수족은 모조리 잘려나가는 겁니다."

구상화가 휘륜의 의견에 동의했다.

"나는 륜이 의견에 찬성이다."

단목철은 겸연쩍어했다.

"저도 반대하는 건 아닙니다."

복잡해질 수 있는 상황이 너무도 간단하게 풀려가고 있었다. 휘륜은 마지막으로 새로운 교주로 등장시킬 인물을 물색하는 일을 외증조부인 노완동에게 맡겼다.

휘륜의 계책은 한 치의 오차도 없이 착착 계획대로 맞아떨어지고 있었다. 토벌대를 구성해 출정하려던 이교주는 마침 합비에서 온 전서를 받고 합비로 향했다. 합비로 와서 보고 들은 얘기들은 이교주 상지천을 대노하게 만들었다. 대교주의 계략대로 됐다면 눈 멀거니 뜨고 합비의 기반을 다 잃었을 뿐만 아니라 교주들 중 넷이 천마교 측 사람들로 교체돼 전세가 역전됐을 위험천만한 위기를 겪었을 것이다.

이교주는 역공을 펼쳤다. 그는 밀사를 해남도로 파견해 구마존 중 한 축의 영수 격인 천살마존에게 대교주가 했던 제안처럼 강북의 소유권을 보장해주겠다는 미끼로 자기 쪽으로 돌아서게 만드는 데 성공한다. 천살마존도 이왕이면 부담스러운 대교주보다는 해볼 만한 상대인 이교주를 지원해주는 편이 낫다고 판단한 것 같았다.

이교주는 무서운 사람이었다. 그의 집요함은 정평이 나 있었다. 이교주는 거기서 멈추지 않고 마전주들 중 대교주 측 사람들을 한꺼번에 제거하고 새로운 인물로 대거 교체해버렸다. 그야말로 대단한 결단력이자 추진력이 아닐 수 없었다. 대교주는 졸지에 사면초가에 빠져버려 약세를 면치 못하게 되었다. 그렇다고는 해도 이교주는 결정적으로 대교주가 터를 잡고 있는 낙양을 향해 공세를 펼치지는 못했다. 역시 그와 맞상대해야 한다는 부담감은 여전했기 때문이다.

* * *

마교가 내부적으로 한바탕 큰 격변을 겪고 있는 것과는 관계없이 합비의 서민들은 당장 먹고살 일을 고민해야 했다. 대대로 부귀와 영화를 누리던 호족들 중에서도 마교의 실력자들 눈 밖에 나 하루아침에 거리에 나앉게 된 이는 많았고 세상이 혼란한 중에도 타고난 수완을 발휘해 새로운 거부로 발돋움하는 이도 더러는 있었다. 시대상을 제대로 알자면 저잣거리의 풍경을 보면 대충은 짐작할 수 있다. 사람이 북적거리는 시간대부터 일몰 시각까지만 지켜보아도 세태가 어떤지 정도는 파악이 되는 탓이었다.

하루 벌어 하루 먹고 사는 데 골몰하는 서민들이 애용하는 아주 유명한 객점이 하나 있었다. 적어도 합비에서는 가장 적은 돈으로 한 끼 식사를 해결할 수 있는 곳이었기에 빈자리가 있는 경우는 흔치 않았다. 그러다 보니 구석에 설치돼 있는 긴 받침대에 음식을 놓고 서서 먹는 사람들이 흔할 정도였다. 웅성거리는 사람들 틈을 비집고 여덟 명이 들어서고 있었다. 입구에서 몇 차례 털고 들어왔는데도 그들은 먼지를 뽀얗게 뒤집어쓰고 있었다. 안으로 비집고 들어가 봐도 자리가 없기는 매한가지였다. 식사를 받아다가 벽 앞에 설치돼 있는 받침대에 올려놓고 식사를 하고 있는 사람들이 눈에 띄었다.

"그나마 여기 합비는 사람 사는 곳 같군요. 이렇게 많은 사람들과 부대껴 보는 게 얼마 만인지 모르겠군요."

사람이 북적거리는 걸 보는 것 자체가 감회가 새로웠던지 뭉클해하는 장한은 다름 아닌 호쾡이었다. 다른 사람들보다 머리 하나 정도는 더 커 보이는 거구의 호쾡 때문에 일행들은 주변 사람들의 시선을 끌게 됐다. 호쾡과 동행하고 있는 이들은 휘륜의 지인들이라고 할 수 있는 사람들이었다. 무극검왕과 막부는 일행의 주변을 감싼 채 마치 보호라도 하는 듯한 자세를 취하고 있었고 가운데 쪽에 선 만취공과 맹치성은 지친 기색이 역력해 보였다. 비록 무공이 고강한 무극검왕과 막부의 도움을 받았다지만 그 먼 거리를 무공도 모르는 몸으로 여행한다는 건 여간 힘든 일이 아니었던 것이다. 나머지 세 사람은 구적룡과 고신검령, 검평 형제였다. 이들 여덟 명은 지금껏 정도련의 주력과 함께 지내고 있었다. 이런 그들이 먼 합비까지 찾아온 것은 옥불에게서 휘륜의 생환 소식을 듣고 나서였다. 옥불은 련주의 신분이었기에 함께 오지 못했고 무극검왕은 일행들을 호위한다는 핑계 삼아 온 것이다. 그 역시 현재는 정도련의 통령이란 막중한 직위에 올라 있는 몸인지라 오래 머물 순 없는 처지였다.

호굉과 구적룡, 고신검령, 검평 형제가 어른들 식사까지 챙겨왔다. 여덟 사람은 주변의 다른 사람들처럼 가슴 높이에 설치돼 있는 좌대에 음식을 늘어놓고 서서 먹어야 했다. 비싸고 고급스러워 보이는 객잔을 마다하고 이렇게 허름한 곳으로 들어온 건 어디서 도사리고 있을지 모를 마교도들의 눈을 피하기 위해서였다. 합비 사정을 모르니 신중을 기해서 나쁠 건 없었던 것이다.

오랜 여행에 제대로 식사다운 식사를 해본 지 오래됐기에 일행은 허겁지겁 먹기 바빴다. 불편한 건 차후의 문제였다. 오랜만에 기름진 음식으로 뱃속을 달랬더니 포만감이 느껴졌다. 차로 입가심을 한 후에 일행은 밖으로 나왔다. 여덟 사람은 모두 챙이 큰 삿갓을 눌러썼고 장포의 깃을 세워 얼굴을 절반쯤 가린 차림새를 하고 있었다. 여기서 자신들을 알아볼 사람들 만나기란 쉽지 않은 일이겠지만 그래도 혹 모르는 일이지 않겠는가. 무극검왕이나 막부는 특히 마교도보다도 휘하로 들어간 사파의 고수들을 맞닥뜨릴까 싶어 노심초사했다.

고신검령이 앞장서서 걸으며 목적지를 찾아가고 있었다. 이들 중 태반은 합비가 초행이었기에 길을 모르는 건 마찬가지였다. 고신검령은 뒤돌아보며 다시 한 번 확인했다.

"천선루가 맞습니까?"

무극검왕은 고개를 끄덕였다. 마치 이들은 휘륜이 처음 합비에 왔을 때 길을 헤맸던 것처럼 천선루를 쉽게 찾지 못하고 있었다. 하는 수 없이 검령과 검평 형제는 지나가는 행인에게 길을 물었다.

예상보다 작고 볼품없는 천선루의 외형을 보고 다들 의아해했다. 단층의 이 작은 건물이 정말 향림의 본거지라니 도무지 믿어지지 않았기 때문이다. 안내를 맡은 점소이에게 용건을 말하려는 검령을 제지하며 무극검왕이 대신 나섰다.

"조용히 술을 마실 수 있는 곳으로 안내해주게."

"알겠습니다."

사방의 벽에 위장되어 있는 석문이 열리는 걸 보며 일행들은 다소 놀란 눈치였다. 점소이는 일행들에게서 한시도 눈을 떼지 않고 있었다. 무극검왕이 선두에 서고 일행들은 석문 안으로 들어섰다. 지하로 내려가니 대기하고 있던 점소이가 안내해갔다.

어마어마하게 큰 장방형의 대전이었다. 가장 긴 외벽의 길이가 자그마치 삼십여 장쯤은 될 것 같은 드물게 큰 대전에는 일반 주루에서 흔히 볼 수 있는 탁자들이 다소 널찍한 간격을 두고 자리 잡고 있었다. 아직 이른 시간이라서 그런지 손님이 그리 많지는 않았다. 점소이는 일행을 안쪽 깊숙한 곳으로 안내해갔다. 일행들이 자리 잡고 앉자마자 점소이는 공손하게 허리를 굽히더니 주문을 받기 시작했다. 방금 식사를 하고 왔는지라 시장기가 있을 리가 없는 사람들에게 기름진 요리들을 차례로 언급하는 점소이가 반가울 리가 없었다. 막부가 술을 시키고 간단한 안줏거리를 주문했다. 점소이가 떠나고 난 뒤에야 막부가 물었다.

"미심쩍은 부분이라도 있었습니까?"

"조심해서 나쁠 건 없어 그랬습니다만 괜한 짓을 한 것 같다는 생각이 불현듯 들긴 하는군요."

"그러면 지금이라도 점소이에게 전언을 넣으라고 하죠."

"그래도 될 것 같습니다. 여기 분위기를 보아하니 그리 의심할 만한 구석은 없어 보입니다."

무극검왕의 말이 끝난 시점에 막 주변을 둘러보던 막부의 시선이 한곳에 머물렀다가 떨어졌는데 그때부터 막부는 당황한 기색이 역력했다.

"왜 그러십니까?"

"돌아보지 마십시오. 제 뒤쪽 구석 자리에 있는 자들 중에 안면이 있는 사람이 하나 섞여 있습니다."

막부는 탁자에 올려둔 삿갓을 다시 쓰더니 어깨를 살짝 움츠렸다.

마침 막부 맞은편에 앉아 있던 구적룡이 그쪽 일행을 살펴보더니 소리를 낮춰 조심스럽게 말문을 열었다.

"일행 중 하나가 일어서서 밖으로 나가고 있습니다. 혹 어르신을 알아본 건 아닐까요?"

"눈이 마주친 건 아니니 그건 아닐 거야. 그렇지만 여간 찜찜한 게 아닌걸."

요리와 술을 가지고 온 점소이를 무극검왕이 붙잡아 세웠다.

"백 년 묵은 농어를 푹 고아서 가져올 수 있겠는가?"

점소이의 눈빛은 달라졌지만 언제 그랬던가 싶게 신속하게 정상을 되찾았다.

"손님, 농담도 심하십니다. 백 년 묵은 농어 대신 용을 한 마리 잡아 올릴까요?"

천연덕스러운 점소이의 대꾸에 무극검왕은 그만 가보라고 손짓했다. 무극검왕과 막부를 제외한 나머지 일행들은 무극검왕이 왜 갑자기 저런 농담을 하는 것인지 이해가 안 가 어리둥절한 표정이었다. 향림의 림주인 한옥림은 정도련의 밀사가 찾아오거나 도움이 필요한 정파의 고인들을 돕기 위해 그들을 식별할 수 있는 암어를 정도련 측에 전달했는데 그것이 바로 '백 년 묵은 농어'였다. 이제 점소이를 통해 향림의 수뇌부에 전달이 되기를 기다리면 되었다. 일행은 이내 술을 한 잔씩 들이켜며 긴장감을 털어냈다.

휘륜이 합비에 나타났고 그가 지인들을 찾는다는 소리를 듣고 무작정 달려오긴 했지만 합비가 마교도들의 소굴이라는 데서 오는 긴장감은 어쩔 도리가 없었다. 운이 나쁠 경우 휘륜과 대면하기 전에 마교도와 충돌이라도 일으키면 모든 게 수포로 돌아갈 수도 있었다. 마교의 수뇌들이 대거 출동하기라도 한다면 제아무리 무극검왕과 막부라도 버틸 재간이 없었던 것이다. 다른 사람들이 긴장하고 있는 것과는 달리 사태의 심각성을 그다지 느끼지 못하는 만취공과 맹치성은 술을 주거니 받거니 하며 피곤함을 달래고 있었다. 만취공은 제자를 만난다는 생각에 들떠 있었고 맹치성은 양녀인 설리와 재회할 수 있기를 학수고대하고 있었다. 잠시 뒤 이곳에서 꽤 높은 직급의 인물로 보이는 중년인이 다가왔다. 그는 무극검왕 일행에게 곧장 다가오더니 허리를 굽혀 인사하고는 작은 소리로 속삭였다.

"자리를 일단 옮기시지요. 입구에서 말씀하셨으면 좋았을 것을 하필이면 이곳으로 오시다니……."

일행은 주저하지 않고 몸을 일으켜 세웠다. 점소이들을 관리하는 지배인쯤으로 보이는 중년인의 뒤를 따르는데 막부가 께름칙하게 여기던 일행들의 시선이 매섭게 번쩍이고 있었다. 막부 일행은 복잡한 지하 미로를 지나 위쪽으로 올라갈 수 있었다. 놀랍게도 그곳은 천선루의 옆에 자리한 객잔이었다. 알고 보니 이 일대의 객잔들은 모두 천선루 소유였고 지하 비밀 통로로 연결되어 있었던 것이다. 객잔의 심처까지 안내한 중년인은 그제야 안심하며 말을 이었다.

"조금 전에 여러분이 계시던 곳은 천선루에서 가장 규모가 큰 주점입니다. 아직은 이른 시간이라 사람이 그다지 많지 않지만 밤이 되면 온갖 종류의 군상들이 다 모여드는 곳입니다. 루주님께 전갈을 넣었으니 이곳에서 잠시만 기다리시면 되실 겁니다. 요기라도 할 수 있도록 술과 안주를 준비시키겠습니다."

다들 거북해하는 표정이 역력한 걸 보고 지배인은 의아함을 금치 못했다.

"왜 그러십니까?"

"아니오. 대충 가져오시오. 이럴 줄 알았으면 식사를 하고 오는 게 아닌데 그랬소."

"아, 그러셨습니까? 그럼 기름지지 않은 담백한 안주로 준비하겠습니다. 그럼 편하게 환담을 나누고 계십시오."

지배인이 떠나고 나자 그제야 만취공이 물었다.

"막가야. 방금 거기서 본 사람이 누구기에 그리 긴장을 하는 것이냐?"

"그놈이야 별게 있겠냐만 그놈 하나로 인해 번잡한 일이 생길까 싶어서였지."

"륜이가 이런 험한 곳에서 지내왔을 걸 생각하니 마음이 편치가 않구나."

다들 만취공의 말에 공감했다. 현재 정파인들이 가장 가길 꺼려하는 곳이 바로 합비와 낙양, 장사일 것이다. 마교와 사파 고수들이 득시글거리는 합비로 들어서는 건 절반쯤 목숨을 적들에게 건네 놓기로 작정한 상태나 다름없었다.

다들 생각보다 시간이 많이 지체된다고 느끼고 있을 때쯤 지배인이 사색이 된 얼굴로 들어섰다. 그의 표정만으로도 심상치 않은 문제가 발생했다는 것 정도는 짐작할 수 있었다.

지배인은 당황한 탓인지 말을 조리 있게 하지 못했다.

"루주님이 출타 중이시라 소주님께 전했사온데 그것이, 그것이 그게…… 지금 밖에 마교 고수들이 새까맣게 몰려와 포위하고 있습니다."

말의 앞뒤가 자연스럽지 못했지만 그가 전달하고자 하는 내용만은 명백하게 이해가 됐다.

"이 일대가 전부 마교에 포위됐습니다. 이런 일은 천선루가 생기고 처음 있는 일이라…… 지금 어찌해야 할지 아직 판단을 못 내리고 있습니다. 소주께서는 여러분들의 안전이 최우선이라며 무슨 일이 있어도 보호해주시겠다고 하셨습니다. 그러니 답답하시더라도 여기서 좀 더 기다려 주셔야겠습니다. 상황을 좀 더 알아보고 오겠습니다. 별다른 일이 있으면 곧장 달려오겠습니다."

지배인은 대답도 듣지 않고 제 할 말만 하고 부리나케 밖으로 뛰어나갔다. 혼이 절반쯤 나간 것으로 보아 상황이 상당히 심각하다는 걸 알 수 있었다.

고신검령이 근심 가득한 얼굴로 무극검왕을 바라봤다.

"어쩌죠?"

"글쎄다. 나도 이 순간 어떻게 하는 게 최선인지 얼른 판단이 안 서는구나."

다른 사람들도 마찬가지였다. 마교의 고수들이 이 일대를 전부 포위했다면 보통 큰일이 아니다. 자신들의 안위는 물론이고 천선루까지 봉변을 당할지도 모르는 일이었다.

막부는 탄식했다.

"아까 그놈이 날 알아보았던 게야. 이렇게 일이 커질 줄 알았으면 그놈들 목을 따버리는 건데."

이제 와 후회해 봤자 소용이 없다는 걸 알면서도 아쉬움을 털어내진 못했다. 고민하던 무극검왕이 의견을 내놨다.

"최악의 경우 제가 적도들을 유인해보겠습니다. 혼란한 틈을 타 여길 빠져나가십시오."

막부는 무극검왕이 자진해 적들의 표적이 되겠다고 나서도 말릴 수가 없었다. 현재로서는 그렇게라도 해봐야 했기 때문이다.

한편 밖에서는 마교 고수들이 포위망을 겹겹으로 구축하고 천선루 안에서 밖으로 나가지도, 밖에서 안으로 들어오지도 못하게 차단하고 있었다. 포위망 밖의 대로에는 사람들이 구경하기 위해 몰려들어 있었다. 근처를 지나던 두 명의 무사가 모여 서서 수군거리고 있는 인파들을 헤집고 안으로 파고들었다.

막 화를 내려던 사람들은 그들이 착용하고 있는 복장을 보고 모두 입을 다물어버렸다. 역정을 내던 장한은 그만 사색이 된 채 얼어붙고 말았다. 인파를 헤집고 안으로 파고든 두 사람은 마교 무사들이 입는다는, 그것도 꽤 직급이 높아 보이는 복식을 갖추고 있었다. 마교 무사들의 복색은 붉은색으로 통일되어 있었다. 그 때문에 마교의 정식 교도가 아닌 사람은 붉은색 옷을 입는 게 금지돼 있었으며 이는 꽤 엄격했다.

지금 천선루를 포위하고 있는 무사들이 입고 있는 붉은색 장포에는 푸른 이리가 그려져 있는 데 비해 막 등장한 두 사람의 붉은색 장포엔 흰색 국화가 새겨져 있었다. 이 문양은 무사들의 소속을 구분해주는 것이었다. 원래 표기에 그려져 있던 문양이었는데 중원에 나오고부터 서로를 구별하기 위해 옷에다가 수를 놓게 했다. 대교주부터 아홉 번째 교주까지 각각 청룡(靑龍), 백호(白虎), 사자(獅子), 봉황(鳳凰), 청랑(靑狼), 황금수(黃金手), 백국(白菊), 혈죽(血竹), 은령(銀鈴)을 표기로 삼고 있었다. 지금 등장한 무사들은 칠교주 휘하였다. 두 사람은 곧장 마교 무사들을 지휘하고 있는 사람들에게로 다가갔다. 이곳의 명령권자로 보이는 이가 다가온 두 사람을 한차례 훑어봤다. 두 무사는 가볍게 목례를 해 보이고는 물었다.

"무슨 일입니까?"

오교주의 심복인 낙성검 탁무강은 혈마교 전체에서도 서열 삼십 위 안에 들어가는 위인이었다. 그가 기억하기로 칠교주의 휘하 중 자신보다 직위가 높은 인물은 교주를 포함해 세 명에 불과했다. 가슴에 새겨진 직급을 봐도 두 사람은 자신보다 직위가 낮았다. 낙성검은 기분이 언짢아졌는지 콧잔등에 주름이 잡혔다.

"노부가 자네들에게 일일이 설명해야 하나?"

"그런 건 아닙니다만 이 구역은 저희 소관입니다. 그래서 여쭤본 것뿐입니다. 적어도 알고는 있어야 하겠기에……."

탁무강은 빈정거렸다.

"그런가? 좋아. 궁금해하니 가르쳐주지. 이곳에서 정파의 잔당이 목격되었다. 그 자의 신분은 정파에서도 명망이 높은 막부라는 자야. 그 자를 비롯한 정파 잔당들을 체포하기 위해 나온 것이다."

"그랬군요. 잡으셨습니까?"

"보다시피 아직 소식이 없군."

"여기 천선루는 저희 교주님께서 특별히 관심을 갖고 보호해주고 있는 곳입니다."

탁무강의 눈썹이 곤두섰다.

"그래서? 지금 내게 하고 싶은 얘기가 뭔가?"

"그들이 여기로 숨어들어왔다고 해도 관련성이 없는 한 함부로 범인 취급해서는 곤란하단 말씀을 드리려던 참입니다."

"혐의가 없다면 무사하겠지. 하지만 혐의가 있다면 죗값을 치르게 될 거야. 그게 누가 되었든 말이지. 용무가 없으면 이만들 가보게."

"그럼 수고하십시오."

둘이 사라져가는 모습을 괘씸한 듯 노려보던 탁무강의 입에서 탁성이 흘러나왔다.

"대체 안으로 들어간 놈들은 왜 감감무소식이냐. 한 놈도 남김 없이 싹 잡아들여야 할 것이다. 그리고 여기 연놈들이 숨겨주고 있을지도 모르니 한 놈도 감시를 게을리해서는 안 된다. 관련이 있는 놈은 단 하나도 예외 없이 포박하도록."

방금 탁무강에게 접근해 불쾌하게 만들었던 두 사람은 다름 아닌 검계 북파의 생존자들로 휘야겸과 함께 강호로 나온 무사들이었다. 밀종과 검계 북파의 검수들은 현재 육, 칠, 팔, 구교주의 심복들로 변장해 있었다. 두 사람은 곧장 왕부로 돌아가 이 소식을 전했다.

제5장
오교주 상백훈

 천선루에 정파 칠기 중 한 사람이 포함된 일행이 나타났다는 제보에 현재 포위 중이라는 소식은 금세 교주들에게까지 전해졌다.

 현재 이곳 왕부엔 장사에 있던 혈마교의 수장인 이교주와 그의 아들인 오교주가 주력을 이끌고 온 뒤 떠나지 않고 머물고 있었다. 살해된 구교주 대신 새로 아홉 번째 교주가 된 사람은 육교주의 친형인 무정혈검(無情血劍) 반도량이었다. 물론 겉모습만 그일 뿐 마검 태공악이 대신 흉내를 내고 있는 것에 지나지 않았다. 그를 다른 사람도 아닌 칠교주와 팔교주가 추대하자 그 점을 기이하게 여기긴 했지만 육교주도 있고 하니 앞에서 반대하기도 그랬다. 그 때문에 별 차질 없이 구교주로 승인을 받기는 했지만 오교주는 다소 불만이 있는 눈치였다. 그도 그럴 것이 무정혈검 반도량은 과거 오교주 상백혼의 생모인 네 번째 교주에게 무례를 범한 적이 있어 반감을 갖고 있는 위인이었다. 반도량이 뛰어난 무공에도 불구하고 교주가 못 된 것에는 성품이 지극히 편협하고 괴팍하여 다른 교주로부터 견제의 대상이었다는 점도 작용했다. 별로 교분도 없었던 칠교주와 팔교주가 그를 추대했다는 사실에 의구심을 갖게 된 오교주는 아버지인 이교주 상지천의 처소를 찾아와 그 얘기를 꺼내고 있는 중이었다.

"아무래도 여기 분위기가 수상쩍습니다."

"그게 무슨 소리냐?"

"합비에 있는 교주들 사이가 이전과 비교도 할 수 없이 친밀해 보였습니다. 이들이 혹 딴마음을 품은 것이 아닌지, 소자는 그 점이 우려스럽습니다. 이대로 합비를 이들 손에 맡겨두어도 좋을지 걱정됩니다. 뭔가 조치를 취해야 하는 게 아닐까요?"

상지천의 눈이 가늘어졌다. 품 안에 안고 있는 낭취금묘를 쓰다듬던 손길이 멈췄다.

"흐음. 네 눈에는 그리 보였단 말이지? 혹시 신임 교주가 된 반도량 때문이 아니냐? 과거에 네 생모에게 한 짓을 두고 네가 괘씸하게 여기지 않았더냐?"

"아닙니다. 소자가 그 자를 못마땅하게 여기는 건 사실이오나 공과 사를 구분 못 하는 어리석은 사람은 아닙니다."

"그게 아니라면 잔말 말고 받아들여라. 이미 결정된 일을 번복하기엔 모양새가 좋지 않을뿐더러 괜한 분란을 조장할 필요는 없지. 그리고 칠교주나 팔교주는 절대 도박을 할 위인이 못 된다. 야심이 없지는 않겠지만 제 능력이 부족한 걸 아는 이상 대세에 순응할 위인들이지. 혹 육교주가 부추겼다고 해도 그 사실을 내게 먼저 알릴 사람들이지, 잠자코 따를 사람이 못 되지. 더군다나 둘이 함께 변심을 한다는 건 벼락이 떨어진 나무에 다시 벼락이 칠 확률보다도 희박하다."

"그건 그렇지만……."

"지금은 대교주를 어떤 식으로 끝장낼지만 생각하기에도 벅차다. 괜히 긁어 부스럼을 만들 필요는 없다. 결속력을 강화해도 부족할 판에 약화시키지는 말아야지. 내 말 무슨 뜻인지 이해했느냐?"

"네. 그 문제는 더 이상 고집부리지 않겠습니다. 그럼 전 천선루에 잠시 나가보겠습니다."

"정파 잔당들이 합비에 무슨 일로 왔을까? 그놈들이 여기에 발을 디딘 목적을 반드시 알아내야 한다."

"심려 마십시오. 이참에 정도련 주력이 어디에 숨어 있는지까지 캐내 소탕해버리겠습니다."

아들이 물러간 뒤에 이교주 앞에 한 여인이 나타났다. 전신을 망사로 감싼 여인은 흑묘(黑猫)라고 불렸다. 이교주가 심혈을 기울여 키워낸 그림자였다. 상지천은 흑묘에게 지시를 내렸다.

"너는 지금부터 신임 구교주의 동태를 감시해라. 그가 누구를 만나는지, 무슨 대화가 오가는지 하나도 빼놓지 말고 보고하도록."

"존명."

흑묘가 신비롭게 사라지는 모습을 흡족한 시선으로 바라보던 상지천은 돌연 눈을 빛내며 혼잣말로 중얼거렸다.

"조심해서 나쁠 건 없지. 혼이의 말처럼 합비의 교주들이 딴마음을 품고 배신이라도 한다면 단번에 상황은 뒤집힐 수도 있다. 만약 그런 징후가 포착된다면 이들이 거사를 진행하기 전에 먼저 제거해야 한다. 하지만 그럴 리는 없다. 이들은 내가 더 잘 안다. 그럴 만한 능력도, 배포도 없는 위인들이다. 현재의 위치에 만족히고 던져주는 고깃덩이라도 포만감을 채울 수만 있다면 마다하지 않을 사람들이다. 네 생각은 어떠냐?"

이제 보니 혼잣말을 하는 줄 알았던 상지천은 또 다른 누군가와 대화를 하고 있었다. 모습조차 드러내지 않았지만 분명한 음성이 천장 어딘가에서 흘러나오고 있었던 것이다.

"장사를 버리고 합비로 오시는 게 어떻겠습니까?"

"장사를 버리고 이곳으로?"

"이제 본교에 대항할 만한 세력은 사실상 없다고 해도 과언이 아닙니다. 지금부터는 내부 실권을 누가 거머쥐느냐의 싸움입니다. 전략적 요충지는 그다지 의미가 없습니다. 낙양에 머물고 있는 대교주는 교주님만 제거하면 지금의 불리한 상황을 뒤집을 수 있다고 여길 것입니다. 거기에 모든 걸 걸고 총력을 기울일 것입니다. 그럼 장사에 있는 것보다는 여기 합비가 더 방비하기에 유리합니다."

상지천은 심복인 수하로부터 이런 소리를 들어야 한다는 게 자존심이 상했다. 대교주와 막상 마주치면 제 혼자서는 감당하지 못할 것이란 불안감이 그 자신을 초라하게 만들고 있었다.

'내가 이 세상에서 유일하게 인정하는 경쟁자. 너무 오래 끌어왔어. 두 사람의 승부에서 마지막에 웃는 자는 내가 될 것이다. 늘 나보다 네가 한 발 먼저 앞서 갔지만 지금은 네가 내 꽁무니를 따르고 있다. 이렇게 될 줄은 몰랐을 것이다. 너는 너무 강했다. 그 지나침이 오히려 반감을 사고 경계의 대상이 될 줄 어찌 알았겠는가. 네 숨통을 끊어 놓는 순간이 내가 천하를 거머쥐는 순간이 되겠지. 그다음 차례는 오만한 증지산이 될 것이고.'

요즘 마교 내에서 급부상하고 있는 구마존은 사실 상지천의 안중에 없었다. 그들의 무공이 강한 건 사실이지만 그것만으로 천하를 가지기엔 아직 제대로 영글지 않은 애송이처럼 보였기 때문이다.

 마교의 다섯 번째 교주인 상백혼은 혈마지옥염화수(血魔地獄炎火手)를 극성으로 익힌 탓에 마교도들은 그런 그를 지옥대제(地獄大帝)라고 부르며 무서워했다. 혈마지옥염화수는 마교 십이대 마공 중 하나로 불리고 있었으니 위력은 불문가지였다. 그렇지만 상백혼은 혈마지옥염화수를 대성한 것을 자랑스러워하진 않았다. 이 무공은 역대 많은 사람들이 대성을 한 바 있었고 마교 십이대 마공 중 하나라고 하지만 실상 이 무공보다 위력이 강한 건 숱하게 많았기 때문이다. 상백혼이 내심 뿌듯해하고 있는 건 혈마지옥염화수가 아니라 바로 합마진기(合魔眞氣)였다. 마교 역사상 팔성 이상을 수련한 사람이 없다고 알려져 있는 걸 자신은 십성에 이르도록 익히는 데 성공했다. 교주들 중 가장 나이가 어리니 겉으로야 겸양을 떨었지만 실상 속마음으로는 대교주를 제외하고는 자신의 상대가 없다고 믿고 있을 정도로 자부심이 대단했다. 이런 상백혼이 천선루에 나타났다. 그가 등장하고부터 상황은 일사천리로 진행되고 있었다. 천선루 안에 있던 자들은 모조리 개처럼 끌려나왔고 조사를 받은 후에야 풀려날 수 있었다. 출타했다가 돌아온 한옥림마저 그 무리 가운데 섞여 고초를 겪고 있는 중이었다.
 낙성검 탁무강이 한옥림의 머리채를 잡고 흔들며 외쳤다.

"이 천한 년이, 바른 대로 이실직고하지 못할까!"

한옥림은 머리칼을 붙잡힌 채 흔들면 흔드는 대로 비명소리 한 번 지르지 않고 묵묵히 견디고 있었다. 수치심이 왜 없겠느냐만 이만한 고초쯤은 지난 세월에 숱하게 당한 경험이 있었다.

"이년이 대체 무얼 믿고 이리 당당한지 모르겠구나. 네년의 말이 이치에 맞지 않다는 건 삼척동자도 아는 얘기다. 제보자의 증언에 따르면 천선루의 지배인이 적도들을 안내해 다른 곳으로 데려간 사실이 명백한데 그런데도 천선루가 관련이 없다고 잡아뗄 심산이더냐?"

"저는 거기에 대해 아는 바가 하나도 없습니다. 무고한 이에게 죄를 씌워 윽박지른다고 없던 죄가 갑자기 생기는 건 아니지 않습니까? 제가 죄가 없음은 일월신교의 신녀님께서 증언해주실 것입니다."

신녀라는 말이 나오자 탁무강은 저도 모르게 흠칫했다. 슬그머니 손을 놓은 탁무강이 다소 누그러진 음성으로 말했다.

"그게 무슨 소리냐? 신녀님이 증언해주신다니?"

"지금 나으리께서 말씀하시는 것들은 모두 제가 출타한 중에 일어난 일입니다. 신전에서 신녀님과 담소를 나누다가 돌아왔을 뿐 저는 이 일과는 무관합니다. 제 결백을 신녀님이 증언해주실 것입니다."

탁무강은 뒷짐을 지고 지켜보고 있던 상백혼을 쳐다봤다. 상백혼은 고개를 끄덕이더니 고개를 까닥였다. 자신 앞으로 보내란 뜻이었다. 한옥림을 가만 쳐다보던 상백혼이 여전히 뒷짐을 진 채로 말했다.

"당신 아주 유명한 사람이더군. 향림의 림주라지?"

"허명일 따름이지요. 천한 년이란 소리나 듣는데 그런 허명이 무슨 소용이 있겠습니까?"

한옥림이 담담하게 뱉어낸 소릴 들은 탁무강의 눈썹이 역팔자로 곤두섰다. 그 눈은 당장에라도 요절을 내고야 직성이 풀리겠다는 듯 노화로 이글이글 타오르고 있었다.

"정말 네 말대로 이번 일과 관련이 없다면 억울할 게야. 그러나 정황상 의심을 살 수밖에 없지 않겠나."

"저도 그 부분에 대해서는 달리 변명을 늘어놓고 싶지 않습니다."

"차차 밝혀지겠지. 어차피 시간이 좀 지체될 뿐 직도들은 모조리 잡히게 돼 있으니 말이지. 그놈들 입에서 관련성이 흘러나온다면 넌 무사할 수 없을 것이다. 뿐만 아니라 이곳 천선루에 속한 자들은 모조리 참살을 면치 못할 것이다. 그래도 좋으냐?"

사람의 눈은 심성을 그대로 드러낸다. 한옥림은 상백혼의 눈 속에서 악랄한 잔인성을 보았기 때문인지 진저리를 쳤다.

"왜 대답을 못하느냐? 그래도 좋으냐고 물었다."

"달게 받아야겠지요."

"네가 지금이라도 마음을 고쳐먹고 자백한다면 다른 사람들은 용서해줄 마음도 있는데, 그래도 고집을 부려보겠다?"

"전…… 적도들과 내통한 적이 없습니다."

"좋아. 네 대답처럼 결과도 산뜻했으면 좋겠군. 천선루에 대한 조사가 끝날 때까지 내 시선이 미치는 곳에서 벗어나서는 안 된다. 만약 그럴 궁리라도 했다가는 남아 있는 잡놈들에게 화가 미칠 것이다. 명심하도록."

한옥림은 참담함을 금치 못했다.

'아, 일이 어쩌다가 이렇게까지 되었단 말인가. 검황께서 나서신다 해도 이제는 돌이킬 수 없게 되지 않았는가. 이 사태를 어찌하면 좋을까.'

속으로 아무리 궁리를 해보아도 뾰족한 해결책이 생각나지 않았다. 겹겹이 에워싼 포위망을 뚫고 도주한다는 건 도저히 가능할 것 같지 않았다. 아직 한옥림은 천선루에 온 정도련의 밀사가 누군지 만나보지 못했다. 몇 명이나 되는지, 어떤 인물인지만 알아도 이처럼 답답하진 않을 것 같았다.

그 시각, 천선루 옆 객잔의 심처에 숨죽이고 있던 무극검왕 일행은 지배인이 다시 돌아와 소식을 전해주길 학수고대하고 있었다. 막부가 고개를 흔들며 말했다.

"아무래도 틀린 것 같습니다. 더 늦기 전에 탈출할 방법을 모색해 봐야 할 것 같습니다."

고심하던 고신검령이 자진해 나섰다.

"제가 바깥의 동정을 살펴보고 오겠습니다."

무극검왕이 말렸다.

"아서라. 내가 나가보마."

무극검왕은 대답을 듣지도 않고 그 자리를 떠났다. 잠시 뒤, 무극검왕이 돌아왔다. 그의 표정은 암담함 그 자체였다.

"여길 빠져나가는 건 쉽지 않을 것 같소. 아직까지는 이 객잔까지 대상으로 하고 있진 않지만 천선루 지하와 여기가 연결돼 있다는 게 밝혀지면 여기도 곧 수색해올 것이오. 그전에 수를 내야 하오."

막부가 조심스럽게 말문을 열었다.

"어찌하는 게 좋겠습니까?"

"역시 애초의 계획대로 내가 놈들의 시선을 끌어보겠소. 혼란한 틈을 타 빠져나가 보시오."

문제는 만취공과 맹치성이었다. 무극검왕이 포위하고 있는 자들 중 고수들을 유인해 준다면 막부나 다른 사람들은 포위망을 뚫고 나가기 한결 수월해질 것이다. 하지만 만취공과 맹치성은 경공술을 모른다. 그런 두 사람을 안거나 업고 가는 건 여벌의 목숨이 없는 한 위험천만한 일이 아닐 수 없었다. 그래도 시시각각 다가오고 있는 위협을 생각하자면 이제라도 결행해야 한다는 건 모두가 깨닫고 있었다.

"좋습니다. 해보지요. 여길 탈출하면 어디에서 다시 만나는 게 좋겠습니까? 흩어질 경우를 대비해 미리 약속 장소를 정해두는 게 좋겠습니다만……."

무극검왕은 고민하지 않고 명쾌하게 약속 장소를 정했다.

"우리가 합비로 들어오며 목이 말라 물을 떠마셨던 우물을 기억하실 것이오. 거기서 보도록 합시다. 다들 무사했으면 좋겠구려."

"검왕께서도 조심하십시오."

무극검왕은 고개를 한 번 크게 끄덕인 후 앞장서 걸었다. 무극검왕은 객잔의 지붕을 통해 빠져나가기로 했고 나머지 사람들은 입구 쪽에 모여앉아 기회를 엿보고 있었다. 사람들의 시선을 최대한 끌어주는 동안 정문을 통해 일단은 태연하게 걸어나가 보기로 한 것이다. 혹시 운이 좋아 별 의심을 안 받을 수도 있지 않겠는가 싶었다.

무극검왕이 지붕 위로 이어진 통로를 박차고 뛰어올랐다. 그는 사람들의 관심을 끌고자 최대한 소란을 떨기로 했다.

"푸하하하. 이 마교의 버러지들아. 나 하나를 잡고자 떼로 모여 있느냐? 날 잡을 자신이 있는 놈만 올라와라. 단매에 죽고 날 원망하는 놈은 없기를 바란다."

손에 고쳐 잡은 검을 허공을 향해 장난스럽게 붕붕 소리가 나도록 휘두르며 도발하고 있었다. 무극검왕의 급작스러운 출현에 처음엔 다들 뭔가 하는 표정들이었다. 웬 미친놈이 발작을 일으키나 싶었는지 별로 대수롭지 않게 여기고 몇 놈이 지붕 위로 뛰어 올라왔다.

"크악."

"커, 커컥."

단숨에 두 명이 목숨을 잃고 지붕 아래로 굴러떨어졌고 나머지 한 명은 검이 쑤시고 지나간 자기 배를 믿을 수 없다는 듯 내려다보고 있었다. 무극검왕은 망설이지 않고 수급을 날려버렸다.

밑에 구경하고 있던 군중들로부터 함성인지 비명인지 모를 소리가 터져 나왔다.

"우와."

그제야 마교의 고수들 눈빛이 달라지기 시작했다. 바로 저놈이다, 바로 저놈을 잡기 위해 우리가 이런 고생을 한다, 라는 의미가 담겨 있었다.

상백혼이 눈살을 찌푸리며 탁무강에게 물었다.

"저 늙은이가 칠기 중 한 사람인 막부가 분명하냐?"

"그게 확실치가 않습니다. 철혈사신이란 호를 들어 알고 있었을 뿐 그 이상은 저도……."

상백혼은 군중들의 시선을 한몸에 받으며 난리법석을 떨고 있는 노인을 노려보더니 몇 걸음 물러서 있던 한옥림에게 시선을 줬다.

"너는 알겠지? 저 자가 막부가 맞느냐?"

"그, 그게……"

지금 한옥림은 내심으로 엄청난 충격에 빠져 있었다. 방금 객잔의 지붕 위에서 마교 무사 세 명을 단숨에 처단해버린 사람은 다름 아닌 무극검왕이었기 때문이다. 거기다 저들의 대화를 들어보니 칠기 중 한 사람인 철혈사신 막부까지 와 있는 것 같았다.

'내가 보낸 첩지를 보고 그 먼 거리를 마다치 않고 오신 듯한데 하필이면.'

주저하고 있는 한옥림에게 상백혼이 최초로 살기를 드러냈다.

"네가 아직 상황 파악이 제대로 안 되는가 보구나."

"아, 아닙니다. 저분은 막부가 아니라 검왕중 한 분이십니다."

"검왕? 오대 검왕?"

"네."

상백혼은 만면에 희색이 가득했다.

"오, 이거 생각보다 더 큰 월척이구나. 중원을 대표하는 고수, 바로 그 검왕이란 말이지."

한옥림을 다시 휙 돌아본 상백혼이 다시 물었다.

"검왕 중 누구냐?"

"그, 그것이."

"네년이 알고 있다는 사실을 눈치챘으니 허튼소리를 했다가는 당장 목을 비틀어버릴 것이다."

한옥림은 체념했다.

"무, 무극검왕 어르신이십니다."

그 얘기를 들은 탁무강이 반색하며 상백혼에게 고했다.

"무극검왕이라면 바로 정도련의 통령입니다. 정파의 이인자나 다름없는 거물입니다."

그때까지도 마교 무사들은 움직일 기색도 통 보이지 않고 지붕 위를 노려보고만 있었다. 화살을 쏜다든가 암기를 날리는 따위의 행동도 하지 않고 자기 자리를 지키고 있었다. 확실히 이것만 보아도 각 교주 휘하의 정예들은 다르긴 다르다, 그런 생각이 절로 들 정도였다.

상백혼은 회심의 미소를 지으며 탁무강에게 지시를 내렸다.

"너는 여길 떠나지 말고 한 눈 팔아서는 안 된다. 그리고 천선루 양옆의 객잔들도 수색하도록 지시해라. 아무래노 수상하니깐. 비밀 통로로 연결돼 있을 것 같단 말이야. 저놈은 내 차지다."

"알겠습니다. 오늘 교주님의 손아래 검왕 하나가 목숨을 잃겠군요."

"죽일지 살릴지는 아직 미정이다."

상백혼은 제 음성에 공력을 담아 큰 소리로 외쳤다.

"무극검왕! 네가 정녕 망령이 난 게로구나. 본 교주 앞에 몸을 드러냈으니 네 목숨은 내 수중에 떨어진 것이나 다름없다."

일순 주변에서 구경하고 있던 군중들에게서 탄식인지 함성인지 모를 애매모호한 소리들이 흘러나왔다. 무극검왕이라면 중원 무림의 자존심이나 다름없는 사람이었다. 여기 있는 사람들치고 단 한 번이라도 본 이가 드물겠지만 그 명성만은 귀가 따갑게 들어보지 않았겠는가. 그런 사람이 마교 소굴로 탈바꿈한 합비에 나타난 것도 놀라운데 포위망 가운데 있다는 사실이 믿겨지지 않는 일이란 반응들이었다. 상백혼의 신형이 허공으로 떠오르더니 속도를 내기 시작했다. 사층 지붕 위라고는 해도 상백혼 정도의 고수에게는 그리 먼 거리라고도 할 수 없었다. 단숨에 지붕 위로 올라간 상백혼의 양쪽 손바닥에서 번개와도 같은 빛줄기가 번쩍였다. 무극검왕은 손에 든 검으로 쳐내긴 했지만 충격이 꽤 컸는지 기왓장을 부수며 뒤로 세 걸음이나 밀려버렸다.

시험 삼아 장력을 떨쳐낸 것이라 전력을 다하지 않았다고는 해도 이 정도로 손쉽게 막아낼 거라고는 생각지 못했는지 상백혼은 다소 의외라는 눈빛을 했다. 한편 무극검왕은 그대로 내심 당황하고 있었다. 계획이 틀어졌기 때문이었다. 그가 바란 건 앞뒤 가리지 않고 무리지어 우르르 몰려 올라오는 것이었고 그런 그들을 이끌고 여길 벗어나는 것이었다. 그런데 단 한 명, 그것도 교주쯤 돼 보이는 고수가 올라온 것 말고는 주변 포위망은 여전히 안정돼 있지 않은가. 이 상태라면 객잔 안에 있는 일행들이 절대 빠져나갈 수 없을 것 같다는 생각 때문에 초조해졌다. 그렇다고 눈앞에 있는 놈과 생사대전을 펼친다 해서 이길 수 있을 것 같지도 않았다. 원통하지만 상대는 자신의 능력으로는 조금 벅찬 감이 있었다. 그건 연전의 마교와의 대전에서 이미 확인된 사실이었다. 교주들은 고사하고 그 아래의 고수들조차 감당하기 벅차 허둥댄 일이 한두 번이 아니었다. 무극검왕 정도의 고수가 그랬으니 다른 사람들이야 오죽했겠는가. 첫 번째 격돌을 제외하고는 제대로 싸움다운 싸움도 못 해보고 무조건 퇴각만 한 이유가 거기 있었다.

"무극검왕. 당신이 왜 여기에 왔는지 그 목적을 알아내기 전에는 숨통을 끊어버릴 순 없지. 그 점을 다행으로 여겨야 할 것이다."

상백혼은 속히 끝낼 심산인지 자신의 이름에 늘 함께 따라다니는 혈마지옥염화수의 공력을 끌어올렸다. 거기다 전신은 합마진기로 보호하고 있으니 가히 천하무적이라 내심 자부할 만했다.

한편 아래쪽에서도 다급해진 건 마찬가지였다. 포위망이 흩어지기는커녕 더 견고해진 것 같은 느낌을 받았기 때문이었다. 거기에 갑작스러운 일이었지만 천선루가 아닌 양쪽 옆에 있는 객잔들로 일단의 무사들이 뛰어들어오고 있었다. 순간 막부뿐만 아니라 일행들 모두는 심장이 덜컹 내려앉을 만큼 다급해져 있었다. 이젠 달리 방도가 없었다. 최악의 상황을 맞은 일곱 명은 결의를 다지는 수밖에 없었다. 무공을 모르는 만취공과 맹치성을 가운데 두고 감싼 다섯 사람을 발견하자마자 객잔 안으로 뛰어든 무사들이 고함을 쳤다.

"여기 수상한 놈들이 있다."

그것이 시작이었다. 삑삑 요란한 호각 소리가 몇 차례 울리자 객잔 안으로 몰려든 무사의 수는 배로 늘어나 순식간에 수십 명을 헤아릴 정도가 되었다. 객잔 안에 발을 들인 마교 무사들 역시 일정한 거리를 두고 감시만 할 뿐 섣불리 덤벼들지는 않았다. 확실히 훈련이 잘돼 있음을 알 수 있는 대목이었다. 순식간에 포위돼버린 막부 등은 등에 식은땀이 줄줄 흘러내릴 지경이었다. 병기를 꺼내 마주 서 있긴 했지만 이 급박한 상황을 타개할 자신감은 없었다. 밖에 있던 탁무강은 처음 제보해온 자를 찾아오라고 수하들에게 지시를 내렸다. 벌써 지붕 위에서는 치열한 격전이 시작된 이후였다. 연이어 폭발음이 이어지고 지붕의 기왓장이 우수수 떨어져 내렸을 뿐만 아니라 지붕의 일각이 무너지기까지 했다. 사람들은 온통 거기에 시선을 빼앗기고 있었다.

수하가 데려온 제보자를 아래위로 훑어본 탁무강이 물었다.

"네가 막부의 얼굴을 보았다고 제보한 그 장본인인가?"

"네. 제가 바로 막부를 보았다고 상부에 알린 사람으로서…… 이교주님 휘하 추혼대주 환사옥인님의 수하인 망산귀수 장염장입니다."

전신을 덜덜 떨며 끝까지 자기소개를 다 하고 난 망산귀수는 그런 자신이 대견한지 히죽 웃기까지 했다. 탁무강은 속으로 비웃고 있었다.

'이교주님 휘하에 들어와 있다는 그 여우 새끼의 졸개였군. 재수 없는 놈들.'

탁무강이 속으로 여우 새끼라고 한 환사옥인이야말로 사파의 고수들을 이끌고 가장 먼저 마탑에 투항했던 삼사의 수장이었다. 환사옥인의 외호가 흘러나오자 그에게 원한을 갖고 있던 한옥림의 전신이 폭풍에 휩쓸린 듯 떨리고 있었다.

탁무강은 무미건조한 음성으로 뇌까렸다.

"앞장서라. 네놈이 확인해줘야겠다."

"네. 공을 세울 수 있으니 무한한 영광입니다."

탁무강은 절로 눈살이 찌푸려지는 걸 참을 길이 없었다. 탁무강이 객잔 안으로 들어서자 마교 무사들이 좌우로 길을 터줬다. 탁무강이 고갯짓을 하며 물었다.

"이 중에 막부가 있느냐?"

"저, 저 늙은이가 바로 막부입니다."

큰 삿갓을 쓴 관계로 용모는 잘 구분이 안 되었지만 척 보기에도 여간 단단해 보이지 않았다. 확실히 포위된 자들 중에서는 가장 먼저 눈길이 갔다.

"순순히 포박을 받으면 죽이지는 않겠다. 어떻게 하겠느냐. 이 자리에서 헛되게 목숨을 잃겠느냐, 아니면 병기를 버리고 포박을 받겠느냐?"

의례적인 질문이었을 뿐 별다른 기대감을 갖고 물은 건 아니었다. 막부가 입을 앙 다물며 막 고함을 치려던 참이었다. 그의 귓속으로 익숙한 음성의 전음이 파고들었다.

『막할아버지, 저 휘륜입니다. 저만 믿고 제가 시키는 대로 하세요.』

막부는 자기도 모르게 움찔 몸을 떨었다.

『일단 포박을 받는다고 하세요. 상황이 좀 복잡하게 꼬이긴 했지만 우선 제가 하자는 대로 따라줬으면 좋겠어요.』

막부는 처음에는 귀를 의심했지만 금세 마음을 고쳐먹었다. 아무리 지금 긴장하고 있다고 해도 휘륜의 전음을 구분하지 못할 정도는 아니었던 것이다. 이런 급박한 상황만 아니었다면 반가움을 표시했을 막부는 끙끙 앓는 소리를 몇 번 내더니 주변 사람들에게 다급하게 전음으로 상황을 알렸다. 당장 달려들 줄 알았던 사람들이 잠시 고민을 하는가 싶더니 병기들을 버리자 탁무강이 오히려 어안이 벙벙해졌다. 그가 알고 있는 정파인들은 적어도 투쟁심 하나만은 대단했기 때문이다. 목숨이 끊어지는 그 순간까지도 악바리처럼 달려드는 그들을 무사로서는 존중해줄 만했다. 물론 실력이 뒷

받침되지 않아 아쉽기는 했지만.

 어쨌든 지금 상황은 탁무강을 께름칙하게 만들었다. 그렇다고 병기마저 버린 자들을 참살할 순 없었다. 게다가 생포가 주목적이란 지시를 이미 하달받은 상태라 그럴 수도 없는 상황이었다.

 "포박하라."

 탁무강의 명령이 떨어지자 마교 무사들이 달려들어 혈을 짚고 포승줄로 단단하게 결박했다. 포로들을 밖으로 끌고 나온 탁무강은 객잔 지붕 위를 올려다봤다. 지붕 위의 두 사람은 바닥에 발을 붙이고 있는 시간보다 허공에 떠 있는 시간이 더 많았다. 주로 밀어붙이는 사람은 오교주 상백혼이었다. 정면 격돌을 하기엔 힘의 격차를 느꼈기 때문인지 무극검왕은 되도록 충돌을 피하고 허점을 파고들려고 노력하고 있었다. 하지만 결정적일 때마다 상대의 마기는 제 몸을 옭아매고 심지어 내력 운기를 방해하고 끊어놓기도 했다. 몇 번이나 죽음의 문턱에서 되살아나온 무극검왕은 식은땀을 줄줄 흘리고 있었다. 다시 정면충돌을 한 무극검왕은 검을 쥔 손아귀에서부터 상반신 전체로 폭발적으로 퍼지는 충격을 이기지 못하고 비칠비칠 물러서고 있었다. 상대의 전신을 감싸고 흐르고 있는 붉은 기류는 태양처럼 이글이글 타오르고 있었는데 충돌을 일으킬 때마다 검을 타고 올라와 몸을 일시지간 마비시키고 있었다. 그런데도 아직 버티고 있는 건 순전히 상백혼이 쉽게 끝낼 생각이 없었기 때문이었다. 그의 두 손은 어떤 신병이기보다도 날카롭고 강하여 무극검왕의 공력이 담긴 검을 가볍게 퉁겨내고 있었다. 과거 정도련의 통령선발전에서 보았던 매초향의 청마수도 위력적인 수공이었지만 상백혼에 비하면 한 수 아래라고 할 수 있었다.

수십 개로 늘어난 손 그림자는 허공을 가득 메운 채 끊임없이 무극검왕을 압박하며 괴롭히고 있었다. 숨을 쉬는 것조차 자기 마음대로 할 수 없는 상황에까지 몰린 무극검왕은 이대로는 몇 초식을 더 버티는 것도 힘겨울 지경이었다. 그때 평생 한 번도 경험해보지 못한 신비한 현상을 무극검왕은 겪게 되었다. 몸 안으로 신비한 힘이 스며드는 것 같더니 전신이 가벼워지고 충만한 기력이 가득해졌다. 연유를 따지기도 전에 제 의지와는 상관없이 몸이 제멋대로 움직이는 걸 알고 경악했다. 무슨 영문인지를 몰라 어안이 벙벙해진 무극검왕의 의문은 금세 풀렸다.

『철노, 나다. 최대한 몸의 진력을 비우고 내가 유도하는 대로 맡겨라.』

'주군, 주군이시다.'

철노는 그제야 누가 자신을 돕고 있는지를 깨달았지만 그럼에도 불구하고 현재의 상황이 명백하게 납득이 가는 건 아니었다. 무공 중에는 격체전공(隔體傳功)이라 해서 자신의 공력을 다른 사람에게 주입해 내상을 치유하거나 또는 그 사람의 내력을 일시적으로 상승시키는 수법이 존재한다. 그 경우에도 공력을 주는 사람이 받는 사람의 내력 상승만 도모할 뿐 완벽하게 제어하거나 장악할 순 없는 게 상식이었다. 왜냐하면 주는 자와 받는 자의 운기가 완벽하게 일치하는 것이 사실상 불가능하기 때문이었다. 조금이라도 운기가 서로 어긋나면 몸 안에 들어온 공력이 오히려 반발력을 일으켜 상하게 만들 수도 있었다.

예외의 경우가 있는데 공력을 받는 사람이 내력의 기반이 제대로 잡히지 않아 스스로 내력 운기를 할 수 없는 경우엔 가능하다. 당장 무극검왕이 그런 상태가 아니니 지금과 같은 현상은 그로서도 이해가 가지 않는 게 당연했다. 어쨌든 숨가쁘게 수세에 몰려 있던 무극검왕이 돌연 소생하며 상황을 반전시키고 있는 건 틀림없었다.

쾅.

"으윽."

두 사람이 대결을 시작한 후 최초로 상백혼이 손해를 본 순간이기도 했다. 두 걸음이나 뒤로 물러난 상백혼은 당황한 기색이 역력했다. 자기 손을 내려다보던 상백혼의 얼굴이 해쓱하게 핏기를 잃은 것도 심상치 않은 일이었다.

'어찌 이럴 수가.'

무극검왕의 검에 닿았던 오른쪽 검지의 피부가 두 치나 길게 찢어져 있었던 것이다. 제 몸에서 흘러나오는 피를 정말 오랜만에 보는 상백혼은 이 사실을 도저히 수긍하고 받아들일 수 없었다.

'믿을 수 없다. 설사 아버님이라 해도 내 몸에 상처를 만들려면 구성의 내력을 써야만 가능하다.'

눈앞의 무극검왕은 마치 허깨비처럼 움직이고 있었다. 발끝의 움직임은 아예 포착조차 되지 않고 그가 어느 방향으로 이동할지는 예상조차 할 수 없었다. 발끝을 향해 있던 검이 완만한 호선을 그리며 허공으로 치켜세워지는가 싶더니 손끝에서 검이 떨어졌다. 허공에 떠서 부르르 떨고 있는 검은 마치 울부짖고 있는 것처럼 보일 정도였다. 이렇게 근접한 상태에서 대결을 하다가 이기어검을 쓰는 건 스스로 손해를 감수하겠다는 것이나 진배없는 어리석은 판단이었다.

상백혼은 이런 호기를 마다하고 방치할 사람이 아니었다. 잠시 자신이 수세에 몰렸다는 사실은 망각의 늪 속으로 던져버리고 공력을 모조리 끌어올려 이 한 수에 요절을 내버릴 심산이었다. 사람의 손은 두 개이되 그 두 손 안에 태산이라도 허물 강맹함이 담겨 있다면 그것을 결코 골육으로 된 손으로 보아서는 안 된다. 거기다 그 손은 반 자를 전진할 때마다 두 개씩 늘어나고 있었고 지척에 닿았을 때는 수십 개의 손이 무극검왕의 전신 요혈을 노리고 있었다. 그제야 무극검왕은 움직였다. 아니, 그는 움직인 것이 아니라 그 자리에서 연기처럼 사라져버렸다. 애초에 거기 없었던 사람인 양 잔상만을 남긴 채 사라져버린 무극검왕은 반대편 허공에 두둥실 떠 있었는데 그의 눈앞에는 여전히 검이 찬란한 빛을 발하며 요동치고 있었다. 무극검왕의 모아 세운 두 손이 양쪽으로 갈라지며 살짝 앞으로 향한 순간 벼락이 치는 소리가 주변을 울렸다.

꽈꽝.

그야말로 벼락이 따로 없었다. 휘황찬란한 빛에 휩싸여 있던 무극검왕의 애병은 하늘에서 떨어진 벼락처럼 막 신형을 돌려세운 상백혼에게 쏘아졌다. 숱한 이기어검술을 상대해보았지만 상백혼이 생애 처음으로 겪어보는 빠른 속도였다. 검광이 번쩍였다는 것만 인식할 뿐 피하거나 막는다는 게 불가능한 속도였다. 상백혼은 무의식적으로 두 손을 펼쳐 앞으로 뻗었을 뿐이었다. 마치 눈부신 태양을 감당하지 못해 눈앞을 가리는 사람처럼.

퍽.

한 줄기 빛은 상백혼의 오른손을 파고들어 손목뼈를 박살낸 후 팔등을 스치듯 지나 쇄골을 부숴버리곤 그대로 허공에 흩어졌다. 상백혼의 신형은 그 충격을 견디지 못하고 발끝이 바닥에서 떨어지더니 자그마치 일 장이나 넘게 뒤로 날려가 처박혔다. 바닥에 널브러진 뒤에야 화끈한 고통이 오른쪽 상반신에서 느껴졌다. 아예 몸의 절반쯤이 사라진 것 같은 고통에 상백혼은 신음했다. 생애 처음으로 겪어보는 고통이었다. 상백혼은 정신이 혼미해질 정도로 심각한 중상을 입었지만 그럼에도 정신을 완전히 놓지는 않았다. 옆으로 한 바퀴 구른 뒤에 그 여력을 빌려 몸을 일으킨 상백혼은 오른쪽 팔을 아예 들어 올리는 일조차 불가능해졌다는 사실을 그제야 깨달았다.

'이, 이건 거짓말이다. 어찌 이런 말도 안 되는 일이…….'

상백혼은 지금 이 순간이 꿈이라고 믿고 싶었다. 정파의 최강 고수라는 오대 검왕들쯤은 안중에 둔 적도 없었다. 그들 중 두 명이 한꺼번에 덤빈다 해도 자신을 곤경에 처하게 만들 순 없다는 믿음이 있었다. 무엇보다 상백혼을 충격에 빠트린 건 합마진기가 깨졌다는 사실이었다. 어쨌든 지금은 그런 걸 고민하고 있을 때가 아니었다. 무극검왕이 고대의 숨겨진 비결을 얻어 몇 배로 고강해졌든 아니든 그런 게 중요한 게 아니었다. 당장 중요한 건 자신의 목숨은 하나밖에 없다는 사실이었다. 합마진기까지 부술 수 있는 적수를 만신창이가 돼 있는 몸으로 상대하겠다는 건 무모한 용기였다. 상백혼은 그리 어리석은 사람이 아니었다.

도망가야 산다. 몸을 일으킨 순간 가장 먼저 든 생각이었고 상백혼은 본능이 시키는 대로 충실히 따랐다. 그는 먼저 지붕 위에서 뛰어내려 수하들이 있는 곳으로 가려고 했다. 그는 내심의 계획대로 수하들이 모여 있는 곳까지 도달할 수 있었다. 하지만 신법을 펼쳐 멋들어지게 착지한 건 건 결코 아니었다. 그는 바닥에 처박히듯 굴러떨어졌을 따름이었다. 놀랍게도 그 짧은 순간에 다시 한 번 무극검왕의 검이 지붕 위에서 떨어져 내리고 있던 상백혼의 몸을 꿰뚫고 지나간 것이다.

털썩.

흙먼지를 날리며 내동댕이쳐진 상백혼은 고개를 들어 불신과 충격에 휩싸여 자신을 바라보고 있는 탁무강을 향해 손을 뻗었다. 부르르 전신을 한 차례 떨고 난 상백혼은 눈을 까뒤집으며 고개를 떨어뜨렸다. 숨이 끊어진 것이다. 누구도 생각지 못한 의외의 사건이었다. 설마 마교의 교주, 그것도 대교주와 이교주를 제외하고 가장 강하다고 여겨지던 상백혼이 저런 참혹한 꼴로 생명을 마감할 줄 누군들 예상했겠는가. 자신들이 따르던 주인이 목숨을 잃은 순간 그렇게 침착했던 마교 무사들도 드디어 동요를 일으키기 시작했다. 탁무강은 이 순간 어떤 명령을 내려야 할지 갈피를 잡지 못하고 있었다. 지붕 위에서 내려다보고 있는 무극검왕을 향해 공격 명령을 내려야 마땅한데 그는 그럴 엄두를 낼 수가 없었다. 그의 무자비한 무위에 공포심을 느낀 것은 자연스런 반응이었다.

지금 이 상황 자체가 낯설고 얼떨떨한 건 적에게 사로잡혀 있는 일곱 사람도 마찬가지였다. 이들 일곱 사람보다 더 이 상황이 믿기지 않는 건 무극검왕 그 본인이었다. 그는 제 손에 얌전하게 쥐어져 있는 검을 귀신이라도 보는 듯 쳐다보고 있었다.

 바로 그때 쥐죽은 듯 고요하던 사방에서 건물이 통째로 흔들릴 정도로 요란한 함성이 터져 나왔다. 그것은 군중들에게서 폭발적으로 터져 나온 환호성이었다. 천하를 유린하는 과정에서 적대하는 세력을 하나둘씩 굴복시켜 더 이상 상대가 없어진 마교는 사람들에게 환영받을 수 없었다. 불만이 많고 원성이 자자하지만 감히 그들을 향해 대적한다는 건 꿈에서조차 생각해볼 수 없는 일이었다.

 당연하게도 백성들은 영웅을 기대했다. 누군가가 나서서 자신들을 대신해 이 암울한 시대를 끝장내줄 것을 학수고대했다. 그렇지만 현실은 비참했다. 영웅은 고사하고 마지막 믿음이었던 정도련마저 풍비박산이 나는 걸 보며 기대를 접었다. 더군다나 무공을 일초반식이라도 익힌 강호인들에게 마교의 고수, 그것도 교주들은 신과 다름없는 범접할 수 없는 절대자로 각인됐다. 그런데 그런 신과 같은 절대 무력의 상징이던 교주가 이렇게 많은 사람들이 지켜보는 자리에서 비참한 최후를 맞았으니 그동안 억압받고 고통받던 사람들은 곁에 마교 고수들이 멀쩡히 눈뜨고 지켜보고 있다는 사실마저 망각한 채 마음껏 환호성을 지르고 있었다. 중원 무림의 자존심을 대변하는 무극검왕의 손아래 고혼이 돼버린 상백혼의 시체는 마치 자신들의 비참한 시절이 마감되는 상징물처럼 받아들여지고 있었다.

"와아아아."

환호성은 합비 전체를 뒤흔들고도 남음이 있었다. 지축이 흔들릴 정도로 요란한 함성은 끊어질 줄 모르고 이어지고 있었다. 눈물을 흘리며 감격하는 이도 있었고 무극검왕을 목놓아 외치며 찬양하는 이도 보였다.

마교에 가담한 사파 출신의 고수라고 해서 다르진 않았다. 심지어 막부의 출현을 제보한 장염장마저 설명할 길 없는 희열감에 전신을 떨고 있었다. 당장의 목숨이 소중하니 마교에 투신한 것까지는 좋았다. 명예보다는 이익을 우선시하는 사파인들의 성향을 감안하면 당연한 귀결이었다. 그런데 그때부터 마교에 투항한 사파인들의 시련은 시작되었다. 세상에서 가장 참고 견디기 힘든 것이 바로 천대받고 멸시당하는 일일 것이다. 마교 고수들은 사파인들을 사람 취급하는 경우가 드물었다. 물론 사파인들의 일부는 융숭한 대접을 받고 이전보다 더 막대한 이권을 누리는 이도 드물게 있었지만 대다수는 치욕을 참으며 분루를 삼켜야만 했다. 장염장도 그런 점에서 대동소이했다.

자신이 모시는 환사옥인은 사파를 대표해왔던 삼사의 주역이었다. 그런 그를 측근에서 모시는 신분이다 보니 어엿한 직위도 하사받았다. 그런데 막상 현실은 자신보다 직위가 낮은 마교 출신의 무사들에게까지 굽실거리며 눈치를 봐야 했다. 주변 동료 중에 성질대로 했다가 귀신도 모르게 사라진 자가 부지기수였으며 자기가 하지 않은 실책을 뒤집어쓰고 대신 옥고를 치르는 이도 허다했다. 환사옥인은 제 일신의 안위를 보전하기에도 급급했던지라 수하들을 돌보아줄 여력도 없었다. 그런 설움의 세월을 견뎌왔기 때문인지 무극검왕의 쾌거는 장염장 같은 이에게도 감동을 줬던 것이다.

휘륜의 전음이 아니었다면 언제까지고 무극검왕은 넋을 놓고 있었을 것이다. 휘륜은 그가 어찌 처신해야 할지를 상세하게 지시했다. 무극검왕은 그 지시대로 충실히 따랐다.

"마교 교주들에게 가서 알려라. 노부는 무극검왕 고신철한이다. 정도련의 통령 신분으로 선언하거니와 머지않아 마교의 시대는 종말을 고할 것이다. 노부가 이번에 합비를 불시에 찾아온 것은 당신들에게 정파의 의기가 사그라지지 않았음을 증명하기 위함이니 언젠가 이곳 합비에 정파의 깃발이 힘차게 펄럭일 날이 반드시 올 것이다. 정도련은 단 한 사람이 남을 때까지 저항을 중단하지 않을 것이다. 우리의 싸움은 이제 시작되었을 뿐이다."

휘륜이 시키는 대로 말하긴 했지만 말하다 보니 마음이 뜨거워지는 걸 주체할 수 없었다. 그래서인지 시키지도 않은 말까지 술술 흘러나왔다.

"이곳에 있는 사파인들은 들어라. 그동안 당신들이 마교의 주구 노릇을 하며 정파인들을 핍박하고 이 땅의 정기를 훼손하는 데 앞장서 왔음은 천하가 알고 있는 일. 그럼에도 불구하고 우리 정도련은 당신들을 용서하기로 했다. 지금도 늦지 않았다. 정사가 힘을 합한다면 마교를 이 땅에서 몰아내는 일도 불가능하지 않을 것이다. 어차피 죽으면 한 줌 흙으로 돌아가는 허망한 인생, 명예로운 죽음을 마다하고 목숨을 부지해 영화를 누린다 한들 마지막 순간에 어떤 보람이 있겠는가. 그대들이 무사라면, 단 한 순간이라도 무사였던 시절이 있었다면 지금이라도 늦지 않았다. 돌이켜 마교를 박차고 나와 우리와 힘을 합하자. 약속하겠다. 언제든 그대들을 기다리고 받아들일 용의가 있으니 과거의 과오는 문제 삼지 않을 것이다."

다시 한 번 뜨거운 함성이 천선루 일대를 진동했다. 탁무강은 자신이 지금 어디에 있는지조차 잊어버린 사람 같았다. 이곳이 과연 마교의 삼대 요충지 중 하나인 합비가 맞는지 당최 모르겠다는 심정이었다. 자신의 눈치만 살피고 있는 수하들에게 그는 도저히 공격 명령을 내리지 못했다. 그가 만약 조금만 더 약했다면 무모한 지시를 내렸을지도 모른다. 그는 적어도 조금 전 상백혼의 목숨을 빼앗아버린 이기어검술의 경지가 어느 정도인지를 대강은 짐작하고 있었다. 그 혼자서도 마음먹으면 이 자리에 있는 무사들을 도륙 내고도 남음이 있다는 걸 알고 있는 이상 감히 경거망동하지 못하는 것이었다. 환호성을 지르는 군중들까지 요절내고 싶은 살심이 속에서 요동쳤지만 꾹 눌러 참았다. 인내만이 살 길을 보장해준 다는 것을 부정하고 싶지 않았다. 탁무강은 숨이 끊어진 상백혼을 들쳐업고 그곳을 떠났다. 물론 사로잡은 포로들에게 손 하나 대지 않고 얌전하게 떠났음은 당연했다.

제6장
살인의 계절

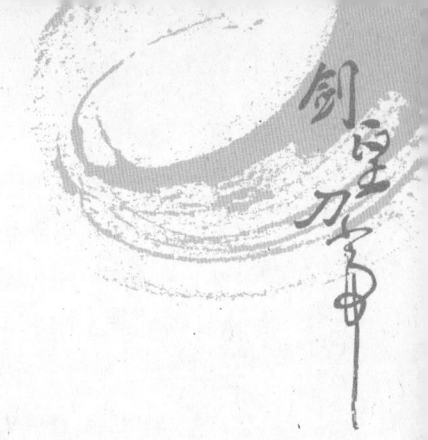

마교가 발칵 뒤집혔다.

시체가 되어 돌아온 아들을 보고 상지천은 돌이라도 된 사람 같았다. 수하들까지 모조리 물린 상지천은 그 앞에 앉아 한참이나 넋 놓고 쳐다보고만 있었다. 하나밖에 없는 아들이 싸늘한 주검이 되어 돌아왔다는 사실이 도무지 믿어지지 않았다. 상지천은 울지 않았다. 슬픔을 느낀다고 여길 만한 어떠한 변화도 없었다. 그는 한참이나 혼이 달아난 사람처럼 앉아 있다가 일어나 자리를 떠났다. 그는 단신으로 천선루를 찾아갔고 무극검왕을 불러냈다. 하지만 그의 외침에 대답하는 이는 아무도 없었다.

돌아온 상지천은 교주들을 한자리로 불러 모았다.

 상지천은 아들의 죽음에 대해 단 한 마디도 직접적으로 거론하진 않았다. 하지만 그의 지시 사항을 듣다 보면 그가 지금 얼마나 분노하고 있는지를 알 수 있었다.

 "천선루에 속한 자, 거기서 술을 마시자는 자, 거기서 거래하는 자는 남녀노소를 가리지 말고 모두 척살하라. 또한 오늘부터 삼 일간 주야로 합비 거리를 오가는 사람이 보이지 않도록 해라. 거리를 쏘다니는 자가 있다면 이유 여하, 신분을 막론하고 모조리 참살하라. 합비에 들어온 정파 잔당의 소재를 알려오는 자가 있다면 황금 만 냥의 포상을 내리고 본교의 제자라면 원하는 직책을 하사하겠다. 지금 이 순간부터 사흘, 사흘이 지나기 전에 그놈을 잡아오라. 그러지 못한다면 본좌는 여러분의 무능을 힐난할지도 모르오."

 회의라고 하기보다는 일방적인 지시에 가까웠다. 이교주가 혈마교의 수장이고 다른 교수들은 빌 붙만 없이 따리왔기에 수직 관례라고 보아도 무방하지만 상지천은 다른 사람의 의견을 경청하는 걸 매우 중요하게 생각했다. 반드시 여러 사람의 의견을 다 들어보고 난 후 결정을 내렸고 반대하는 사람이 많고 그 이유가 타당하다면 제 뜻을 꺾는 것도 주저하지 않았다. 그랬던 그가 이처럼 일방적으로 지시를 하달하는 경우는 흔치 않았다. 상지천이 회의실을 빠져나간 후 남아 있던 교주들은 서로를 바라봤다. 난감해하는 눈빛들이었다. 입을 꾹 다문 채 그들은 전음으로 논의를 이어갔다.

『감시하는 계집 하나 때문에 입도 마음대로 벙긋 못 하는 구려.』

『아예 제거해버리는 게 어떻겠습니까? 이참에 상지천까지 마저 끝장내버리면 훨씬 수월할 텐데, 저놈을 살려둬야 할 이유가 있습니까?』

다들 비슷한 생각을 갖고 있었다.

『아직 륜이의 결정이 내려지지 않았으니 좀 더 두고 봅시다.』

『저놈이 시키는 대로 했다가는 무고한 인명 수백, 수천을 해쳐야 할 텐데 그래도 말입니까?』

『하긴, 우리가 하지 않아도 저놈 휘하의 인간 백정 놈들이 일을 저지를 테니.』

『아무래도 륜이를 불러들여 의견 조율을 해봐야 할 것 같습니다.』

『그래봅시다.』

결론은 내려졌다. 휘륜의 결정에 따라 상지천의 목숨이 좀 더 오래 붙어 있을 수도, 그 반대일 수도 있었다.

그 시간 휘륜은 한옥림이 마련해 준 아담한 장원에서 지인들과 해후하고 있었다. 정도련 내부 사정까지 완전히 파악하고 나자 그제야 휘륜이 여기 합비의 상황을 대강 알려줬다.

"철노는 돌아가거든 이제부터 옥불과 함께 강북의 마전부터 하나씩 차례로 제거하고 그 지역의 저항 세력을 규합해 군벌을 대체한 후 그들에게 임시치안을 맡겨."

막부는 걱정이 앞서는 눈치였다.

"그랬다가 증지산이 나서면 어쩌려고?"

"증지산이 직접 나서진 않을 겁니다. 아마 마존들과 마탑 정도를 다시 내보낼 가능성은 있지요."

"현재 정도련의 전력으로 그들을 감당하는 건 버거울 텐데."

"천명회와 연계하면 됩니다. 그래도 버겁다고 느껴지면 검계 절정 검수들을 지원해드리겠습니다."

"그 정도라면 해볼 만하겠군."

무극검왕은 휘륜이 언제쯤 세상에 자신을 드러낼지가 궁금했다.

"주군께서 본격적으로 나서실 시기는 언제쯤으로 예상하고 계십니까?"

"그걸 아직 모르겠어. 나머지 두 마령의 소재를 확인하기 전까지는 현재 상태를 유지할 밖에."

"기약이 없겠군요."

"그런 셈이지."

"아쉽습니다. 검황의 이름으로 거사를 진행시켜 나가면 중원 전역의 잠재된 힘까지 모조리 끌어내 집결시킬 수 있을 텐데 말입니다."

"이번 사건이 강호 전체에 퍼지면 정도련의 사기가 많이 오르겠지."

"그게 어디 제 힘이었습니까? 오교주와 상대하며 절실하게 느꼈습니다. 마교 수뇌부와 현격한 차이가 난다는 사실을요."

휘륜은 안 그래도 그게 좀 마음에 걸렸다. 마음 같아서는 무극검왕만이라도 좀 데리고 있으면서 능력을 키워주고 싶은 마음이 간절했다.

'통령이란 직책만 아니었어도 좋으련만.'

이교주 상지천에 대한 처리 문제가 여기에서도 거론되었다.

"그를 굳이 꼭 살려둬야 할 이유라도 있느냐?"

막부는 그를 제거하는 편이 일을 진행해나가기가 수월하지 않겠느냐는 생각을 하고 있던 참이었다. 그래서인지 그걸 은근히 종용하는 의견을 피력하고 있었다. 막부의 질문에 휘륜도 고민을 해봤다.

"그런 건 아니지만 그마저 없다면 일이 꼬일 수 있습니다. 그는 혈마교를 대표하는 수장입니다. 다른 교주들이야 대표성을 띠고 있지 않으니 크게 문제될 게 없지만 그는 다릅니다. 앞으로 증지산을 대면해야 할지도 모르고 다른 마존들의 방문을 받을 일도 있겠지요. 그 자를 해치고 나면 그 역할을 누군가는 대신해야 할 터인데 그러다가 정체가 탄로라도 난다면 위험해지지 않겠습니까. 그 점이 우려되어 그렇습니다.

살려둬도 크게 문제만 없다면 이대로 좀 더 끌어볼 생각입니다."

이제야 휘륜이 근심하는 부분이 무언지 이해가 됐다. 다른 두 마령의 소재가 확인되기 전에 증지산을 대면하게 될까 봐 걱정스러웠던 것이다. 다른 사람의 행세를 한다는 건 한계가 분명했다. 그러한 위험 요소를 미연에 제거하기 위해 여러 교주와 더불어 그들의 측근까지 교체했지만 상지천을 그리 처리할 수 없는 덴 다 이유가 있었다. 이교주 상지천은 해남도에 갈 일이 드물게 있는 편이었다. 개인적인 용무로 가는 경우도 있지만 대개는 증지산의 요청 때문이었다. 다른 사람으로 대체할 경우 증지산의 눈을 속일 수 있는 가능성은 매우 희박했다. 그렇다고 증지산의 요구를 묵살할 수도 없는 노릇이었다. 그런 위험성이 해소되지 않는 한 상지천의 목숨은 연장시켜줄 수밖에 없었다.

상시천에 대한 논의는 거기서 일단락되었고 다른 화제로 환담을 나누고 있는데 한 사람이 찾아왔다. 검계 북파의 다음 대 검주로 내정돼 있는 천밀검(天密劍) 휘천소였다. 휘륜에게는 당숙뻘이 되는 인물이었다.

"숙부님께서 여긴 어쩐 일이십니까?"

"아무래도 네가 가봐야 할 것 같다."

휘천소는 정갈한 학자풍의 분위기를 지니고 있었다. 깨끗하게 빗어 넘긴 반백의 머리에 마교 복장을 했어도 천생의 기품만은 숨길 길이 없었다. 현재는 본래의 얼굴을 드러내고 있었는데 그를 본 사람들은 다들 어딘가 모르게 휘륜과 닮은 구석이 많다는 걸 부정하지 못했다. 한 핏줄을 타고났다는 게 단박에 드러나는 부분이었다.

"무슨 일입니까?"

"상지천이 자기 아들의 죽음에 대한 대가를 합비의 무고한 백성들의 피로 대신하려고 하는 것 같다."

"그게…… 무슨 말씀이십니까?"

휘천소는 간략하게 상지천이 내린 지시 사항을 열거했다. 휘륜은 침음했다.

"상지천이 명을 재촉하는군요."

"겉으로 보기엔 태연한 듯싶었지만 순간, 순간 광기에 사로잡힌 사람처럼 보였다. 그가 무슨 일을 저지르기 전에 뭔가 결정을 내려야 할 것 같다는 게 어르신들의 중론이시다. 이 문제 때문에 널 데려오라고 하셨다. 한시가 급하니 어서 가자꾸나."

"으음. 아무래도 가봐야 할 것 같군요."

휘륜이 자리에서 일어나자 모두가 함께 따라나섰다. 마중나온 사람들에게 휘륜이 당부했다.

"제가 사람을 보내기 전엔 문밖출입을 삼가십시오. 특히 스승님과 사형은 조심하셔야 합니다. 막할아버지도 알아보는 사람이 많으니 마찬가지구요."

"알았다. 내 걱정은 말고 어서 가려무나."

휘륜이 떠나고 나자 사람들은 집 안으로 들어갔다.

휘륜을 기다리고 있던 사람들은 회의장에 그대로 자리를 지키고 있었다. 휘륜은 왕부 근처에 오자 체격과 얼굴부터 바꿨다. 그 역시 왕부에 드나들 때는 마교 교도 행세를 하고 있었다.

회의장으로 들어서는 순간 휘륜은 신경이 곤두섰다. 상지천이 보낸 그림자가 포착되었기 때문이다. 상지천이 흑묘를 보내 구교주를 감시하게 한 순간부터 마검 태공악은 금세 알아차렸다. 상대가 꽤 높은 수준의 은잠술을 익혔다고 해도 마교 역사상 최강의 고수로 추앙받던 마검 태공악의 눈을 속이기엔 역부족이었던 것이다. 이 사실은 다른 교주들에게도 전해졌고 그들은 긴요한 대화를 나눌 때는 전음으로 해야만 했다. 감시하는 눈을 의식해서인지 휘륜은 자리에 가서 앉지도 않았다. 그는 회의장 한쪽에 시립해 섰을 뿐 입도 벙긋하지 않았다.

이 순간 흑묘는 묘한 회의장 분위기에 고개를 갸웃거리고 있었다. 다들 자리만 지키고 있을 뿐 일언반구 말조차 없는 것이 수상쩍었기 때문이다. 오교주의 죽음에 충격을 받았기 때문이라 넘겨버리기엔 미심쩍은 구석이 많았다.

휘륜이 제 의견을 밝혔다.

『지금 상지천을 죽여버리기엔 너무 위험 부담이 큽니다.』

육교주 행세를 하고 있던 구상화가 말했다.

『그렇다고 그놈이 시키는 대로 합비의 백성을 마구잡이로 죽일 수는 없지 않겠느냐.』

『그야 그렇지요.』

『우리가 하지 않는다 해도 이교주 휘하의 마졸들이 난동을 부리고 다닐 터인데 그건 어찌할 거냐?』

『어떻게든 방책을 세워봐야겠지요. 적당히 속이든, 아니면 강경책으로 나오는 족족 죽여 버리든.』

단목철은 어차피 그를 제거해야 할 것이라고 생각하고 있었다.

『사흘 안에 제 아들을 해친 범인을 잡아들이지 않으면 우리 무능을 묻겠다고 하던데. 어차피 제거해야 할 게야.』

『그가 그런 소리까지 했습니까?』

『더 심한 광태를 보여도 이상한 게 아니지. 하나밖에 없는 아들을 잃었으니 지금 제정신이겠느냐?』

"하는 수 없군요."

휘륜의 입에서 멀쩡한 육성이 흘러나왔다. 전음이 아닌 육성을 흘렸다는 것은 마음의 결정을 내렸다는 뜻이나 다름없었다. 그 순간 한쪽에 시립해 있던 휘천소가 검집에서 검을 빼내더니 천장의 한곳을 베어냈다. 검광이 번쩍였다. 눈부시게 빠르고 정확한 발검이었다. 그걸 본 휘륜은 고개를 끄덕였다.

살인의 계절 177

'역시 숙부님답군.'

그는 휘륜이 육성을 발한 순간 감시하고 있는 은잠자부터 제거하기로 작정했고 이 자리에 있는 어떤 사람보다도 빠르게 그 일을 결행한 것이다. 천장이 갈라지며 그곳에서 무언가가 툭 떨어져 내렸다. 여자였다. 목이 절반쯤 잘린 채 피를 콸콸 쏟아내고 있는 여인은 눈도 제대로 못 감고 절명해 있었다.

구상화가 감탄하며 말했다.

"다음 대의 검주로 내정될 만한 실력이군."

"실력도 실력이지만 눈치와 상황 판단이 발군이야."

"어쩜 휘씨 가문에는 이처럼 뛰어난 인물이 많이 나오나 모르겠어."

저마다 칭찬의 말을 한마디씩 했다. 휘천소는 고개를 숙여 예를 취해 보였을 뿐 어른들의 칭찬에 들뜨거나 크게 좋아하지도 않는 눈치였다.

노완동이 물었다.

"이교주는 누가 대신해야 할꼬."

휘륜은 마치 그 질문을 기다리고 있었다는 듯 담담하게 대답했다.

"제가 하겠습니다. 이번에는 양보 못 합니다. 그러니 아무 소리도 마십시오."

그는 특히 구상화를 보면서 못 박듯 단호하게 말했다. 구상화는 멋쩍어하긴 했지만 달리 불만을 토로하진 않았다. 휘륜이 어떤 마음으로 이교주 행세를 하겠다는 건지를 헤아리고 있었기 때문이다. 그가 무엇 때문에 상지천을 살려두려고 했는지 알기에 혹 일이 꼬여도 헤쳐나갈 수 있는 사람은 기실 그밖에 없기도 했다. 교주들은 다 함께 몸을 일으켰고 곧장 상지천의 처소로 발길을 돌렸다. 휘륜은 혹 모르니 마지막까지 상지천을 설득해보자는 제안도 잊지 않았다.

상지천은 막 목욕을 끝내고 나오던 참이었다. 제 처소에 몰려온 교주들을 의아한 시선으로 쳐다보던 상지천이 옷을 걸치며 말문을 열었다.

"무슨 용무로 다들 한꺼번에 몰려 오셨소?"

그는 매우 천천히 의관을 정제하고 있었다. 마교 교도들 중에 자신의 화려한 옷차림을 두고 비웃는 이들이 있다는 것도 알고 있었지만 그는 그런 것쯤 개의치 않았다.

"교주의 명을 철회해주십사 요청하러 왔습니다."

상지천은 몸을 움찔 떨었다. 옷을 다 입은 상지천은 돌아서자마자 느긋하게 자리에 가서 앉더니 섭선을 펼쳐 들었다.

"육교주. 내 기억으로는…… 본좌가 명을 내리기까지는 여러분의 의견을 경청하고 참고하지만 명을 내린 후에는 웬만해서는 철회하는 법이 없었던 걸로 알고 있소. 맞소?"

"그런 것 같습니다."

"그런 나더러…… 명을 철회해달라? 대체 본좌가 내린 명령 중 어떤 부분이 그리 교주들을 불쾌하게 만들었소? 일단 들어나 봅시다."

"이제 간신히 본교의 치세에 사람들이 순응해가기 시작했는데 이 마당에 피바람을 일으키면 민심을 얻는 건 포기하셔야 합니다. 그동안 합비에 정성을 들인 건 힘보다는 법으로 세상을 다스리겠다는 교주의 의지가 아니었습니까. 그동안 공들인 정성이 수포로 돌아갈까 두렵습니다."

상지천은 빙긋 웃었다.

"육교주. 언제부터 그리 말씀을 잘하셨소? 내 오늘에야 교주의 진면목을 새로 본 것 같소이다."

"흠흠. 얼굴에 금칠을 하시는구려."

"다들 육교주와 같은 생각이시오?"

"그래서 함께 온 것입니다."

상지천은 미약하게 고개를 끄덕이더니 잠시 고민에 잠겼다. 고민의 시간은 길지 않았다. 다시 눈을 뜬 상지천이 한숨을 푹 내쉬곤 섭선을 가볍게 흔들었다.

"본좌 역시 어쩔 수 없는 사람이었나 보오. 아들의 주검을 대하고 보니 잠시 냉정함을 잃어버렸소. 대계를 이루겠다는 자가 사사로운 정에 이끌렸으니 본좌의 부덕함을 나무라도 달게 받겠소. 이번 명령은 없었던 걸로 철회하겠소. 그러니 다들 이만 물러가시오. 그만 좀 쉬고 싶구려."

의외로 순순히 순응을 하자 오히려 교주들이 당황했다. 서로의 눈치를 살피던 그들은 결국 조용히 물러 나올 수밖에 없었다. 다들 나가려고 몸을 돌리던 그때, 휘륜은 동경에 비친 상지천의 얼굴을 볼 수 있었다. 휘륜의 걸음이 돌연 멈췄다. 그리고 냉정한 얼굴로 돌아섰다.

"상지천, 참으로 교활하구나. 하마터면 깜빡 속을 뻔했다."

휘륜이 본색을 드러내자 다른 교주들은 영문을 몰라했다. 상지천이 순순히 따르겠다고 하는데 왜 굳이 본심을 드러냈는지 모르겠단 표정들이었다. 휘륜은 히죽 웃으며 천천히 다가섰다.

"참으로 대단한 사람이다, 당신이란 사람은. 조금만 더 냉정했다면 죽음을 모면할 수 있었을 텐데 아쉽게 됐군."

"네놈은…… 누구냐? 대체 누구기에 이런 짓을 꾸몄느냐?"

"네 눈으로 직접 확인해라, 내가 누군지."

휘륜의 체격과 얼굴이 서서히 변화를 일으켰다. 그가 본모습을 드러내자 상지천은 기함했다.

"네, 네놈은 바로 검황, 검황 휘륜이란 작자가 아닌가!"

"이제 네가 왜 죽게 되었는지를 알겠느냐?"

"묻자. 교주들이 왜 검황인 널 따르게 되었지?"

"아직도 저분들이 교주로 보이느냐?"

어느새 교주들의 모습까지도 달라져 있었다. 하나같이 선

풍도골의 노인들이었다. 그제야 상지천은 체념하듯 힘없이 말했다.

"그랬군. 이제야, 이제야 이해가 가는구나. 내 아들이 그리 맥없이 죽은 것도 모두 네놈 소행이겠지?"

"네 아들을 죽인 건 계획된 게 아니었다. 너의 죽음 역시 네 갑작스러운 명령이 아니었다면 이렇게 빠르게 실행될 일도 아니었겠지."

"순순히 죽어줄 순 없지. 명색이 혈마교의 수장인 내가 다른 이도 아닌 검황에게 저항도 않고 죽을 순 없지 않겠는가."

그때 나선 것은 마검 태공악이었다.

"부질없는 짓이야. 네 녀석은 내가 누군지 알겠느냐?"

마검 태공악을 가만 쳐다보던 상지천은 아무리 봐도 낯이 익은 사람이 아니자 얼굴에 의문이 가득해졌다.

"나는 한때 마검이라고 불렸던 적이 있다."

그 외호가 태공악의 입에서 흘러나온 순간 상지천은 기절초풍할 정도로 놀랐다.

"마, 마검 태공악! 다, 당신이 어떻게!"

"긴 사연은 저승에 가서 들어라. 한마디만 하자면 네 죽음은 이미 결정되었다. 마교는 사라지는 게 마땅하다. 마교라는 존재 자체가 세상에 해로울 뿐이다."

"당신 역시 마교 출신이면서 그런 말을 한단 말이오. 다른 사람도 아니고 당신이 어찌 마교를 힐난하고 후손인 나를 죽이겠다고 할 수 있단 말이오!"

상지천의 입에서도 다급하니 일월신교 대신 마교라는 말이 튀어나왔다. 휘륜은 이 상황에 어울리지 않게 그걸 듣는 순간 절로 실소를 흘렸다.

태공악의 얼굴은 전에 없이 엄숙했다.

"나는 마교를 내 손으로 없애겠다고 맹세했었다. 금마옥에 갇히는 바람에 맹세를 지키지 못했지. 다시 내가 세상에 나온 건 오직 그때의 맹세를 지키기 위해서다."

"이 미치광이 늙은이 같으니라고! 내가 당신 손에 죽을 줄 아는가. 나는 마교의 혈통임을 한시도 부끄러워해본 적이 없다. 세상은 강한 자가 가지는 것이 마땅하며 강자를 위해 존재하는 것이다. 마교가 새로운 질서를 부여하고 주인공이 되는 건 자연의 순리와도 같은 것이다. 그걸 부끄러워하고 부정하는 당신은 위선자일 뿐이다. 그런다고 당신의 검은 속이 희어질 것 같은가. 한 번 마에 물든 사람은 영원히 그 속박에서 벗어나지 못한다는 걸 모르진 않을 텐데."

"그래서 없애야 한다. 너와 나처럼 불행한 이가 더 나오지 않도록 없애는 편이 낫지 않겠느냐. 긴말 할 필요 없이 넌 내 손으로 직접 처단하마. 다들 자리를 좀 피해줄 수 있겠소?"

이상하게도 오늘따라 마검 태공악은 감상에 젖어 있는 것처럼 보였다. 그의 능력을 감안하면 상지천 정도가 곤란을 주지는 못할 것이다. 그걸 확신하기에 여러 사람들은 그에게 맡겨두고 상지천의 처소를 물러 나왔다.

잠시 뒤 등 뒤로부터 상지천의 처절한 단말마가 흘러나왔다. 마교의 한 축을 지탱하던 혈마교 수장의 최후는 마교 역사상 최강의 고수인 마검 태공악의 손에 의해 마감되었다. 비명은 하나가 아니었다. 근처에 숨어 이 모든 상황을 지켜보고 있던 또 한 명의 누군가가 주인인 상지천을 따라 저승으로 향한 것이다.

＊　　＊　　＊

마교 아홉 교주 중 무사한 사람은 낙양에 있는 대교주와 삼교주, 그리고 해남도에 있는 사교주가 전부였다. 합비에 머물고 있던 교주들은 모조리 교체된 상태였다. 단 한 사람, 휘륜의 등장이 가져온 변화는 은밀하지만 거침없이 마교를 휩쓸고 있었던 것이다. 그러나 세상은 이런 사실을 선혀 인지하지 못하고 있었다. 심지어 매일 대면하는 마교의 고위 간부들까지 눈치채지 못했다. 마교는 자신들을 가리켜 일월신교라고 칭한다. 마교의 직급은 교주들을 제외하고 총 열한 개로 세분화돼 있었다. 마교가 해남도에 있을 때만 해도 이런 식으로 세분화되진 않았다. 단지 직위에 따른 구분만 있을 따름이었다. 현재의 마교 내 직급은 대부분 해남도에서 강호로 나오면서 편제된 것이었다.

가장 낮은 직급이 양명(陽明)이었고 그 위가 명장(明長)이었다. 명사(明査), 명위(明衛)까지가 하급직이라 할 수 있었다. 그 위부터 차례로 명감(明監), 명정(明正), 총명(總明) 순으로 높아지는데 굳이 분류하자면 이 직급들 정도가 중간 간부진이라 할 수 있었다. 각 지역의 책임자인 마전주가 총명의 직급을 가지고 있었다. 총명 위로도 네 단계의 직급이 더 있었다. 마교 전체를 따져도 백여 명 내외뿐이라는 대명관(大明官)이 있었고 쉰 명이 채 안 되는 대명감(大明監), 스무 명 안팎인 대명정(大明正), 마지막으로 교주 휘하에 한 명씩뿐인 대명총(大明總)이 가장 높은 직급에 해당됐다. 공식적으로 해남도에 머물고 있는 구마존도 대명총에 해당됐기에 인원은 총 열여덟 명이었다. 대명총은 교주들의 부재 시 그들의 권한을 임시로 대행할 정도로 막중한 책무를 지니고 있었다.

 각 직급에 공통적으로 붙는 명(明)은 일월신교의 일월을 합쳐놓은 글자이기도 했고 마교가 밝은 세상을 지향한다는 의지를 온 천하에 천명했기 때문에 이를 강조하기 위한 것이기도 했다. 원래 뒤가 구린 사람일수록 더 자신을 치장하고 작은 선행을 하고도 큰 것으로 포장하는 경우가 많은데 마교의 경우가 딱 그 짝이었다.

 같은 직급이라도 직위는 다를 수 있었다. 교주들은 해남도에서 나오면서 이전의 조직 체제였던 당을 해체하고 대와 단으로 모조리 교체했다. 마교에는 현재 대와 단밖에는 없었다. 단도 매우 드물어 대개는 대로 구분돼 있었다. 규모가 크든 작든 대부분이 대의 단위로 나뉘어 있는 셈이었다. 그러다 보니 같은 대주라도 직급은 천차만별이었다. 일반적으로 대주는 총명부터 될 수 있었지만 엄격하게 지켜지는 건 아니었다. 살해된 상백혼의 심복인 탁무강의 경우 직급은 이 등급에 해당하는 대명정이었다. 그런가 하면 같은 오교주 휘하의 대주 중에는 총명보다 한 직급 아래인 명정도 더러 있었다.

마교 무사들이 입고 있는 옷은 활활 타오르는 태양을 상징하는 붉은색이었다. 그 붉은색 옷의 가슴 부위를 보면 그 사람의 직급을 확인할 수 있는 표식이 선명하게 새겨져 있었다. 탁무강을 예로 들면 그의 옷엔 이(二)라는 등급 표기와 함께 대명정이라고 적혀 있었다. 마교에 속한 인원이 워낙에 많기에 그 표식을 통해 상대의 직급을 알아볼 수 있었다.

휘륜은 당숙인 휘천소와 함께 마교의 총원을 집계해보다가 한숨을 내쉬고 말았다.

"정말 많군. 장차 이 많은 인원을 모조리 죽여야 한다고 생각하니 절로 한숨이 나오는군요."

"싫어도 꼭 해야 하는 일이라면 어쩔 수 없지. 잔재를 남겨뒀다가는 언젠가 다시 독버섯처럼 자라날 테니 청산을 하려면 제대로 해야겠지."

"낙양에 있는 대교주 휘하의 세력과 교전을 해서 전력을 감소시켜봐야겠군요."

"좋은 생각이다. 거기다 각 지역의 마전들에게 은밀하게 지시를 내려 낙양을 포위하고 공격하게 하면 금상첨화겠지."

"당분간 숙부님은 그 일에만 전념하세요. 필요한 인원은 언제든 차출해서 쓰시면 됩니다. 정도련, 천명회와 연계하는 것도 잊지 마시구요."

"그리하마."

"아, 그리고 천명회에서는 연락이 왔나요?"

"네가 준 정보를 근거로 해서 연락을 취해보긴 했는데 아직 답신은 오지 않았다."

"그들을 양지로 끌어내야 합니다. 마교에 대항하는 전력을 부풀리자면 그 방법이 가장 효과가 클 겁니다. 천명회의 세력이 커져갈수록 마교도들의 동요 역시 커질 테니 말입니다."

휘천소가 서류를 뒤적거리다가 불현듯 생각이 났는지 휘륜에게 물었다.

"왕야와 함께 식사하기로 하지 않았더냐?"

"아, 내 정신 좀 보게. 그럼 다녀오겠습니다. 이거 숙부님만 두고 가려니 차마 발길이 떨어지질 않는군요."

"마음에 없는 소리는 하지도 마라. 네 얼굴에 좋아 죽겠다는 표정이나 지우고 하든가."

휘륜은 빙긋 웃으며 내실을 빠져나갔다. 휘륜의 뒤를 바라보는 휘천소의 눈길에는 따스한 정이 듬뿍 담겨 있었다.

*　　　　*　　　　*

 휘륜이 보국왕과 만찬을 들고 있던 그 시간에 낙양에서는 대교주와 삼교주가 마주 앉아 심각한 대화를 나누고 있었다. 증지산이 등장하기 전만 해도 마교는 그의 것이나 다름없었다. 이교주인 상지천이 혈마교를 앞세워 틈만 나면 제동을 걸었지만 그다지 신경 쓸 정도로 세력이 대단한 건 아니었다. 그러던 것이 이제는 상황이 완전히 역전되고 말았다. 역사상 마교는 천마교의 수장이 대부분 대교주의 자리를 차지해 왔다. 그리고 그들의 성씨는 대개 태씨였다. 현재의 대교주 역시 태씨 일족의 후예로 역대 누구보다 고강한 무공을 지녔다고 평가받고 있었다. 그럼에도 불구하고 대교주 태사문(太蛇紋)은 자신보다 무공도 약한 상지천에게 점차 뒤처지고 있었다.

 두 사람은 오랜 세월 경쟁사였다. 심지어 여인을 두고서도 경쟁했을 정도로 두 사람의 악연은 깊었다. 둘 중 하나가 사라지기 전까지는 결코 마음을 놓을 수 없는 두 사람이었다. 오랜 측근이 아니면 모르는 사실이지만 둘에겐 한때나마 우정을 나눴던 매우 친밀했던 시절이 있었다. 그때만 해도 둘은 어렸고 가문의 숙원이나 원한 따위는 모르던 시절이었다. 그 당시에 태사문은 상지천에게 자신이 가장 아끼던 보물을 평생 변치 않을 우정의 증표로 건네주었는데 지금 그것이 태사문의 손에 다시 돌아와 있었다. 그걸 내려다보는 태사문의 심정은 착잡하기 그지없었다.

강철같이 단단한 손바닥 위에서 재롱을 부리며 손가락을 핥고 있는 낭취금묘가 바로 그것이었다. 천하의 영물인 낭취금묘가 옛 주인의 체취를 찾아 여기까지 왔다는 사실도 기적 같은 일이었다. 지금 대교주 태사문은 오랜만에 품에 안아본 낭취금묘의 따뜻한 체온을 제대로 느끼지도 못하고 있었다.

'이 녀석이 왜 상지천의 곁을 떠났을까? 한 번 주인이 정해지면 죽기 전에는 떠나지 않는다는 낭취금묘가 왜?'

태사문은 낭취금묘가 자신에게로 온 사실을 두고 곧바로 상지천의 죽음으로 연결 짓지는 못했다. 단지 상지천이 자신에게 낭취금묘를 보낸 저의를 생각해보느라 골머리를 싸매고 있을 따름이었다. 태사문은 상지천에 비하면 그다지 머리가 좋은 편이 못 됐다. 태사문은 우직한 편이었고 두뇌 회전이 그다지 민활하지 못한 편이었다. 뜨거운 차를 연달아 몇 모금 들이켜고 있는 삼교주를 바라보며 태사문은 혼잣말을 중얼거렸다.

"상지천이 또 무슨 흉계를 꾸미는지 짐작하겠느냐? 그놈의 복마전 같은 속을 들여다볼 재주가 없으니 답답하기만 하군."

삼교주 흑무상은 낭취금묘가 돌아온 일을 대단치 않게 여겼다.

살인의 계절 189

"이놈이 옛 주인이 그리워 도망 온 것이 아닐까요?"

"그럴 가능성은 전무하다고 봐야겠지. 예전 해남도에서 상지천과 마주 앉아 대화를 나눌 때도 이놈은 날 본 척도 안 했거늘 이제 와서 그럴 리가 있겠느냐."

"거참 이해가 안 가는 일이로군요. 혹시 이교주가 급사한 건 아닐까요?"

태사문은 대답하지 않았다. 그것 역시 그다지 신빙성이 없는 얘기였기 때문이다. 만약 상지천에게 무슨 일이 있었다면 벌써 그에 관한 첩지가 당도했을 것이다. 상지천이 여기에 첩자를 심어 놓았을 게 분명하듯이 자신 역시 합비에 사람을 심어두었다. 핵심 정보까지는 얻기 힘들지만 이교주의 급사쯤 되는 거대한 사안이라면 어떤 식으로든 알려지게 마련이었다. 현재 마교에서 그보다 더 큰 사건이 어디 있겠는가. 그리고 그런 일이 벌어졌다면 다른 교주들이 먼저 연락을 취했을 것이다. 상지천에게 붙어 있는 사람들은 언제든 그를 배신하고 자신을 추종할 수도 있는 사람들이었다. 상지천이 죽었다면 더 이상 자신을 적대할 이유가 없는 사람들이니 앞다투어 연락을 취하지 않았겠는가. 거기까지 생각이 미친 태사문은 더 궁리를 해보아도 답이 안 나올 것 같자 악초림을 불러오게 했다. 현재 그의 측근에 그보다 더 영민한 이는 없었기 때문이다.

악초림이 들어오자마자 낭취금묘에 얽힌 얘기를 먼저 해주었다. 그런 뒤에 곧바로 의향을 물어보았다.

"어찌 생각하느냐?"

"단순하게 생각하자면 이교주가 죽었다고 여기는 게 이치에 맞겠지요. 하지만 그가 갑자기 급사했다면 어떤 식으로든 정보가 흘러나왔을 겁니다."

"그렇지. 나도 그리 생각한다."

"그럼…… 상지천이 죽었다는 전제하에 어째서 아무런 소식이 없는지, 왜 낭취금묘가 돌아왔는지 설명할 길은 한 가지뿐입니다."

"그게 뭔가?"

"다른 교주들이 연합해 상지천을 제거했을 경우입니다."

"오라, 그런 상황도 가정해 볼 수 있겠군. 하지만 다른 교주들이 설사 연합했다고 해도 과연 상지천을 제거할 수 있었을지 의문이군. 게다가 그의 곁에는 아들인 오교주까지 있지 않은가."

"안 그래도 그것 때문에 대교주님을 뵈러 오려던 참이었습니다. 오교주가 정도련의 통령인 무극검왕과의 대결에서 패해 죽었다는 소식이 막 보고됐습니다."

"뭐야! 상백혼이 검왕 따위에게 패했다고? 허, 이런 날벼락이 있나."

대교주에겐 적도일 뿐인 상백혼의 죽음은 쾌재를 부를 일이지 상심에 잠길 일은 아니었다. 그래서인지 그의 표정에는

살인의 계절 191

근심의 기색은 찾아볼 수 없었고 오히려 옅은 희열의 기운이 감돌고 있었다.

"가만. 그러면 자네의 가정이 성립될 수도 있지 않은가?"

"가능성은 어디까지 가능성일 뿐입니다. 다른 교주들이 합력하여 상지천을 제거했을 수도 있지만 거기에 초점을 맞출 경우 그들의 의도가 석연치 않습니다. 무리엔 반드시 우두머리가 있어야 합니다. 합비의 교주들이 힘을 합해 보아도 상지천이 없는 이상 대교주님을 상대하기엔 역부족입니다. 그들 역시 그 사실을 모를 리가 없습니다."

"그럼 자네 생각은?"

"만약 상지천이 죽은 게 분명하다면 이번 일의 배후로 해남도를 의심해 볼 필요가 있습니다. 구마존이 중원을 향한 야심을 본격적으로 드러내기 시작했다는 전조로도 볼 수 있겠지요. 차라리 그쪽이라면 부담은 덜하지만 만약…… 태사님의 지시에 의한 일이라면 상황은 매우 심각해집니다."

"으음. 그럼 상지천이 죽은 게 아니고 건재하다면?"

"낭취금묘를 굳이 일부러 보내 상지천이 얻을 이익이란 아무것도 없습니다. 옛 추억을 떠올려 관계 회복을 도모하겠다는 의도가 아니라면 말이지요."

"그건 하늘이 무너져도 있을 수 없는 일이니 젖혀두고 다른 얘기를 해봐."

"그럼 하나밖에 없습니다."

악초림을 바라보는 태사문의 얼굴에 기대감이 가득했다. 이제야말로 속 시원한 대답이 나오겠거니 생각하고 있는 것 같았다.

"매우 단순합니다. 이놈이 변덕을 부린 것이지요."

"끙."

기대가 컸던 만큼 실망감도 컸다. 맥이 탁 풀리는 심정이 된 태사문의 입에서 절로 앓는 소리가 나왔다. 고양이 한 마리 때문에 온갖 상황을 다 따져가며 머리를 굴려야 한다는 게 무척 피곤하게 느껴졌다. 그래서인지 왠지 모를 반발심이 고개를 쳐들었다.

"어느 쪽이든 상관없다. 그놈이 무슨 흉계를 꾸민다 한들 정면 돌파하면 그만이다. 언제나 그랬듯이 나는 내 식대로 놈을 상대하겠다. 결국 강한 자가 이기는 것이다. 최후에 좋든 싫든 그놈과 나는 반드시 한 번은 마주칠 것이고 그놈은 내 손에 숨통이 끊어지겠지. 그거면 충분한 거야."

대단한 자신감이 아닐 수 없었다. 그 자신감이 교만으로 비치는 게 아니라 당연하게 느껴지는 건 그가 바로 대교주 태사문이기 때문이었다. 이후 그는 정말로 까맣게 잊어버린 사람처럼 그 얘기를 다시 꺼내지 않았다. 대신 무극검왕이 오교주를 죽일 정도로 강하다는 사실에 지극한 호기심을 드러냈고 거기에 대해 악초림의 의견을 물어봤다.

대화에 열중인 대교주와 악초림을 바라보며 삼교주는 왠

지 모를 불안감을 떨쳐내지 못했다.
 '뭔가 있어. 합비에서 우리가 모르는 뭔 일인가가 벌어지고 있는 게야.'

제7장
대마령의 선택

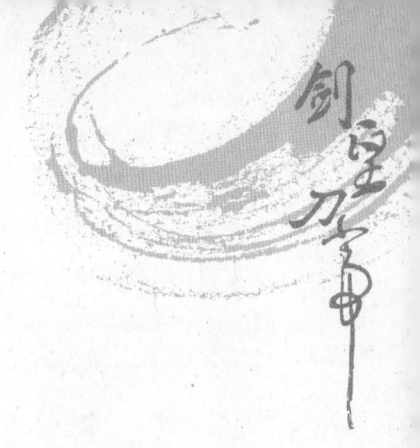

  정도련으로 돌아간 무극검왕은 옥불과 상의해가며 마전을 하나씩 제거해나갔다. 급작스러운 기습을 받은 각 지역의 마전들은 별 저항도 하지 못하고 전멸했다. 아무리 조심한다고 해도 소문을 원천 차단하는 건 애초에 불가능한 일이었다. 멸망한 마전과 가까운 지역부터 서로 연계하기 시작했고 이 소식이 합비에도 전달되었다. 금방 토벌대를 구성해 출정을 할 것이라 예상되던 합비의 교주들에게서 그 어떤 지시도 하달되지 않자 마교 무사들은 의아하게 생각하기 시작했다. 내려온 지시 사항이라는 건 자체적으로 방비하라는 것이 전부였다.

처음엔 의구심을 가졌던, 생존해 있는 합비의 고위직 고수들은 후에 가서야 의문을 풀 수 있었다. 정도련이 마전을 하나씩 치기 시작한 것과 때를 맞춰 천명회의 공격이 이어졌기 때문이다. 합비에서는 이들 천명회가 우선이라며 토벌대를 구성했다. 토벌대에는 단 한 사람의 교주도 포함되지 않았다. 토벌대 책임자는 일등급 직급인 대명총 중에 선별했다. 각 교주들 휘하에서 각기 오백 명씩을 차출해 총원 이천오백 명의 다소 규모가 큰 토벌대가 꾸려졌다.

　　　　*　　　*　　　*

과거 동방세가가 정파 내에서 한창 맹위를 떨칠 때는 산동 지역 거의 전부를 세력권으로 아울렀었다. 태안이 세가의 본거지였지만 동쪽으로는 제성까지, 북쪽으론 악릉, 남쪽은 곡부, 추성을 지나 등주까지, 서쪽은 산동 지역 거의 전부를 손아귀에 넣었을 때가 있었다. 이처럼 동방세가가 산동의 패자였던 시절만 기억하는 한 노인이 있었다. 과거 동방세가의 총관까지 지냈지만 사파 고수들의 공격을 받고 다리 하나를 절게 된 추송언은 제성 외곽에 다 쓰러져가던 고택을 사서 수리해 지내고 있었다. 무림에서 은퇴하고 세가에 갈 일은 거의 없었지만 생각날 때마다 세가 쪽을 바라보며 다시 옛 영화를 되찾기를 기원하고 또 기원했다. 지금은 고인이 된 동방현리는 추송언이 낙향을 결심하자 남은 생을 편히 보낼 수 있을 만큼의 은퇴 자금을 쥐어 보냈다. 그 덕분에 추송언은 호택무사가 십수 명이나 되고 시비도 여럿인 제법 넉넉하고 호사스러운 말년을 보내고 있었다.

추송언은 무릎을 꿇은 채 감히 고개도 들지 못했다.

"차도가 좀 있느냐?"

"그걸 소인도 잘 모르겠습니다. 매일 밤낮으로 들여다보고는 있는데 어떨 때는 멀쩡하시다가도 어떤 때 보면 광증이 도진 것 같기도 하고…… 도무지 헤아리기 쉽지 않습니다."

"후우, 여전하단 소리로군. 가보자. 내 눈으로 직접 봐야겠으니."

그 말이 떨어지기 무섭게 추송언은 몸을 일으키더니 앞장서서 안내해갔다. 추송언의 뒤를 묵묵히 뒤따르고 있는 노인은 다름 아닌 뇌풍검왕 동방초재였다. 뒤편 한적한 별원에 자리 잡은 자그마한 소축이 하나 보였다. 그 주변에는 사람 그림자 하나 보이지 않았다. 소축 앞에 선 추송언이 또렷한 음성으로 말했다.

"가주님. 소인 들어가겠습니다."

안에서는 대답이 없었다. 문을 열고 들어선 두 사람은 한쪽에 죽은 듯 쓰러져 있는 한 사람을 발견했다. 가슴이 일정하게 오르락내리락하고 있는 걸 보면 죽은 건 아니었다. 자리에 앉은 동방초재는 바닥에 쓰러져 괴로운 듯 얼굴을 찡그리고 있는 청년을 바라보더니 탄식했다.

"정녕 우리 동방세가가 이대로 끝장이 나려 하는가. 가주가 이 꼴이 되었으니 이를 어이할꼬."

놀랍게도 광증에 걸려 요양 차 이곳에 머물고 있는 사람은 다름 아닌 동방세가의 신임 가주인 풍운룡 동방천추였던 것이다. 정파 후기지수 중 최강이라던 그가 세상에 모습을 드러내지도 못하고 쉬쉬하며 광증을 치료하고 있다는 사실이 뇌풍검왕의 눈엔 동방세가의 운이 다했다는 증명처럼 보였다. 지금 한창 정도련은 재기의 몸부림을 치고 있었고 최근에는 마전을 연일 격파하며 강호에 정파의 건재함을 과시하고 있었다. 앞장서서 동방세가를 이끌며 공을 세워야 할 신임 가주는 실종된 지 어언 한 해가 다 돼가고 현재는 동방초재가 대신 이끌고 있었다. 가주의 부재는 세가 제자들을 자꾸만 움츠러들게 하고 뒤로 물러나게 만들었다. 현 상황만 놓고 본다면 동방세가는 정도련의 숭심축은커녕 들러리나 긴신히 서는 꼴이었다.

동방초재가 가까이 다가가 쓰러져 있는 손자를 일으켜 세우려 하자 축 늘어져 있던 동방천추가 예민하게 반응했다. 그 눈에는 광기가 여전했다. 동방초재는 한 해 전보다 오히려 더 심해졌다는 생각을 지울 수 없었다. 초반에는 의원들에게도 보여봤지만 하나같이 원인을 모른다는 말뿐이었다. 지금은 그저 지켜보는 방법 외에는 달리 도움이 될 만한 수단을 부리지 않고 있었다. 동방초재는 차마 입 밖으로 내진 못했지만 손자가 사나운 짐승과 다름없다는 생각을 떨쳐내지 못했다.

제 눈앞에서 스스로 목숨을 끊고 뒤를 부탁하고 간 동방현리의 얼굴이 문득 떠올랐다. 아우가 살아생전에 그리 끔찍하게 여겼던 동방천추가 지금 이런 꼴이 된 걸 알면 얼마나 상심이 클까 싶었다. 현 상황에 울화가 치민 동방초재는 소축 밖으로 나가버렸다. 그 뒤를 근심 가득한 얼굴로 추송언이 따랐다. 소축 밖으로 나온 동방초재는 저 멀리 하늘을 지나고 있는 새하얀 뭉게구름을 쳐다보았다.

"인생이 참 허무하고 덧없구나."

그 말이 끝이었다. 동방초재는 더 이상 탄식하지도 않았고 수심에 잠겨 있지도 않았다. 그는 살아 있는 한은 제 손으로 해야 할 직무에 충실한 사람이었다. 그는 곧장 떠났다. 정도련에는 자신만 바라보고 있는 동방세가의 식솔들이 있었다. 그들을 이끌고 마지막 순간까지 싸우고 또 싸우겠다는 의지를 새롭게 할 뿐이었다.

또다시 혼자 남게 된 동방천추의 눈에서 뜨거운 눈물이 흘러내렸다. 바닥에 모로 쓰러져 거칠게 숨을 내쉬고 있던 동방천추는 실상 미친 게 아니었다. 정신은 또렷했다. 언제나 그랬다. 요즘 소원이라면 제대로 잠을 푹 한 번 자보는 것일 정도로 그의 정신은 너무 또렷하고 명확했다. 문제는 그런 제 의지와는 상관없이 제 몸이 자기 것이 아니라는 사실이었다.

『이제 그만 포기하는 것이 어떠냐? 네가 마음을 고쳐먹으면 이 세상은 너의 것이 된다. 나는 너를 이 세상에서 가장 영화롭고 존귀한 사람으로 만들어 줄 수 있다.』

또 시작이었다. 자기 몸을 차지해버린 이 정체불명의 존재를 자기 힘으로는 도저히 떨쳐낼 수도, 거부할 수도 없었다. 동방천추는 속으로 외치고 또 외쳤다. 그리고 애원했다.

'제발, 제발 나를 좀 내버려둬! 나는 내 힘으로, 순수한 내 능력으로 일어설 것이다. 나는 네 꼭두각시가 되어 가문에 수치를 안겨 줄 순 없다.'

동방천추는 제 몸을 장악해버린 이 신비한 존재가 누군지, 어떤 능력을 지녔는지, 자신에게 앞으로 무엇을 해줄 것인지를 따져 생각해보지 않았다. 무섭고 치가 떨리게 싫었을 따름이었다.

『너는 선택되었다. 받아들여라. 운명은 거스를 수 없는 것이니 순순히 인정하고 받아들이면 그때부터 만사가 형통할 것이다.』

끊임없이 유혹한다. 하루에도 수십 번 그 유혹을 받아들여볼까, 흔들리기도 한다. 하지만 동방천추는 직감적으로 느끼고 있었다. 유혹을 받아들이는 순간부터 본래의 순수한 자신은 사라진다는 사실을. 과연 그 후에 남은 자신을 제 본모습이라 할 수 있겠는가. 그래서 치열하게 거부하고 저항했다.

'이제는 지친다. 더 이상은 버틸 힘이 내게는 없다. 할아버지 죄송합니다. 저는 복수를 하고 싶습니다. 할아버지를 죽음으로 몰아넣은 위선자들과 추악하고 더러운 이 세상에 복수를 하고 싶습니다. 죄송합니다. 저는 애초에 동방세가의 혈통을 이어받으면 안 됐을 사람이었습니다.'

제 앞에서 자결한 할아버지의 얼굴이 떠올라 미칠 듯이 괴로웠다. 그리고 결국 동방천추는 무너지고 말았다.

잠시 뒤 빛 한 점 없던 소축 밖으로 동방천추가 걸어나왔다. 어두운 바닥에 쓰러져 괴로워하고 있던 모습은 찾을 길이 없었다. 동방천추는 밤하늘을 올려다보았다. 양팔을 벌리고 고개를 젖힌 채로 깊이 숨을 들이마셨다.

"흐음, 상쾌한 기운이 천지에 가득하구나."

그의 눈빛이 어둠 가운데서도 환하게 빛나고 있었다. 눈 깊은 곳에서 뿜어져 나오는 마력은 천천히 갈무리되었고 적어도 겉모습만으로는 예전의 모습과 별반 다른 점을 구별할 수 없었다. 하지만 그는 지금 전혀 다른 사람이었다.

사박사박 걸어가는 걸음이 고양이와 같이 가벼웠다.

장원의 중심으로 걸어나간 동방천추를 호택 무사들이 제지했다.

"도, 도련님!"

그들은 동방천추의 신분에 대해서는 아는 바가 없었다. 자신들을 고용한 추대인이 도련님이라고 부르는 걸 보고 호칭을 통일하고 있을 뿐이었다. 무슨 광증에 걸렸다는 얘기는 들었지만 지금 보니 신색이 멀쩡해 보이는 것이 아닌가. 호택 무사들이 달려들어 제지하자 동방천추의 얼굴이 일그러졌다. 가장 먼저 동방천추의 몸에 손을 댄 호택 무사가 봉변을 당했다. 동방천추는 그저 살짝 손을 들었을 뿐인데 그 호택 무사는 충격을 이기지 못하고 뒤로 날아가버렸다. 둔탁한 소음과 함께 커다란 정원석에 뒷머리를 부딪친 호택 무사는 그대로 절명했다. 그건 끝이 아니라 시작일 뿐이었다. 충격에 휩싸인 호택 무사들은 말을 잃고 석상이 된 사람처럼 멈춰 서 있었다. 그런 그들에게 동방천추는 무차별 살수를 쓰기 시작했다.

손을 장난처럼 슬쩍슬쩍 흔들 뿐인데도 그의 손에서는 무시무시한 암경이 줄기줄기 쏟아져 나왔다. 몸의 반쪽이 통째로 날아가버린 사람이 있는가 하면, 목이 꿰여 쓰러진 자기 있고 몸통이 분해되다시피 찢어진 이도 보였다. 동방천추는 무의미한 이 살생이 재미있는지 키득거리며 웃고 있었다.

"버러지만도 못한 것들. 감히 내 앞을 막다니. 살아 있을 가치가 없는 놈들이다."

살생의 이유는 오직 그거 하나였다. 때아닌 소동에 뒤늦게 나온 추대인도 봉변을 피하지는 못했다. 동방세가의 충성스러운 가신이자 은퇴한 지금까지도 밤이나 낮이나 동방세가의 안녕과 번영을 기원하는 이 우직한 노인이 무슨 잘못이 있기에 이런 비참한 죽음을 당해야 했을까?

추송언은 제 뱃속으로 들어가 있는 동방천추의 손을 불신이 담긴 눈길로 바라보고 있었다.

"가, 가주님 어…… 찌 내게……."

아마 못다 한 말은 '이럴 수 있느냐'였을 것 같았다. 동방천추는 무덤덤한 시선으로 추송언의 뱃속에서 손을 꺼내더니 잠시 바라다보았다. 검붉은 핏물이 가득한 손을 바라보던 동방천추는 갑자기 미친 사람처럼 웃기 시작했다.

"크하하하하."

끝날 것 같지 않던 웃음소리가 멈추고 동방천추는 허공으로 몸을 띄웠다. 허리에 차고 있던 검을 뽑아든 동방천추는 매우 흡족해했다.

"아주 좋은 검이로군."

허공 십여 장 높이까지 올라간 동방천추는 두 손으로 검을 꽉 움켜잡고 도끼질을 하듯 힘차게 내리그었다. 거대한 핏빛 광채가 그의 검에서 시작돼 전각을 가르고 대지를 갈랐다.

콰쾅.

전각이 반쪽이 나도 놀라운 일일 텐데 그 일대의 땅이 푹 꺼지며 함몰돼버렸다. 갑자기 생겨난 커다란 구덩이 속으로 부서진 전각의 잔해가 고스란히 담겨 있었다. 동방천추는 그걸 끝으로 사라졌다. 야조가 되어 서남쪽을 향해 까마득한

대마령의 선택 205

높이로 날아가고 있었다.

*　　　*　　　*

그 생애에 이처럼 놀라운 경험을 해본 일이 또 있었을까? 악초림은 지금 제정신이 아니었다. 아무리 떨쳐내려 해도 떨어지지 않자 공력을 끌어올려 양손으로 빠르게 타격했다.

퍼퍼퍼퍽.

아무리 쳐도 상대에게서는 특별한 반응이 없었다. 이쯤의 충격이라면 양쪽 옆구리가 박살이 나고 숨조차 쉬지 못해야 정상인데 여전히 제 몸에 찰싹 달라붙어 떨어지지 않고 있었다. 평소에는 그리 영민하던 그의 모습은 찾아볼 길 없었고 괴성을 지르며 펄쩍펄쩍 뛰고만 있었다.

대교주 앞을 물러 나온 악초림은 그때부터 심복들을 불러 모아 몇 가지 지시 사항을 내리고 미뤄뒀던 일을 한꺼번에 저리했다. 그런 뒤 대교주를 찾아가 자신이 직접 합비로 가서 상황을 알아보고 오겠다며 자청했다. 대교주는 위험할지도 모른다며 한사코 만류했지만 악초림은 결심을 굳힌 듯 고집을 부렸다. 대교주는 그의 충성심이 갸륵하다는 눈빛으로 바라보더니 승낙했다. 마교에 투항한 악초림이 살아가는 법이었다. 마교도들과 똑같이 해서는 그처럼 짧은 기간 동안 이 자리에까지 올라오지 못했을 것이다.

대교주는 철저하게 능력과 충성심 위주로 타인의 가치를 평가하는 사람이었다. 아무리 능력이 걸출해도 충성심이 없다면 중용하지 않았고 반대로 충성심은 높은데 능력이 모자란다면 직분을 맡기지 않았다. 이 두 가지를 모두 갖춘다는 건, 더군다나 대교주 정도의 절대 고수의 눈에 든다는 건 하늘의 별을 따는 것만큼이나 힘든 일이었다. 그 어려운 일을 악초림은 해낸 것이다.

 수하들을 이끌고 합비로 출정하게 됐지만 이번에는 비밀 정찰의 임무였기 때문에 출정대 규모를 십여 명 정도로 간소화했다. 낙양을 떠나 어느덧 천중산 어귀에 다다랐을 때였다. 날이 저물어 노숙이라도 해야겠다고 판단한 악초림은 수하들에게 노숙 준비를 시켜두고 자신은 잠시 주변을 둘러보기 위해 무리와 떨어져 있던 참이었다. 그때 숲 속 어둠 속에서 반짝거리는 빛을 발견했다. 이 근처에 인가가 있을 리 없으니 노숙하는 사람인가 싶어 다가갔다. 모닥불쯤으로 여겼던 그 빛은 알고 보니 다 허물어진 사당에서 나는 것이었다. 이런 산중에, 그것도 사람의 발길이 뜸한 곳에 사당이 있다는 걸 기이히 여긴 악초림은 선객이 있을 걸 짐작하고서도 실례를 무릅쓰고 안쪽으로 걸어 들어갔다.

 안으로 들어간 순간 악초림은 코가 마비될 정도의 악취에 얼굴을 찡그렸다. 그리고 사당 바닥에 수북하게 쌓인 짐승의 뼈에 두 번 놀랐다. 타닥타닥 타들어가는 모닥불 위에 꼬챙

이에 꿴 채로 놓인, 기름이 자글자글 끓어오르는 먹음직한 노루를 보고서 악초림은 저도 모르게 군침을 삼키고 말았다.

"근처를 지나던 여행자입니다. 잠시 실례해도 되겠습니까?"

등을 보이고 앉은 사람은 대답이 없었다. 그걸 승낙으로 간주한 악초림은 상대가 어떤 사람인지가 궁금했던지 그 앞으로 돌아갔다. 그리고 그의 얼굴을 보았다.

"헉."

예의를 갖춰야 한다는 생각은 십 리 밖으로 달아나버렸다. 얼마나 놀랐는지 악초림은 절로 오금이 저렸다. 여자였다. 여자라고 생각한 이유는 체구가 작았고 골격이 가녀렸기 때문이다. 게다가 머리도 길었으며 가슴도 봉긋 솟아올라 있어 그리 여길만했다. 문제는 그녀의 얼굴이었다. 심한 화상을 입었는지 얼굴의 절반에 화농이 가득했으며 일부는 뼈가 보일 만큼 살이라고는 찾아보기 힘들었다. 사람이 어찌 저 정도가 되고서도 살아 숨 쉴 수 있는지 납득이 안 갈 정도였다. 그녀가 처음으로 모닥불에 두었던 시선을 거둬 자신을 올려다본 순간 악초림은 속히 이곳을 빠져나가야 한다는 생각밖에 안 들었다. 하지만 그럴 수가 없었다. 거미줄에 걸린 나방처럼 그는 전신에 힘이 빠지는 걸 느꼈고 하마터면 그 자리에 풀썩 주저앉을 뻔했다. 악초림을 찬찬히 살피던 여인의 눈 속에서 어떤 의미인지 모를 희열의 빛이 잠시 반짝였다.

"ㅎㅎㅎㅎㅎ. 드디어 찾았구나."

무슨 의미일까? 악초림은 그 뜻을 명확히 알 수 없었지만 일단은 여기서 나가야겠다는 생각을 굳히고 실행했다. 그가 별말도 없이 밖으로 나가려 하자 여인이 막아섰다. 놀라운 건 그녀가 관절도 움직이지 않고 귀신처럼 이동했다는 사실이었다.

"비, 비키시오. 나는 당신을 해치고 싶지 않소."

담대한 마음을 먹으려고 해도 절로 음성이 떨려왔다. 그 말이 끝나는 순간 여인은 달려들었고 두 팔로 악초림의 목을 단단하게 감쌌고 두 다리로 허리를 죄어 안았다. 여인의 동작은 너무도 빠르고 괴이해 악초림이 미리 알고 있었다고 해도 피하거나 방비하지 못했을 정도였다. 그녀의 몸에서 지독한 악취가 몰려와 콧속으로 파고들어왔다. 숨이 턱턱 막힐 것만 같았다. 악초림은 졸지에 당한 봉변에 처음에는 당황했지만 사내가, 그것도 무공이 초절정의 수준에 올라 있는 명색이 고수라는 사람이 이 정도 뿌리치지 못하겠는가 싶었다. 하지만 그건 단지 자신의 착각이었을 따름이었다. 별의별 수를 다 써봐도 여인은 꼼짝을 하지 않았다. 오히려 압력만 가중될 뿐이었다.

점점 호흡이 가빠져오고 다리가 덜덜 떨려왔다. 갑자기 그녀의 몸무게가 수십 배로 늘어나는 것 같은 착각이 들었다. 악초림은 결국 바닥에 가득 쌓인 먼지를 풀풀 날리며 뒹굴고 말았다. 악초림은 그 상태로 생각을 했다.

'대체 이 여자는 뭐란 말인가. 그리고 내게 무슨 의도로 이런 짓을 하는가. 이 괴물 같은 여자를 어찌 떨쳐내지?'

오만가지 생각이 빠르게 뇌리를 스쳐 지나가는데 그중에 도무지 이 상황을 타개할 뾰족한 묘수라고는 떠올라주지 않는 것이었다. 그때 악초림은 자신의 허리에 검이 있다는 사실을 그제야 생각해냈다. 참으로 어처구니없는 일이 아닐 수 없었다. 가장 먼저 생각해냈어야 할 일을 가장 마지막에 떠올리고 있었으니. 악초림은 손을 더듬어 간신히 검 자루를 잡을 수 있었다. 그리고 검을 뽑아내 거꾸로 잡고 여인의 옆구리를 힘차게 찔렀다. 여전히 쓰러져 있는 상태에서 악초림은 수십 번은 족히 찌른 것 같았다. 앞으로 고정된 시선 때문에 확인할 방법은 없었지만 이 정도라면 생명이 끊어지지 않는 것이 이상하리라 싶었다.

"크크크크크."

바로 그때, 요사스럽기도 하고 괴기스럽기도 한 여인의 웃음소리가 귓가로 파고들었다. 여인은 죽지 않은 것이다. 죽기는커녕 더 팔팔했다.

"으아아아아."

퍼퍼퍼퍼퍽.

전력을 다해 찌르고 또 찔렀다. 방향이 틀어져 등을 훑고 지나가기도 했다. 뒷목을 찌르기도 한 것 같았다. 그런데도 여인에게서는 그 흔한 비명 소리 한 번 없었다.

"소용없는 짓이다. 그깟 철검으로 내게 손톱만 한 상처라도 낼 수 있다면 너를 천신의 반열에 올려주마."

힘이 빠진 악초림은 정녕 이 사태를 어찌 모면해야 할지를 몰라 혼이 빠져 있었다. 넋 놓고 있던 악초림은 정신을 차리려 애쓰며 다시 염두를 굴렸다.

'착각인지 모르지만 이 괴물은 날 해치려는 뜻이 없는 것 같다. 진작 그럴 생각이었으면 이대로 있지도 않았겠지. 조이던 압력이 다소 느슨해진 것만 봐도 알 수 있지 않겠는가.'

악초림은 용기를 내 물었다.

"내게 뭘 원하시오? 대체 왜 이러는 거요?"

"널 원한다."

악초림은 멍해졌다. 무슨 의미인지 분간이 안 됐기 때문이다.

"네가 필요하다. 네 몸이 필요해."

"내 목숨을…… 원한다는 게요?"

"아니다. 네 몸만 있으면 된다."

"설마…… 나를 가지겠다는 뜻이오?"

"그렇다."

질문한 악초림의 의도와 괴녀의 대답은 각각 의미가 달랐다. 악초림은 남녀 간의 정사를 뜻하는 것이었고 여인에겐 그럴 의도가 전혀 없었다. 사소한 오해였지만 이 사소한 오해로부터 악초림의 인생이 변할 줄 어찌 알았겠는가.

눈앞이 깜깜해진 악초림은 몇 번이고 생각을 거듭했다. 고민에 빠진 악초림은 내심 결정을 내렸다.

'죽는 것보다야 낫다. 이 냄새 나는 괴녀를 안는 건 죽기보다 싫지만 이 괴녀는 대교주님에 버금가는 괴공을 익힌 것 같다. 하는 수 없지. 우선은 살고 봐야지.'

그로서는 죽기보다 싫을 결정일 수도 있었지만 큰마음 먹고 결단을 내린 악초림은 담담하게 대답했다.

"좋소. 나를 가지시오. 대신…… 이 냄새만은 정말 참을 길이 없소. 깨끗한 물로 목욕이라도 하고서……."

"너는 분명 허락했다. 나중에 가서 딴소리해봐야 소용이 없다."

"물론이오. 나도 사내요. 설마 한 입 갖고 두말하겠소. 그러니 목욕이라도 좀 하고 나서……."

"목욕을 왜 하라고 하는지 모르지만 네가 원한다면 그리하도록 하지."

그런 뒤에도 괴녀는 악초림을 풀어주진 않았다. 단, 전면에 붙어 있다가 뒤로 이동했을 따름이었다. 괴녀를 업은 듯한 모양새가 된 악초림은 그것만으로도 좀 살 것 같았다. 그래도 악초림은 불만이었다.

"설마 이 상태로 목욕을 하겠다는 게요?"

"나는 네게서 떨어지지 않을 것이다. 널 완전히 갖기 전에는."

"아, 알았소. 갑시다. 까짓, 주면 될 거 아니오."

바로 그때 악초림의 신형이 허공으로 두둥실 떠올랐다.

"어."

자기가 한 일이 아니니 괴녀의 솜씨일 것이다. 그제야 악초림은 괴녀가 상상할 수 없는 무공을 지니고 있다는 걸 확인할 수 있었다. 허공에 뜬 채로 악초림의 신형이 날아가고 있었다. 사당을 벗어난 악초림은 빠른 속도로 산중 깊은 곳으로 들어갔고 북서면의 계곡까지 날아갔다. 그곳에는 살얼음이 촘촘히 낀 계곡물이 졸졸 흘러내리고 있었다. 따라가다 보니 꽤 큰 물웅덩이가 보였다. 악초림은 옷을 벗을 새도 없이 그 안으로 풍덩 잠겼다. 밖에서 생각하던 것보다 훨씬 깊었다. 가슴까지 올라오는 높이였는데 물줄기가 세서 제대로 서 있기도 힘들 정도임에도 악초림의 신형은 꼿꼿하게 서 있었다. 이 모든 게 괴녀의 불가사의한 능력 때문이라 생각하니 악초림은 오싹해졌다. 괴녀는 여전히 악초림의 허리에 두 다리를 감은 채로 몸을 씻었다. 찰박찰박 물을 끼얹는 소리가 날 때마다 악초림은 몸 안으로 침습하는 오한에 전신을 떨었다. 한 다경쯤 지났을까? 괴녀는 몸을 다 씻고 나서야 허공으로 떠올랐다. 악초림은 이제 그게 신기하지도 않았고 놀랍지도 않았다. 앞으로 닥칠 일을 생각하니 그저 가슴이 답답할 따름이었다. 사당으로 가는 동안 악초림의 옷과 몸의 물기는 한 방울도 남지 않고 싹 말라버렸다. 그리고 몸이 따뜻해지는 것을 느낄 수 있었다.

등 뒤에 붙어 있는 여인이 정말 아름다웠다면 이런 순간 다른 기분을 느꼈을까, 잠시 엉뚱한 상상을 해봤다. 그래도 썩 좋지만은 않을 것 같았다. 사당 안으로 들어온 악초림은 겸연쩍어하며 물었다.

"이제 어떻게 하면 되오?"

"입을 벌려라. 그리고 저항하면 안 된다. 저항할수록 고통은 가중될 것이다."

악초림은 사당 가운데 선 채 의혹이 가득한 눈길로 뒤쪽을 향해 고개를 돌렸다.

"정말 입만 벌리고 있으면 되오?"

"그거면 충분하다."

악초림은 어안이 벙벙해졌지만 시키는 대로 입을 쩍 벌린 채 가만 기다렸다. 바로 그때 상상하지 못했던 일이 눈앞에서 벌어졌다. 괴녀가 뱀처럼 악초림의 몸을 감싸며 앞으로 돌아오더니 그녀 얼굴이 눈앞에 불쑥 솟아올랐다.

"꺼억."

악초림의 목에서 괴이한 소리가 흘러나왔다. 기대감이 아니라 절망감과 공포감이 적절하게 뒤섞인 순수한 본능의 몸짓이었다. 괴녀의 입이 다음 순간 쩍 벌어졌다. 눈꼬리가 찢어져라, 눈이 튀어나올 듯 크게 뜬 악초림은 뭔가 이상하다는 생각을 그제야 했다.

"커컥."

몸부림쳐 봐도, 저항해 봐도 그때는 이미 늦어 버린 뒤였다. 괴녀의 입에서 시커먼 연기가 꾸역꾸역 흘러나오더니 허공에서 고개를 쳐들고 똬리를 튼 후 제 입안으로 쏙 들어가는 것이었다. 그 순간 몸 안에 불덩이를 삼킨 것 같은 뜨거운 열기가 머리 꼭대기까지 확 치솟아 올랐다. 온몸이 조각나고 찢어져 재가 되어 흩어져도 이상할 것 같지 않은 고통이 발끝에서 머리끝까지 가득 차올랐다.

"끄아아악."

태어나 이렇게 큰 비명을 질러본 적이 있었던가. 단연코 악초림의 생애에 처음 있는 일이었다. 악초림의 비명은 끝없이 이어졌고 산 전체로 멀리멀리 퍼져 나갔다.

괴녀의 얼굴이 변화하고 있었다. 생기가 빠지며 그나마 얼마 없던 살가죽이 쭈글쭈글 줄어들더니 시커멓게 변색된 뼈다귀만 남고 모조리 녹아버렸다. 끝내는 허리를 감고 있던 다리뼈가 가장 먼저 툭 떨어졌고 그다음에 와르르 바닥으로 떨어져 내렸다. 자유의 몸이 된 악초림은 제 머리를 감싸고 그 자리에서 데굴데굴 굴렀다. 손으로 몸을 쥐어뜯는 모습이 그가 지금 겪고 있는 고통이 얼마나 대단한가를 알 수 있게 했다. 반 시진 넘게 고통에 몸부림치던 악초림은 끝내 혼절하고 말았다.

*　　*　　*

 휘륜이 합비를 사실상 장악하게 되었지만 모든 걸 다 제 손으로 처리할 순 없다. 굳이 상의하지 않고도 처리할 수 있는 일들은 각각의 교주들로 변장한 구상화 등의 선에서 결정되었고 중요한 일만 휘륜에게까지 왔다. 그러다 보니 비교적 늦게 뇌옥 실정을 점검하게 되었다. 그것도 당숙인 휘천소의 제안이 있었기에 가능했다.

 두 사람은 뇌옥에 갇힌 죄수들의 신상을 쭉 훑어보고 있었다. 휘륜은 거기서 낯익은 사람의 이름을 발견하게 됐다. 그걸 보자마자 휘륜은 뇌옥으로 곧장 갔다.

 자유를 잃어버리는 일만큼 사람에게 비참한 건 없다. 뇌옥에 갇혀 있다는 건, 더군다나 빛 한 점 들어오지 않는 열악한 환경이라면 더 고통스러울 것이다. 딱 죽지 않을 만큼의 음식만 넣어준다. 음식이라고 하지만 양념이 전혀 되어 있지 않은 건량이거나 묽은 죽이 대부분이었다. 살기 위해서는 그거라도 감지덕지해야 했다.

 쇠약해진 노인은 기력을 보충하기 위해서 음식을 깔끔히 비웠다. 그리고는 차가운 벽에 등을 기댄 채로 흘러간 옛일을 하나씩 떠올렸다. 하루 종일 하는 일이라곤 그게 전부였다.

 철컹 철컹.

 정말 오랜만에 철문이 열리려 하고 있었다. 노인은 그 사실이 반갑지만은 않았다. 불길한 예감이 들었기 때문이다.

'이제 처형을 하려는 건가? 하긴, 지나치게 오래 살려두긴 했지.'

노인은 이제 살고 죽는 것에 그다지 연연하지 않았다. 그렇다고는 해도 마지막 염원을 이루지 못해 뭔가 찜찜하고 억울하긴 했다. 노인은 침묵 가운데 기다렸다. 철문이 열리고 빛이 쏟아져 들어왔다. 노인은 감아도 부신지 눈을 손으로 가렸다. 철문을 열고 들어선 이는 노인을 가만 내려다보다가 뇌옥의 간수들에게 고갯짓을 했다. 눈치 빠른 간수들은 노인의 양옆에 하나씩 붙어 그를 끌어냈다. 노인은 그제야 조금씩 적응이 되는지 실눈을 뜨고 주변을 바라봤다. 복도에는 간수들과 간수장이 한 사람 앞에서 감히 고개도 못 들고 조아리고 있었다. 그것만 봐도 눈앞의 사람이 마교에서 상당히 지위가 높은 사람임을 추측할 수 있었다. 간수들에게 노인을 넘겨받은 수행 무사들이 양옆에서 팔을 잡아 부축했다. 조금 전의 간수들과는 확연히 다른 태도였다. 하지만 노인에게 그 차이를 느낄 만큼의 경황은 없었다. 색이 바래진 죄수복에 얼마 동안 씻지 못했는지 얼굴이 다 트고 갈라진 노인의 건강 상태는 그다지 좋아 보이지 않았다. 노인은 마음을 차분하게 정리하고 있었다. 생의 마지막 순간이라 생각하니 가슴이 유난히 크게 뛰는 건 그도 어쩔 도리가 없었다. 지그시 눈을 감고 이끄는 대로 걸음을 딛던 노인은 뭔가 이상하다는 생각을 갖기 시작했다. 뇌옥 밖으로 나온 것이다. 화려한 전각 사이를 따라 걷던 노인은 이런 곳에 형장이 있을 리가 없다는 생각을 하게 됐다.

'뭐지? 이놈들이 내게 얻을 게 없을 텐데, 또 누가 날 보고 싶어 하는 걸까? 혹시 그 연놈들이……'

노인은 치를 떨었다. 그것만은 피할 수 있다면 피하고 싶었다.

'연놈이 나를 끌어낸 거라면 차라리 혀를 깨물고 자결하고 말리라.'

노인은 바로 자미신수였다. 동생의 복수를 하겠다고 합비로 간 그가 이렇게 뇌옥에 갇힌 채 처형날만 기다리고 있는 신세로 전락하고 만 것이다. 그는 원수도 갚지 못했고 도주도 하지 못했다. 원수를 암살하기 위해 접근하는 것까지는 성공했지만 정작 살수를 쓸 겨를도 없이 엉뚱한 놈에게 걸려 제압되고 만 것이다. 동방현리의 딸인 동방염희를 죽이기 위해 마탑에 접근한다는 건 매우 위험한 일이었다. 그녀가 마침 마탑에서 떨어져 다른 용무를 보고 있는 기회를 노렸는데 그녀와 오랜 세월 정을 통해온 환사옥인에게 걸려 이 꼴이 되고 만 것이다. 그 후로 자미신수는 무공이 폐지되었고 수년 동안 온갖 고초를 겪으며 이리저리 끌려다녔다.

아늑한 내실로 안내된 자미신수는 자신을 이리로 데려온 노인을 슬쩍 바라보긴 했지만 그다지 큰 관심은 없었다. 그와 시선조차 맞추지 않았다. 마치 마음이 죽어버려 어떤 감정도 지니지 않은 목석 같았다. 그런 그를 똑바로 바라보고 있던 노인의 모습이 서서히 변화를 일으키기 시작했다.

"살아계셨군요."

절대로 변화가 없을 것 같던 자미신수의 얼굴이 달라졌다. 눈빛도 이전의 그가 아니었다.

"너, 너는 바로…… 도제 휘륜."

휘륜은 자미신수와 그다지 좋지 않은 악연으로 얽혀 있었다. 설리를 암살하려 했던 암살자가 자미신수의 하나뿐인 동생이었고 그를 죽임으로써 악연은 시작되었다. 후에는 자미신수를 처단하기 위해 뒤를 쫓았다가 고해 노완동의 술책에 넘어가 살려주고 아쉬운 마음을 뒤로하고 돌아서야 했다. 자미신수가 동생을 사지로 몰아넣은 원흉을 잡겠다고 동방염희를 찾아 마탑으로 갔다는 소식까지는 휘륜도 들었었다. 그 뒤로는 사실 그를 뇌리에서 지워버렸었다. 그다지 관심이 없었기 때문이다. 예전 같았으면 험한 말이 오가고 욕설이 튀어나왔을 사이인데 휘륜은 그에게 깍듯하게 존대를 해주고 있었다. 이상한 건 자미신수 본인도 마찬가지여서 제 동생을 죽인 장본인이지만 이상하게도 휘륜에게 악감정이 남아 있지 않았다. 그렇다고 반기는 마음은 솔직히 들지 않았다.

자미신수는 지금 이 상황이 이해가 가지 않았다. 왜 도제 휘륜이 엉뚱한 사람으로 변신해 마교의 한복판에 있단 말인가, 그런 의문을 가진 것이다.

"살아 있으니 만나는군요. 그동안 고초를 많이 겪으신 것 같습니다."

자미신수는 맥이 탁 풀렸다. 처형장으로 가지 않은 것이 고맙고 반갑긴 했지만 이런 엉뚱한 전개는 상상도 못 해본 일이었다. 그동안 세상이 어찌 변하고 있는지, 아무런 소식도 듣지 못한 자미신수는 다시 무표정한 얼굴로 가장했다.

"그렇군. 막선배는…… 잘 지내시는가?"

"네. 건강하십니다. 만나게 해드릴 수 있습니다만……."

자마신수는 놀람을 금치 못했다.

"막선배도 여기 계시나?"

"네. 합비에 계십니다."

"으음. 혹시 정파가 마교와의 싸움에서 이겼나? 아니지, 그럴 리는 없고."

"상황을 얘기하자면 깁니다. 차차 아시게 될 겁니다. 어떻게 해드릴까요?"

"뭘 말인가?"

"정도련으로 보내드리면 싫어하실 것 같고, 이대로 풀어드리면 마교도들의 눈에 띄어 횡액을 당할까 염려되고…… 잠시 몸을 피해 기력을 보충하시겠습니까?"

생각지도 않은 제안이었다. 도무지 믿기지 않는 일이었다.

"자네에게 나를 여기서 내보내줄 정도의 힘이 있나? 하긴,

할 수 있으니 하는 말이겠지."

현재 휘륜이 이곳에서 가장 높은 권력자인 마교의 이교주 노릇을 하고 있다는 걸 안다면 자미신수는 놀라 뒤로 넘어갈 것이 분명했다. 휘륜은 그런 얘기까지는 굳이 하지도 않았다.

"막할아버지께서 머무시는 곳으로 보내드리겠습니다. 거기서 잠시 머무시면서 다음 일을 계획하시는 편이 좋겠네요."

"그, 그래 준다면야……."

고맙겠다는 그 말이 끝내 입 밖으로 나오지 않는다. 아무리 정당방위라고 해도 자신의 육친을 살해한 장본인에게 차마 그런 말을 할 수 없었던 것이다.

휘륜은 자미신수를 멀끔하게 차려 입히고 천선루로 데려갔다. 천선루는 이교주와 오교주가 제거되면서 안전을 보장받을 수 있게 되었다. 고위직 고수들 중에 천선루가 정파와 관련돼 있다는 의심을 품은 사람들도 더러 있었지만, 윗선에서 뭔가 큰 거래가 있었나 보다 하고 넘어가버렸을 정도로 교주들의 결정에 불만을 가지거나 토를 다는 사람은 없었다. 천선루는 그 일을 겪고 나서 더 장사가 잘되고 있었다. 과거의 명성에 더해 이제는 합비를 넘어 전 중원의 명소로 거듭나고 있었다.

자미신수가 환사옥인에게 사로잡혀 마교도들에게 끌려가

지금까지 뇌옥에 갇혀 있었다는 사실을 듣고 막부는 분개했다.

"그 잡놈을 어서 쳐죽여야 마음 편히 눈을 감을 건데, 원통하고 원통하구나. 자네까지 그놈에게 봉변을 당했었군."

"선배님은 여전하시군요."

"흠흠. 그런가? 그나저나 그동안의 강호 소식이 궁금하지 않은가?"

"궁금하긴 합니다. 대체 어찌 돌아가고 있는 겁니까?"

휘륜은 두 사람이 방해받지 않고 대화를 나눌 수 있도록 자리를 피해주었다.

밖으로 나오니 한옥림과 백란이 기다리고 있었다.

그들이 억지로 강권하니 어쩔 도리 없이 따라가긴 했는데 이런 요란한 술상을 준비해 둔 것은 확실히 예상 밖이었다. 휘륜의 생애에 가장 호사스러운 술상이 아닐 수 없었다.

"허, 구적룡이 보았으면 아주 입이 함지박만 하게 벌어졌겠어."

무극검왕과 함께 정도련으로 다시 돌아간 구적룡이 술을 즐기니 곧바로 그 말이 먼저 튀어나왔다. 현재 막부와 만취공, 맹치성을 제외하고는 모두 무극검왕과 함께 정도련으로 돌아간 상태였다. 그들이 여기 있어 봤자 할 일이 없지만 정도련에서는 싸울 수 있는 단 한 명의 무사라도 아쉽고 절실한 까닭이었다. 막부는 만취공과 맹치성의 안전을 위해 예외로 합비에 남기로 했다. 그들의 처소를 천선부에 마련해 준 덕분에 요즘 막부와 만취공은 매일 거르지 않고 잘 차려진 술상을 받고 있는 처지였다. 그들에게 이곳은 낙원이나 다름없었다.

휘륜은 한옥림이 무언가 부탁하기 위해 이런 자리를 마련했다는 걸 눈치챘다. 술을 그리 즐겨하지 않는 휘륜인지라 가볍게 목만 축였다.

"그래, 무슨 얘기를 꺼내려고 이런 희귀한 진미가효들로 상을 채우셨소?"

속을 훤히 꿰뚫어보고 있는 휘륜을 바라보기 민망했는지 한옥림은 잠깐이지만 눈길을 피했다. 한옥림은 그가 합비에 오고 얼마 지나지 않아 이곳이 이전과 다르게 싹 변했다는 것 정도는 눈치채고 있었다.

휘륜은 딱히 그녀를 의심하지 않지만 그럼에도 말을 아꼈다. 중요한 핵심 정보는 자기 입으로 털어놓는 법이 없었다. 휘륜이 합비의 마교에 직간접적으로 영향력을 행사하고 있다는 걸 간파한 한옥림이 이런 호기를 놓칠 리가 없었다.

"환사옥인 얘기를 하고자 모셨습니다."

"흐음. 내 일전에 그에게 복수할 기회를 드리겠다고 했을 텐데 벌써 잊어버리셨소? 조급해하지 말고 때를 기다리시오."

"그래서 말씀드리는 겁니다. 막어르신께 들었습니다. 막어르신이 원한을 가진 사람도 환사옥인이더군요. 또한 설리 소저의 원수가 동방염희죠. 그 둘이 현재 이교주 휘하에서 떵떵거리며 잘살고 있는 걸로 알고 있습니다. 동방염희 그년은 제 아들놈 출세시키기 위해 눈이 벌게져서 설치고 다니는 걸로 알고 있습니다. 환사옥인에게는 숨겨둔 아들이기도 하니 둘이 결사적으로 그 일을 추진하고 있지요. 며칠 전 여길 다녀간 마교도들의 대화를 듣고 알게 됐습니다. 이곳 합비의 소문난 부호인 연자청, 연대인의 막내 소저와 혼담이 오가고 있다고 합니다. 만약 그들을 처단할 시기를 늦추면 억울한 피해자가 또 발생하게 됩니다."

휘륜은 난감해했다.

"림주의 뜻은 동방염희와 환사옥인의 아들까지 처단해야 한다는 것이오? 그는 무고하거늘 어찌 부모의 잘못으로 그까지 관련지으려 하시오."

"제가 어찌 무고한 자에게 형벌을 내리라고 간청하겠나이까. 그 연놈들의 아들 역시나 개차반인 건 마찬가지이니 아뢰는 겁니다. 우리 천선루에 지금껏 숱한 여인들을 끌고 와 대금을 받아간 자입니다. 여염집 규수를 막론하고 그자의 눈에 든 반반한 여인은 모조리 신세를 망쳤다고 보시면 됩니다. 그런 놈이 이제는 합비의 존경받는 부호의 여식을 탐하고 있습니다. 연대인은 왕야의 오랜 친우로 이 근방에서는 모르는 이가 없습니다. 가난한 자들뿐만 아니라 억울한 일을 당한 이들까지 가장 먼저 찾는 이가 그분일 정도로 선행을 베푸셨던 분입니다. 대쪽 같은 연대인이 어쩌다 그런 망나니와 엮였는지 모르지만 아마도 이교주의 위세를 업고 환사옥인이 강제로 벌인 일일 듯싶습니다."

잠시 생각해 보던 휘륜은 한옥림이 안달이 난 이유가 연자청이란 사람 때문임을 대강 눈치챌 수 있었다. 사람의 일이란 모르는 것이니 한옥림이라고 존경하고 경애하는 이가 없으란 법이 있겠는가. 휘륜은 시원하게 술을 들이켜더니 소리 나게 탁자에 술잔을 내려놓았다.

탁.

"좋소. 내가 자리를 마련하리다. 세 분, 아니 네 사람이 보는 자리에서 두 부부와 그 자식까지 묶어서 한꺼번에 처리합시다."

휘륜이 말하는 네 사람이란 그들 식솔과 원한을 맺은 막부와 한옥림, 자미신수, 그리고 마지막으로 설리를 일컫는 것이었다.

한옥림과 백란의 얼굴이 환히 밝아졌다.

제8장
복수

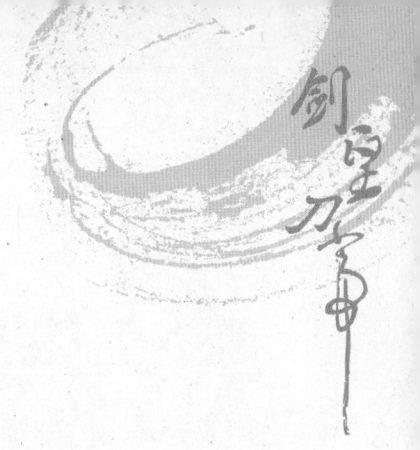

 환사옥인 불계청은 제 볼을 꼬집어보고 싶을 만큼 지금 이 상황이 믿어지지 않았다. 당금 무림에서 가장 위세를 뽐내는 이가 있다면 단연 한 사람을 지목할 수 있었다. 일월신교의 이교주 상지천, 그가 바로 황제 부럽지 않은 권력을 휘두르고 있는 장본인이었다. 적어도 환사옥인의 관점에서 보자면 세상에서 가장 부러운 사람이라 할 수 있었다. 그의 눈에 들기만 하면 마구간 청소를 하는 노비도 하루아침에 수백, 수천을 거느린 귀인으로 탈바꿈시켜버릴 수 있는 절대 권력을 손에 쥔 사람이었다.

 과거 사파를 이끌어왔던 삼사의 수장이란 지위를 지니고

있던 환사옥인이었지만 마교가 대두되고부터는 찬밥 신세나 다름없었다. 마교에 사파 고수들을 대동하고 투항했음에도 불구하고 좀체 그 무리의 중심으로 발돋움할 기회를 잡지 못했다. 아무리 충성심을 보여도 출신의 차이는 너무도 큰 벽으로 다가왔다. 그래서 어느 정도는 마음을 비우고 있었는데 뜬금없이 이교주가 자신을 부른 것이다. 자신만 부른 게 아니고 동방염희까지 함께 불렀다는 사실이 좀 찜찜하고 불안했지만 그래도 이런 기회가 다시 올 수 없는 희귀한 것임에는 분명했다.

"내 너에게 술을 한잔 내릴까 하노라. 이리 가까이 오라."

으리으리한 대전 태사의에 높고 거룩한 자태로 좌정하고 있는 이는 환사옥인이 꿈에서조차 독대하고 싶어 하던 바로 그 상지천이었다. 환사옥인은 감히 얼굴도 못 들고 무릎걸음으로 다가갔다. 술잔을 든 손이 와들와들 떨었다.

"어허. 이러면 아까운 술이 다 쏟아지지 않느냐."

환사옥인은 사력을 다해 부들거리는 손을 다른 손으로 움켜잡았다. 그 모습을 바닥에 웅크린 채 살짝 올려다보고 있는 여인은 사갈독심이라는 외호로 한동안 정파에 온갖 추문을 흘리고 다니던 동방염희였다. 자기 하나 때문에 동방세가에 어떤 비극이 닥쳤는지 모를 까닭이 없는 동방염희였지만 저리 뻔뻔한 얼굴로 여전히 잘먹고 잘살고 있었던 것이다. 만약 이 모습을 동방초재가 보았다면 단검에 베어버렸을 것이 분명했다.

휘륜은 주변 사람들 때문에 좋든 싫든 두 사람에 대한 소문을 숱하게 들어왔지만 정작 얼굴을 보는 건 이번이 처음이었다. 환사옥인은 그 나이가 믿기지 않을 정도로 매끈한 이목구비에 눈꼬리가 살짝 위로 찢어져 있어 교활해 보였고, 동방염희는 중년의 나이라 생각하지 못할 정도로 여전한 미색에 교태가 줄줄 흘러내렸다. 휘륜은 그녀 쪽으로 시선을 주었다가 속으로 혀를 끌끌 차고 말았다. 동방염희는 눈길을 피하기는커녕 당장에라도 이교주 상지천을 유혹이라도 하려는 듯 뜨거운 눈길을 보내고 있었다.

'소문대로 창피한 걸 모르는 지독한 요녀로군.'

휘륜의 그 느낌은 정확했다. 은근히 기대하고 있던 동방염희는 자기에게도 술을 내린단 말에 발딱 몸을 일으키더니 엉덩이를 실룩거리며 다가오는 것이었다.

"교주님께서 내리신 술을 받으니 제 가슴이 다 뜨거워집니다. 평생의 광영입니다."

동방염희의 고운 손에 들린 잔 안에는 호박빛 술이 찰랑거리고 있었다. 휘륜은 자기 잔에도 술을 따르더니 같이 마시자는 시늉을 해 보였다. 세 사람은 똑같이 술을 마셨다. 다시 자기 자리로 물러난 두 사람을 향해 휘륜이 엄숙한 어조로 말했다.

"듣자니 두 사람에게 아들이 하나 있다고 하던데."

둘은 화들짝 놀랐다. 동방염희의 아들이 환사옥인의 아들이기도 하다는 사실은 적어도 그의 측근들 몇몇만 아는 비밀이었다. 그걸 이교주까지 알고 있을 줄은 상상도 못 해보았다. 이미 알고 묻는 사람에게 거짓말을 하는 건 어리석은 일이었다. 환사옥인은 사실을 인정했다.

"그렇습니다. 불민한 아들놈이 하나 있사옵니다."

"합비의 거부이자 왕야의 고우인 연대인과 혼사가 오가고 있다고?"

그 사실까지 알고 있다는 게 환사옥인은 한편으로는 두렵고 한편으로는 감읍했다. 그런 그를 내려다보며 이교주 상지천이 말을 이어갔다.

"내가 네게 술을 내린 건 그 일 때문이다. 제 자식은 누구에게나 소중한 법. 하지만 이번 혼사는 용인할 수 없다."

이게 무슨 청천벽력의 말인가. 환사옥인은 자신의 귀를 의심했다. 그는 고개를 숙인 채 눈알을 데굴데굴 굴렸다. 그의 뇌는 지금 상지천이 무슨 생각을 하고 있는지를 짐작해 보느라 그 어느 때보다 분주했다.

"세상에는 다 어울리는 배필이 있기 마련이다. 욕심이 과하면 그로 인해 화를 당하는 법. 연대인의 여식은 본좌가 따로 정해둔 배필이 있다. 머리가 좋은 사람이니 무슨 뜻인지 알리라 믿네."

환사옥인은 얼른 대답했다.

"소인이 어리석어 교주님의 마음을 어지럽혔나이다. 당장 혼담은 없었던 일로 하겠나이다."

"허, 자네가 내 고충을 이해해주니 고맙군. 아, 그리고 자네를 내 특별히 어여삐 여겨 큰 공을 세울 수 있는 길을 열어줄까 하네만."

지금 환사옥인의 마음은 그리 좋지 못했다. 이 자리 자체가 가시방석이나 다름없었다. 좋은 일로 온 것이 아님을 알았기 때문이다. 이교주의 말이 길어질수록 그의 불안감은 더 깊고 커져갔다.

"황송하옵니다. 어떤 명령이든 내려 주십시오. 목숨을 바쳐 필히 완수하겠나이다."

"청년 못지않은 그 기개가 부럽군. 자네를 특별히 낙양 인근의 마전으로 발령을 내릴까 하네. 자네와 자네 부인, 그리고 자식까지 함께 갈 수 있도록 특별히 신경을 써주지."

환사옥인은 불에 덴 사람같이 몸을 찔 떨었다. 이교주가 '특별히'라는 말을 두 번이나 하며 선심을 써주는 척했지만 그 속에 악의가 가득하다는 걸 모를 환사옥인이 아니었다. 낙양이 어떤 곳이던가. 대교주의 본거지가 아니던가. 자신을 사지로 내몰고 있는 것이나 다름없음을 깨달은 환사옥인의 얼굴이 일그러졌다.

'어찌 이런 날벼락이. 그리고 마전주는 총명의 직급을 가진 자들이 임명되는 자리이거늘. 명색이 그보다 상위 직급이랄

수 있는 대명관인 나더러 마전주로 가라는 건 좌천이 아니던가.'

휘륜이 태사의에서 몸을 꼬며 태연하게 물었다.

"왜, 싫은가?"

"아, 아닙니다. 어찌 속하가 감히 싫다, 좋다 말씀드릴 수 있겠습니까. 명령하신 대로 이행하겠나이다."

"그러리라 믿었네. 자네 직급이 아마 대명관이었지?"

"그렇사옵니다."

"대명관의 직급으로 마전주가 되는 건 아마 최초일 거야. 전 교도들의 귀감이 되고도 남음이 있는 일이지. 칭송이 끊이지 않을 거야."

환사옥인은 상지천이 자신을 놀린다고 여겨져 내심 부아가 치밀었다. 그런데도 그런 내색을 할 순 없었다. 그 순간 자신은 불귀의 객이 된다는 사실을 알고 있는 한은 화가 나도 꾹 참을 수밖에 없었다. 무엇 때문인지 모르지만 자신에게 미운털이 박혔다는 건 확실했다.

'이교주가 날 밀어내기로 결심한 것 같으니 여긴 텄다. 좋다. 이렇게 된 바에야…… 차라리 말을 갈아타자.'

확실히 환사옥인은 대단한 사람이었다. 이 짧은 순간에 벌써 대교주에게 투항할 계획을 세우고 있었으니.

"그럼 그리 알고 준비를 서두르게. 늦어도 사흘 내로 떠나야 할 테니 말일세."

"명령대로 따르겠나이다."

환사옥인이 뒷걸음으로 물러나는 걸 바라보고 있는데 동방염희가 물러날 기색 없이 그대로 있자 휘륜은 의아해 물었다.

"그대는 왜 나가지 않는가?"

"따로 교주님께 드릴 말씀이 있사옵니다."

"으음, 그래? 꼭 지금 이 자리에서 해야 할 말인가?"

"그렇사옵니다."

밖으로 나가던 환사옥인은 동방염희의 엉뚱한 행동에도 별로 개의치 않고 대전을 빠져나갔다. 마치 이런 일을 예상한 사람처럼 당연하게 받아들이는 듯한 태도였다. 휘륜은 그다지 말을 섞고 싶지 않은 동방염희가 독대를 청하자 거절하고 싶은 마음이 간절했지만 한편으로는 이 여자가 무슨 말을 하려고 이러나 궁금하기도 해 승낙했다.

"그래. 무슨 얘기를 하려고 하는지 해보게."

"천녀가 교주님께 드리고 싶은 얘기는 오직 한 가지뿐입니다. 천녀의 아비는 정파의 지주였던 동방세가의 가주십니다. 혹 알고 계셨습니까?"

"알고 있네."

동방염희는 꼿꼿하게 허리를 편 채 휘륜을 바라보고 있었다. 나이를 초월한 요염한 기운이 정녕 보기 드문 것임에는 틀림없었다. 웬만한 사내는 그녀의 눈빛을 마주하는 것만으로도 간장이 녹고 피가 끓어오를 것 같았다. 휘륜은 한 가지 사실을 알아볼 수 있었다.

'이는 천생의 타고난 요기가 아니다. 이건 훈련된 것이다. 확실하지 않지만 미염공의 일종을 익힌 것 같군. 그간 이 여자의 행적이 이제야 이해가 가는구나. 미색이 출중하다고는 하지만 이미 중년의 나이를 넘겼는데 어찌 지금까지도 그리 염문을 뿌리고 다니나 싶었더니 다 이유가 있었던 거야.'

그녀는 자신의 미염공에 대한 확신이 대단한 것 같았다. 지금 그녀는 미염공을 발휘해 이교주 상지천을 유혹할 심산이었던 것이다. 하지만 그녀에게 지금 불행한 사태는 상대가 상지천이 아닌 휘륜이란 사실이었다. 휘륜은 이런 어처구니없는 일을 겪고 보니 동방염희가 더 역겹게 느껴졌다.

'사악한 심성에 추악한 탕녀가 아니고 무엇이랴. 정파의 명문 세가에 이런 여자가 나왔다는 자체가 희대의 불가사의로군.'

동방염희는 상대가 미염공에 영향을 받기 시작했다고 여겼음인지 점점 노골적인 추파를 던져왔다.

"천녀의 오랜 소망은 영웅다운 사내를 만나 품 안에 안겨보는 것이었습니다. 세상은 천녀를 손가락질할지도 모르지만 사내들이 강호의 풍진을 무릅쓰고 야심을 위해 목숨을 걸듯 천녀에게는 사내가 강호요, 무림의 패권이 곧 영웅의 품이었습니다. 천녀는 지금껏 숱한 사내를 알아왔지만 진정 영웅다운 영웅을 만날 기회는 없었사옵니다. 그런데 이제야 진정……"

더 들을 수 없었던 휘륜은 동방염희의 말을 잘라버렸다.

"본좌가 그 영웅이란 말을 하고 싶은 건가?"

동방염희는 화들짝 놀랐다. 미염공은 상대의 무공 수위와는 상관없이 발휘되는 것이다. 오직 의지로만 욕정을 이겨낼 수 있었다. 지금껏 동방염희가 작정하고 미염공을 펼치고서 실패한 예가 없었다. 더군다나 지금 환사옥인이 낭패를 당하고 물러난 상황에서 이번 일을 성공시키지 못하면 자신들에게 큰 화가 미칠지도 모른다는 생각 때문에 평소보다 더 사력을 다해 미염공을 펼치고 있었다. 그런데 저런 냉담한 반응이 나오니 동방염희가 경악을 하는 것이다. 동방염희는 내심 놀라긴 했지만 이 정도로 포기할 사람은 아니었다.

"그렇사옵니다. 천녀에게 교주님을 뫼실 기회를 한 번만 허락하신다면 평생 잊지 못할……"

휘륜은 이런 지저분한 얘기를 더 끌어갈 필요성을 못 느꼈다. 그래서 극단적인 방법을 썼다.

"본좌는 고자네."

동방염희는 충격을 넘어 수치심을 느꼈다. 마치 자신의 치부를 모조리 드러낸 것 같은 심정이 되고 말았다. 상대가 고자라고 하는데 왜 이런 참담한 심정이 되는지 알 수 없는 일이었다. 동방염희는 미염공 때문이 아니라 정말 창피해서 얼굴이 빨개졌다. 그녀도 수치심을 아는 여자였단 말인가. 어쨌든 동방염희는 속히 이곳을 빠져나가고 싶은 마음만 간절해졌다. 이교주에게 아들이 있다는 사실이 이 순간 동방염희를 더 치욕스럽게 만들었다.

"더 할 말이 남았는가?"

"어, 없사옵니다."

동방염희는 상황 파악도 빨랐고 단념도 빨랐다. 대전을 빠져나가는 동방염희의 등을 보며 휘륜은 손자와 형 앞에서 자결한 동방현리를 떠올리고 있었다.

'과연 그는 무엇을 위해 자신을 희생했던가.'

그가 여식을 살리기 위해 무리수를 두면서부터 그의 불행이 시작된 것을 알기에 더욱 그런 생각을 지울 수 없었다.

대전 한쪽에서 휘장을 걷으며 한 사람이 걸어나왔다. 휘천소였다.

"굳이 이렇게 어렵게 일을 꾸미는 이유를 물어봐도 될까?"

"환사옥인은 현재 마교에 투항한 사파인들의 중심입니다. 이 자를 지켜보는 눈들이 너무 많습니다. 물론 적당한 죄목을 덮어씌워 처단해도 별문제는 없겠지만 한 번 의심을 품게 되면 파고들게 되고 그러다 보면 안 보이던 허점도 보이기 마련입니다. 다 된 밥을 환사옥인 하나로 죽 쑬 순 없지 않겠습니까."

"낙양 인근의 마전으로 쫓아 보낸 뒤에 처단하려고?"

"거기서 마전에 속한 마교 고수들과 함께 처형해버리면 별 의심을 받을 일이 없습니다. 그편이 깨끗하고 좋습니다."

"그러다 저놈이 대교주 쪽으로 넘어가버리면?"

"그전에 바로 처리해야겠지요."

"도중에 처단하는 게 나을 것 같다만."

"그것도 생각해 봐야겠군요."

"직접 나설 셈이냐?"

"그편이 안전하고 확실하지 않겠습니까."

"그렇긴 하지."

* * *

관도 위로 무장한 일단의 행렬이 열을 맞춰 진군하고 있었다. 그 가운데 호화로운 사두마차가 한 대 보였다. 마차 안에는 침묵이 감돌았다. 환사옥인과 동방염희는 오랜 세월 정을 통해왔고 후에는 보란 듯 사람들의 눈길도 아랑곳없이 붙어 지낸 적도 있었지만 근래에 와서는 서로에 대해 그다지 관여하지 않는 편이었다. 여성 편력이 많은 환사옥인이나 남성 편력이 화려한 동방염희가 한 사람에게 매여 살 이들은 아니었다. 두 사람 사이에 만약 아들이 태어나지 않았다면 지금의 이런 지속적인 관계도 사실상 불가능했을 것이다. 합비는 세 사람 모두에게 야망과 꿈을 이뤄줄 최적의 장소였다. 그곳을 떠나 변방으로 좌천돼 가고 있으니 마음이 편할 수가 없었다.

동방염희와 환사옥인 불계청의 유일한 혈육인 동방천효는 원래는 우문의 성을 가지고 있었다. 생부인 줄로만 여기고 있던 사람이 피 한 방울 섞이지 않은 남이란 사실을 아홉 살 때 처음 알았다. 우문세가가 멸문의 화를 입기 직전 동방염희는 아들을 데리고 동방세가로 갔다. 그때부터 동방염희는 제 아들을 동방세가의 일원으로 만들려고 애썼다. 그녀가 세가주인 아버지 동방현리의 총애를 한몸에 받는다지만 그건 아무리 애써 봐도 실현 가능성이 없었다. 그때 자신의 과거를 추적해오는 자미신수가 등장했다. 동방염희는 가문에서 축출될 위기에 놓였지만 그다지 큰 근심은 하지 않았다. 믿는 구석이 있었기 때문이다. 그가 바로 환사옥인이었다. 환사옥인은 제 아들임이 너무나 확실한 동방천효가 굳이 제 성을 이어받기를 원치도 않았다. 오히려 그 사실이 세상에 알려지는 게 창피했는지 외부에는 숨겼다.

동방천효는 부모를 존경하는 마음도 없었고 미래에 대한 야망이나 이루고 싶은 꿈도 없었다. 그의 관심은 오직 하나, 어떻게 하면 더 많은 미녀들을 섭렵하느냐 하는 것이었다. 그는 파락호였으며 자신과 성향이 비슷한 자들을 끌어모아 대장 노릇을 하며 지냈다. 그런 삶에 동방천효는 만족했다. 그 때문에 지금 합비를 떠나 어딘지도 모를 시골로 가고 있는 동방천효의 얼굴에는 불만이 가득했다. 자신이 한두 살 먹은 애도 아니건만 왜 자신까지 합비를 떠나 생판 모르는 낯선 곳으로, 그것도 촌구석으로 유배를 떠나듯 쫓겨가야 하는지 납득할 수 없었다.

환사옥인 불계청은 아들과 부인의 기분을 달래주기는커녕 오히려 화를 냈다.

"참 잘 돌아가는 집구석이다. 자식새끼라고 하나 있는 놈은 애비 심정은 헤아릴 생각도 않고, 부인은 또 거기에 장단을 맞춰 떠나던 그 순간까지 속을 뒤집어 놓기나 하고. 그만들 얼굴 못 펴! 어디 죽으러 가?"

동방염희는 기가 죽기는커녕 매서운 눈길로 불계청을 쏘아보았다. 환사옥인은 내심으로 움찔했지만 태연하게 그 눈빛을 외면했다.

"이제 말해 보세요. 어떤 계획을 세웠죠?"

"무슨 계획?"

"이대로 마전의 전주로 썩을 생각은 아니겠죠?"

"걱정 마. 내게도 다 생각이 있으니."

"그 생각이 뭐냐고 묻잖아요, 지금."

"이제 상지천하고는 끝났어. 그놈 하는 짓거리를 보니 다시 중용하길 기대하는 건 바보짓이야. 내가 누군가. 중원 사파 무림의 실질적인 수장인 삼사의 우두머리 아닌가."

환사옥인 불계청은 어깨를 당당하게 펴고 잘난 척을 하며 말했다.

"본좌가 말을 갈아타면 상지천 역시 타격이 클 수밖에 없지. 나 하나로 끝나는 게 아니거든."

동방염희는 눈을 빛내며 환사옥인의 옷깃을 잡아 흔들었다.

"그럼 당신 혹시……."

"대교주와 맞서서 개죽음을 당할 필요가 없지. 임지에 도착하자마자 대교주에게 투항할 거야."

"그가 받아줄까요?"

"모르긴 해도 두 손 들고 맨발로 뛰어나올걸. 지금 대교주 측이 상당히 어려운 처지에 놓여 있으니 얼마나 반갑겠어. 현재 마교 전력에서 중원 사파가 차지하는 비중은 그리 크지 않지만 인원만은 무시할 수 없거든. 그 많은 인원이 모조리 이교주를 등지고 대교주에게로 돌아선다면 세력 균형이 얼추 맞춰지는 거지. 그러니 무조건 받아들이게 돼 있어."

"그럼 우리도 낙양으로 가게 되겠군요."

"그렇지. 지금 합비에 사람이 많이 몰려서 그렇지, 원래는 낙양이 훨씬 규모도 크고 호화롭지. 거기가 훨씬 더 마음에 들 거야."

환사옥인은 아들을 슬쩍 바라보더니 한마디를 잊지 않았다.

"또한 미녀가 얼마나 많은지 모르지. 합비의 촌스러운 여자들과는 근본부터가 다르지. 아암 그렇고말고."

 동방천효는 그 말에 즉각 반응하지는 않았지만 내심 호기심이 생기는 건 어쩔 수가 없었다. 동방염희는 대교주를 만나 본 적이 없기 때문에 그에 대한 궁금증이 많았다.

 "대교주는 어떤 사람이죠? 그가 상지천에게 패한다면 결국 우리는 사지로 걸어 들어가는 것이나 다름없을 텐데."

 "허어, 내가 누구야. 그런 것쯤 계산하지 않고 움직일 사람이야? 대교주 태사문은 명실공히 마교의 두 번째 고수야. 해남도에 있다는 태사 증지산을 빼고는 그와 맞상대할 수 있는 사람이 아무도 없지. 심지어 증지산마저 그를 죽이지 못해 결국 받아들였다는 얘기가 있더군."

 "그런 사람이 왜 상지천에게 그리 눌려 지내온 거죠?"

 "그걸 모르겠어. 무공은 고강한데 너무 강해서 다른 교주들의 견제를 받다 보니 그리됐다는 사람도 있고 수완이 좋은 상지천과는 달리 융통성이 부족해서 외톨이가 됐다는 얘기도 있고. 어느 쪽이 진실인지는 만나보면 알겠지. 좀 고지식하고 단순한 사람인 건 틀림없는 것 같은데 말이야."

 "그래요?"

 동방염희의 얼굴에 언뜻 요사스러운 기운이 떠올랐다가 사라졌다. 그걸 눈치챈 환사옥인이 대뜸 짜증을 부렸다.

 "아서! 그에게 추파를 던졌다가 잘못 꼬이기라도 하면 우리 세 사람 목숨이 날아갈 수도 있으니 경솔한 짓은 할 생각도 말아."

분명한 경고였다.

"제가 뭘 어쩐다고 그래요?"

두 사람이 마차 안에서 티격태격 다투고 있던 그때, 멀리서 일행을 살펴보고 있는 사람들이 있었다.

휘륜과 그 일행들이었다. 휘륜은 옆에 나란히 서서 마차를 바라보고 있는 세 사람을 주시했다. 막부와 한옥림, 그리고 자미신수였다. 설리는 가지 않겠다고 해서 데려오지 않았다.

휘륜의 뒤쪽으로는 일단의 무리들이 도열해 있었다. 선두에 서 있는 이는 다음 대 검계 북파의 검주로 내정돼 있는 휘천소였다. 휘륜은 당숙에게 확인했다.

"준비는 다 끝나 있겠죠?"

"걱정 마라. 한 치의 오차도 없이 신속하게 끝이 날 테니."

"저들 부부의 목숨은 이분들의 손으로 직접 거둘 겁니다. 그러니 환사옥인과 사갈독심의 목숨은 뺏어서는 안 됩니다."

"이미 다 조치해두었으니 차질이 생기진 않을 거다."

"자, 그럼 해가 떨어질 때까지 기다렸다가 실행하죠."

휘천소의 뒤에 도열해 있는 무사들은 바로 검계의 북파 검수들이었다. 합비에서는 마교 고수 행세를 하며 휘륜의 지시를 따르던 그들이 오늘은 전원 본연의 모습을 되찾은 채로 있었다. 막부는 그들이 검계의 검수란 소리를 듣긴 했지만 확실히 많이 놀란 눈치였다.

'역시 다르긴 다르구나. 과연 내가 저 중 한 사람인들 제대로 맞상대할 수 있을까? 아마 쉽진 않겠지. 참으로 대단하다. 한 차원 높은 검예란 대체 어떤 수준일까?'

그는 원수를 목전에 두고 있으면서도 무인으로서의 근원적인 호기심만은 억제할 길이 없었다. 휘륜을 선두로 일행은 일정한 거리를 두고 환사옥인의 뒤를 은밀히 미행하기 시작했다. 아직 몸이 정상이라고 할 수 없는 자미신수는 막부를 의지해 이동했다.

이윽고 날이 어두워지고 막 산기슭으로 진입한 환사옥인의 부대는 갑작스러운 기습에 당황했다. 양쪽에서 갑자기 튀어나온 검수들은 하나같이 무림에서 흔하게 볼 수 없는 입신의 경지에 도달해 있었다. 일검에 서너 명이 짚단처럼 쓰러져갔다. 저항은 무의미했다. 무리 사이에 화려한 검광만이 난무할 뿐 큰 소음조차 나지 않았다. 마차 주변을 빼곡하게 에워싸고 있던 환사옥인의 수하들이 모조리 정리된 건 순식간의 일이었다. 휘천소가 손을 흔들자 마차가 박살이 났다. 당황의 기색이 역력했지만 침착함을 유지하고 있는 환사옥인과 달리 동방염희와 아들 동방천효는 서로를 부둥켜안고 사색이 돼 있었다. 한 검수가 준비해뒀던 횃불에 불을 붙였다. 그것을 시작으로 주변에 수십 개의 횃불이 불을 밝혔.

환사옥인은 아직까지도 자신들을 공격한 이 정체불명의

무리가 어느 방면의 고수들인지를 파악하지 못하고 있었다. 그런데 그의 눈이 낯설지 않은 두 사람을 분명하게 구분해냈다.

"너, 너희들은!"

막부와 자미신수가 앞으로 나섰다. 환사옥인이 두 사람을 노려보고 있는 걸 보며 한옥림은 처연한 표정을 지을 수밖에 없었다. 환사옥인이 원수인 건 분명한데 자신은 안중에도 두고 있지 않으니 가슴이 답답해져 온 것이다.

막부가 먼저 소리쳤다.

"환사옥인! 네게 이런 날이 올 줄은 상상도 못했을 것이다. 그동안 네가 저지른 숱한 악행들에 비하면 이런 종말은 오히려 호사스러운 것이지."

전신을 부르르 떨던 환사옥인은 주변에 늘어서 있는 검수들의 위세에 압도된 탓인지 다소 기가 죽은 소리로 말했다.

"내게 원한이 있다는 건 이해한다만 강호를 살아가다 보면 이만한 원한을 맺는 건 다반사지 않느냐? 거래하자. 원하는 건 다 줄 테니. 달라면 여기 이 여자와 자식새끼까지 내주마. 그동안 모아놓은 재산이 얼마인지 안다면 넌 아마 뒤로 까무러칠 것이다. 그것까지 다 내놓겠다. 그러니 우리의 구원은 여기서 종결하고 타협을 하자. 막부, 아니 막형. 좀 봐주시오. 내가 어리석었소. 젊었을 적에 그만한 실수는 할 수 있는 게 아니겠소. 같이 늙어가는 마당에 굳이 이렇게까지 험악한 분위기를 연출해야겠소."

 참으로 구차하고 지저분했다. 차라리 당당하게 나왔다면 이렇게 씁쓸하진 않을 것 같았다. 겨우 저만한 인물이 그동안 그 많은 사람들의 가슴에 지우지 못할 상처들을 남겼나 싶어 원통하고 분하기만 할 따름이었다.

 "자미신수 자네는 나와 딱히 원한이 없지 않은가. 막형, 막형만 눈감아 주면 내 시키는 대로 뭐든 다 하리다. 개처럼 짖으라고 해도 그리하겠소."

 동방염희는 환사옥인을 믿는 건 아니었지만 설마 하니 자신과 아들까지 내놓겠다는 말을 저리 쉽게 할 줄은 몰랐던지 어이가 없었다. 그래도 그녀 역시 그렇게 해서라도 살아남고 싶은 마음은 간절했다. 이런 위기에 처해본 적이 없던 동방염희는 아무리 염두를 굴려봐도 빠져나갈 길이 없는 것 같아 속이 타들어갔다.

 "환사옥인 불계청. 내가 누군지 알겠느냐?"

 한옥림의 호통에 환사옥인은 이건 또 뭔가, 라는 표정이었다.

 "그대는…… 누구요? 내 기억에는 전혀 없소만. 설마 당신도 내게 원한을 가지고 있소?"

 "나를 모른다고?"

 한옥림은 전신을 바르르 떨었다.

 "한사윤을 아느냐?"

환사옥인 불계청은 그제야 생각이 났다. 그는 다소 놀랐는지 어쩔 줄 몰라했다.

"서, 설마 네가 사윤 아우의 딸이냐?"

"그렇다. 내가 바로 네 손에 사랑하던 처를 빼앗기고 그것도 모자라 목숨까지 빼앗긴 그분의 유일한 딸이다."

"그럴 리 없다. 너는, 너는……."

"네게 겁탈을 당하고 온갖 고초를 다 겪으며 끌려다니다 결국 창굴에 팔려갔었지. 내가 살아남은 건 네게 원한을 갚고야 말겠다는 한 가지 일념 때문이었다. 평화롭게 살던 한 가정을 풍비박산 낸 짐승만도 못한 네놈을 응징하지 않고서는 도저히, 도저히 죽을 수도 없었다."

지켜보던 검계의 검수들도 한옥림의 말에는 치를 떠는 것 같았다. 그들에게서 거의 동시에 당장에라도 달려들어 환사옥인을 찢어 죽일 듯한 사나운 기운이 퍼져나오자 그 기세에 놀란 환사옥인은 제자리에 납작 엎드렸다.

"내가, 내가 죽일 놈이다. 네 아버지는 나와 호형호제하던 사이였는데 그만 한순간의 욕정을 이기지 못하고 그와 같은 잘못을 저질렀으니 내가 죽일 놈이야. 그렇지만, 그렇지만 한 번만, 한 번만 살려다오. 나같이 버러지 같은 놈을 죽이면 너도 똑같아지지 않겠느냐. 살려만 준다면 머리를 깎고 절에 들어가 이 세상을 떠나는 그날까지 속죄하며 살겠다. 제발, 제발 살려주시오, 여러분."

막부는 이쯤 되니 할 말이 나오지 않을 지경이었다. 하도 어이없어 막부가 물었다.

"그리도 살고 싶으냐?"

"살고 싶소. 이대로 죽을 수 없소. 막형, 제발 한 번만 용서해주시오. 그럼 평생의 은인으로 모시고 살겠소."

막부는 그런 그를 비웃었다.

"너는 이 자리에서 반드시 죽는다. 구차하게 굴지 마라. 그래도 한때는 사파를 호령했던 자로서 당당하게 죽음을 받아들여라."

막부의 냉담한 한마디는 환사옥인의 몸에 찬물을 끼얹는 것 같은 효과를 발휘했다. 그도 이제는 체념한 것이다. 어떤 말로도 이 위기를 모면할 수 없다는 걸 깨달은 것이다. 환사옥인의 태도가 돌변했다.

"지랄하지 마라. 네가 내 입장이면 너라고 다를 것 같으냐. 빌어먹을 개 잡종 놈들. 그래, 죽여라. 내가 그리 순순히 죽을 것 같으냐. 이왕 이대로 죽어야 한다면 한 놈이라도 더 데리고 가야겠다. 흐흐, 한가 계집. 네년의 순결을 빼앗은 노부를 죽이겠다고 온 게 아니라 실은 그리워서 찾아온 게 아니냐?"

환사옥인은 차마 입에 담지 못할 말을 능청스럽게 해대고 있었다. 이제 이 자리에 있는 그 누구도 그를 인간으로 여기는 이는 없었다. 당사자인 한옥림은 파르르 떨었지만 상대할 가치도 없는 짐승과 더 이상 말을 섞고 싶지 않았다.

"왜, 내 말이 틀렸느냐? 고상한 척하지만 너희 정파 놈들 역시 뒤가 구린 건 마찬가지더라. 이년을 봐라. 내 자식을 낳고 나와 수십 년간 배를 맞추고 살았던 이 계집이 바로 동방세가의 여식이다. 너희와 이년이 다른 게 뭔지 아느냐? 이년은 악독하고 못돼 처먹었지만 위선적이진 않아. 솔직하지. 그런데 너희는 겉으로는 군자인 척 굴지만 뒤에서는 온갖 못된 짓을 일삼지. 거기서 거기란 소리다. 누가 누구를 더럽다고 손가락질할 입장이 아니란 소리지. 에잇 퉤. 재수가 없으려니. 그래, 나도 이제 포기했다. 빌어먹을. 이렇게 가는 게 좀 아쉽고 억울하긴 하지만 그래도 한세상 마음껏 휘젓고 살았으니 원은 없다. 덤벼라. 먼저 갈 놈이 누군지 보자."

마지막을 각오한 환사옥인은 인간이 얼마나 추악해질 수 있는지, 그 끝을 보여주는 것 같았다.

시간을 끌어보았자 좋을 게 없다고 판단한 휘륜이 휘천소에게 지시를 내렸다. 속히 끝내란 눈짓을 받은 휘천소가 세 사람에게 물었다.

"어느 분이 저 망종의 목숨을 거두겠습니까?"

막부는 한옥림을 바라보다가 한숨을 내쉬며 말했다.

"자네에게 양보해야겠군. 난 저놈이 죽는 것만 보아도 되네."

한옥림은 굳은 결심을 하고 고개를 끄덕였다.

"저년은 내 차지요."

자미신수의 손끝이 동방염희의 얼굴을 정확하게 가리켰다. 휘천소는 결정이 내려지자 자신이 직접 나섰다. 가장 먼저 사색이 된 채 벌벌 떨고 있던 동방천효의 목숨을 거뒀다. 뭘 어떻게 한 것일까? 검을 휘두르는 것도 못 보았는데 이 장여나 떨어져 있던 동방천효가 풀썩 쓰러지는 것이었다. 놀란 동방염희가 아들을 안아 일으켰는데 그의 이마엔 단검 한 자루가 깊숙하게 박혀 있었다.

"아, 안 돼. 안 돼! 아아아아, 효야!"

동방염희는 아들의 시체를 끌어안고 오열했다. 그도 눈물이 있는 여자였던 것이다. 아들의 죽음에 혼이 나간 동방염희는 제정신이 아니었다. 그런 그녀와 달리 이미 모든 걸 각오한 환사옥인은 눈에 핏발이 서긴 했지만 단 한 방울의 눈물도 흘리지 않았다.

다가서는 휘천소를 바라보던 환사옥인은 전신의 공력을 끌어모았다.

터턱.

환사옥인은 들어 올린 두 팔에 화끈한 충격을 받은 데 이어 고통스러운 감각이 전신으로 확 퍼지는 걸 느꼈다.

'무, 무슨 일이.'

환사옥인은 제 팔을 내려다보았다. 어깨에서부터 두 팔이 싹둑 잘려나가 있었다. 상대의 발검도 제대로 보지 못했는데 이미 자신의 팔은 땅에 떨어져 있었다. 내력이 흩어지며 환사옥인은 비틀거렸다. 그런 그에게 한옥림이 뛰어들었다. 손에 든 검을 환사옥인의 심장을 노리고 깊숙하게 찔러 넣었다.

"이, 이년이······."

악귀와 같이 변한 환사옥인의 얼굴을 보고 한옥림은 저도 모르게 검 자루를 놓고 뒤로 주춤 물러나고 말았다. 휘천소가 다가와 그녀에게 제 검을 쥐여주며 말했다.

"목을 마저 치십시오."

그 담담한 음성에 용기를 얻은 탓인지 한옥림은 꿈에서조차 보고 싶지 않은 흉악한 환사옥인의 얼굴을 똑바로 마주 보며 이를 악물고 검을 휘둘렀다.

환사옥인의 수급이 떨어져 땅바닥을 떼구루루 굴렀다. 삼사의 수장인 환사옥인이 죽은 것이다. 한옥림은 가슴이 후련하기는커녕 허탈해진 나머지 손에서 힘이 빠지는 걸 느꼈고 그 바람에 손에 들고 있던 검이 스스로 빠져나가고 있었다. 검이 땅에 떨어지기 전에 휘천소의 손으로 회수된 검은 곧장 제정신이 아닌 동방염희의 두 팔마저 잘라버렸다. 그녀는 아직 제 몸에 어떤 일이 벌어졌는지도 자각하지 못하고 있는 것 같았다. 자미신수는 머뭇거리지 않고 동방염희에게 다가가 주먹으로 머리를 가격했다. 완전히 회복하지 못한 자미신수였지만 칠기 중 한 사람으로, 막부와 함께 권장에 있어 최고를 다투던 고수였다. 그의 내력이 실린 주먹은 동방염희의 자그마한 머리통을 수박처럼 부수어버렸다. 희대의 요녀였던 동방염희의 최후였다.

　상대가 천하에 다시없을 악인이라도 그 일가족을 한자리에서 참살한다는 건 뒷맛이 개운할 수 없는 일이었다. 사람들은 말을 하지 않았다. 시체들을 묻어주지도 않고 그대로 두고 그 자리를 벗어나기 시작했다. 돌아오는 내내 휘륜은 말이 없었고 그건 다른 사람들도 마찬가지였다. 많은 생각을 하게 하는 밤이 아닐 수 없었다. 막부를 비롯한 세 사람은 원수를 갚아 후련해야 하는데 지금 당장은 그런 마음보다는 허탈함이 더 앞섰다. 지금껏 이 목표 하나만 바라보고 삶을 이어온 사람들이라서 더 그런 것 같았다.

제9장
진정한 의인(義人)

 살아 있는 사람들은 어떤 식으로든 생명을 연장해가기 위한 노력들을 하기 마련이다. 추위와 바람을 피할 거처를 준비하고 기운을 북돋울 음식을 장만한다. 지금의 세상은 어디를 가도 양식을 구하기가 쉽지 않았다. 일단 농사를 짓는 사람이 드물었다. 사람들이 그나마 많이 생존해 있는 대시진으로 가는 이들이 있는가 하면 사람들의 이목을 피해 깊은 산속으로 들어가는 이들도 있었다. 어느 쪽이든 안전을 보장받을 수 없다는 점에서는 대동소이했다.

 혈영마종 귀진악은 그제부터 만 이틀을 지켜보았다. 숨어서 마을을 지켜보게 된 건 이 세상이 겉으로 보이는 것과 다르다는 걸 누구보다 잘 알고 있기 때문이었다. 병풍처럼 겹겹이 둘러싼 깊은 계곡 안에 있는 이 마을은 어지간해서는 사람들 눈에 띄기 힘든 곳이었다.

혈영마종 귀진악은 과거 동심단원들을 버리고 혼자 살겠다고 도주한 이력을 지니고 있었다. 그 때문에 정도련 같은 정파의 인물들을 찾아갈 수는 없었다. 그렇다고 마교에 충성을 맹세하고 싶은 마음도 없었다. 안전한 곳을 찾아 세상을 전전하면서 생명을 연장해왔다. 이 거칠고 험한 세대가 지나가길 바라며 산 속 깊은 곳에 움막이라도 짓고 살아남아야겠다고 생각하고 들어왔는데 이런 광경을 목도하게 되리라고는 예상하지 못했다.

'잘만 하면 생각지도 못한 곳에서 꽤 편하게 지낼 수도 있을 것 같구나. 역시 나는 운이 따라주는 사람이다. 만 이틀을 숨어서 지켜본 결과 저곳은 그다지 위험한 마을은 아니다. 그렇다고 도적 떼 소굴도 아니다. 흐흐흐. 아주 좋은 곳을 찾아냈군.'

결심을 굳힌 귀진악은 슬며시 신형을 일으켜 마을 가운데로 걸어 들어갔다. 통나무를 잘라 지은 집들이 옹기종기 모여 있고 주변에는 산짐승의 출입을 막기 위해 목책을 설치해두었다. 통나무 집 앞에는 사냥한 짐승의 말려놓은 고기나 그 가죽을 말리고 있는 풍경이 포착되었다. 통나무집 사이를 오가는 사람들의 대개는 노인들이었고 젊은 사람들도 간혹 보였다. 외부에서 낯선 사람이 마을을 방문했는데도 누구 하나 관심을 기울이지 않는다는 걸 빼고는 수상한 점이 전혀 발견되지 않는 마을이었다.

'허, 이것 봐라. 외부인을 경계할 법도 한데 전혀 그런 기색이 없지 않은가.'

귀진악은 그 사실이 좀 마음에 걸렸다. 어슬렁거리며 곁을 지나가는 사람들은 아예 귀진악을 못 본 이 취급했다. 그때 어디선가 고기 굽는 냄새가 귀진악의 코를 자극해왔다. 입안에 침이 고인 귀진악은 식욕을 자극하는 냄새에 이끌려 그 근원지로 발길을 향했다. 서너 명의 노인이 빙 둘러앉아 있었고 석쇠에는 보기만 해도 군침이 도는 고기가 지글지글 익고 있었다.

노인 중 하나가 처음으로 귀진악에게 관심을 보였다.

"못 보던 얼굴인데? 자네는 어디서 왔나?"

귀진악도 적은 나이가 아니다. 구순을 넘어 몇 년 뒤면 백수를 채우게 되는 자신을 약관의 청년 대하듯 하는 노인이 귀진악은 어이가 없을 따름이었다. 얼굴에 불쾌한 기색이 역력한 귀진악을 손짓해 부른 노인은 큼지막한 고기 한 점을 쭉 찢어서 내밀었다.

"보아하니 배가 꽤 고픈 듯한데 어디, 이거라도 좀 먹어보겠나?"

한마디 하려던 귀진악은 우선 고깃덩이를 받아 쥐었다. 침

진정한 의인 259

을 꿀꺽 삼킨 귀진악은 체면 불고하고 양손에 고기를 잡고 허겁지겁 뜯기 시작했다. 소금간이 적당히 배어 있는 고기는 정말 맛이 있었다.

"자, 여기 잘 익은 술도 있으니 함께 들게나."

쪼르륵.

내접에 가득 따른 술을 뺏다시피 손에 쥔 귀진악은 숨도 쉬지 않고 단숨에 들이켰다.

"커. 맛이 아주 기가 막히는군."

절로 감탄이 나올 정도로 술맛은 좋은 편이었다. 귀진악에게 친절을 베풀던 노인은 자리까지 마련해줬다. 나무를 깎아 만든 의자는 딱딱했지만 그럭저럭 편안한 느낌을 주고 있었다. 활활 타오르고 있는 불기둥은 귀진악의 얼어 있던 몸을 금세 녹였다. 노인들 곁에서 시중들던 젊은이들이 적당하게 익은 고깃덩이를 귀진악에게 계속 가져왔다. 주는 대로 다 받아먹은 귀진악은 슬슬 졸음이 쏟아질 지경이었다. 오랜만에 맛보는 포만감에 귀진악은 한껏 취해 있었다.

"여태껏 우리가 밖에 나가 젊은 놈들을 잡아왔는데 자진해서 이곳을 찾은 건 자네가 처음일세. 좀 늙긴 했지만 일할 수는 있겠지?"

귀진악은 제 귀를 의심했다. 자신에게 친절을 베풀었던 노인의 얼굴엔 시종일관 웃음기가 가시지 않고 있었는데 입가에 부드러운 미소를 지은 채 그런 말을 했으니 더더군다나 믿기지 않았던 것이다.

"왜 그런 표정을 짓지. 허허허. 말썽만 피우지 않는다면 그럭저럭 지낼만할 거야."

귀진악은 어이없어하다가 돌연 얼굴에 냉랭한 살기를 흘렸다. 자신이 누구던가. 촌무지렁이 노인이 감히 자신에게 이런 협박을 한다는 게 있을 수 있는 일이던가.

"죽고 싶은가 보군. 내가 누군 줄 알고 망발을 하는 게냐."

"네가 누군데?"

"너희들 같은 촌부들은 알려줘도 모른다."

"허허허. 고놈 강호에서 꽤 명성이 높은 녀석인가 보군. 그래 봤자 우리 눈에는 네놈이 철딱서니 없는 꼬맹이로 보이는 걸 어쩌겠나."

"뭐, 뭐라고! 이것들이 이제 보니 미친놈들이었구나. 따끔한 맛을 봐야……."

얼굴에 부드러운 미소가 떠날 줄 모르고 있던 노인의 태도가 돌변했다. 자리에서 막 일어서려던 귀진악의 어깨를 지그시 누른 노인은 제 얼굴을 가까이 들이대며 징그럽게 웃는 것이었다.

"허허허. 고놈 아주 팔팔하구나. 아직 이곳이 어떤 곳인 줄 모르니 그럴 만도 하지."

귀진악은 심장이 철렁 내려앉는 걸 느꼈다. 그냥 손으로 어깨를 감싸며 누르고 있는 것에 불과했는데 꼼짝도 할 수 없다는 걸 깨달았기 때문이다.

'이, 이게 뭔가. 내력이, 내력이 모이질 않는다. 이 늙은이가 대체 무슨 수작을 부렸기에.'

그때 귀진악은 조금 전 자신이 받아 마셨던 술을 생각해 냈다.

'호, 혹시 그 술 때문이었나.'

자신이 정체를 알 수 없는 산공독에 중독되었다고 의심하게 된 것이다. 문제는 그것 말고도 있었다. 그냥 촌부쯤으로 여겼던 노인이 수준을 짐작할 수 없을 정도의 고수라는 사실이었다. 상대는 그냥 힘이 센 노인이 아니었다. 전신을 감싸고 짓누르는 묘한 기운은 그가 처음 겪어보는 종류의 진기였다.

'이 노인들, 이제 보니 범상한 인물들이 아니었어. 젠장, 내가 이상한 곳으로 들어왔구나.'

귀진악의 눈알은 좌우로 빠르게 움직이고 있었다. 불안해지면 나타나는 귀진악의 습관이었다.

"이놈을 광에 가두고 며칠 굶겨라. 그래야 제 처지를 자각할 놈이다."

노인은 귀진악을 공깃돌 다루듯 번쩍 들어 한쪽으로 내팽개쳤다. 그 힘이 얼마나 대단한지 귀진악은 속수무책으로 땅바닥에 처박히고 말았다. 근처에 있던 젊은이들이 달려와 자신을 일으켜 세우지 않았다면 귀진악은 그 상태로 한참을 더 드러누워 있어야 했을 것이다. 그 정도로 지금 귀진악은 큰 충격에 빠져 있었다. 달려든 젊은이들은 귀진악을 양쪽에서 잡고 노인들 앞에서 멀어져갔다. 노인들은 다시 활활 타오르고 있는 불기둥에 시선을 두고 있었다. 그중 한 사람이 입을 열었다.

"이곳에서 한 몇 년간 웅크리고 있다 보면 웬만큼 정리가 되겠지?"

"흥, 과연 그럴까? 강호를 주름잡고 다닐 생각은 이제 버리는 게 속 편하지. 그나마 바깥 공기를 마시면서 죽을 날을 기다리는 게 행복이라면 행복이랄까."

노인들은 한 마디씩 말을 보탰다.

"셋 중 하나가 결국 최후의 승자가 되겠지. 대마령들 간의 대결이 어찌 되든 최후에 남은 놈은 결국 세상을 생지옥으로 만들 걸세. 중원에 피내음이 자욱해질 때쯤 그놈은 중원을 벗어나 다른 곳으로 떠날 거야. 중원보다 훨씬 더 넓고 많은 사람들이 있는 곳으로 발길을 돌리겠지. 그때라면 모를까, 지금은 아예 꿈도 꾸지 않는 게 좋아."

"우리 처지가 참 비참하군. 생지옥에서 놓여 좋아했더니 여기도 매일반이니 말이야."

"그래도 이전과는 비교할 수도 없지. 마령들에게 시달리던 때보다는 좋지 않나. 좀 무료하긴 해도 이만하면 호강하는

진정한 의인 263

거지. 뭘 더 바라나."

"그야…… 그렇지만."

"혹시 말일세. 대마령이 결국에는 사람들을 싹 다 죽이려들 거란 우리 예측이 과연 맞아떨어질까? 그게 아닐 수도 있지 않겠는가."

"바랄 걸 바라게. 마령을 겪어보고서도 그런 기대감을 갖나. 지금은 지들끼리 견제하느라고 잠잠한 거지. 곧 있어 봐. 그놈들은 그러기 위해서 생겨난 놈들이야."

노인들은 더 이상 말을 하지 않았다.

놀랍게도 이 노인들은 금마옥을 탈출한 생존자들이었다. 금마옥에서 마령들에 의해 말로 표현하지 못할 고통을 겪긴 했지만 그곳은 사람의 생명을 비정상적으로 연장해주는 곳이기도 했다. 현재 이곳에 있는 노인들 중 가장 나이가 젊은 사람도 이백 세 가까이 됐다. 이 사람들은 과거 금마옥에 갇힐 당시와는 비교도 할 수 없을 정도로 내공이 상승돼 있었다. 그럼에도 불구하고 마두들은 옛날처럼 강호에 나가 활개칠 야심 따위는 고이 접어두고 있었다. 그들은 누구보다 대마령의 위력과 무서움을 잘 아는 사람들이었다. 그들이 존재하는 한 강호로 나간다는 건 생명을 단축할 뿐이란 걸 알고 있었던 것이다.

한편 젊은이들 손에 이끌려 광에 갇히게 된 귀진악은 조금씩 평정심을 되찾고 있었다. 어두컴컴한 광으로 들어온 귀진악은 양쪽의 젊은이들을 떠보았다.

"자네들 여기 잡혀온 것 맞나?"

한 젊은이가 처연한 표정을 짓더니 고개를 끄덕였다. 다른 젊은이는 별로 표정의 변화가 없었다.

"마을로 들어오면서 보니 그다지 감시가 심하지도 않던데, 왜 여길 탈출하지 않는 건가?"

사지 멀쩡한 젊은이들이 노인들의 노예로 지내고 있는 게 안타까워 그리 물은 건 아니었다. 여길 탈출하는 데 필요한 정보를 얻기 위해서였다. 젊은이는 고개를 힘차게 저었다. 귀진악의 눈에 이채가 떠올랐다.

"자네 혹시 말을 못 하나?"

"어버버버."

젊은이는 자기 입을 벌려 혀를 보여줬다. 귀진악의 짐작대로 젊은이의 혀는 잘려 있었다. 원래 그런 것이 아니라 노인들이 잘랐다는 걸 짐작할 수 있었다. 표정없던 젊은이가 귀진악의 손을 잡더니 손바닥에다 글을 쓰기 시작했다.

"무서운 노인들이라고? 악귀? 으음. 탈출은 시도해 봤는가? 절대 불가능하다? 허, 거참. 도무지 모를 일이군."

젊은이가 다시 손바닥에다 글을 썼다.

"탈출하던 사람들이 모조리 죽었다?"

젊은이들은 귀진악에게 충고를 잊지 않았다. 여기서 노인들이 시키는 대로만 하면 그럭저럭 살만하다고 했다. 대신 탈출을 하다가 잡히면 사람들이 보는 자리에서 사지를 도륙 내어 죽인다는 것이었다. 심할 때는 삼 일 밤낮 동안 괴롭히다 죽이는 경우도 있다고 했다.

젊은이들이 나가고 혼자 광에 남게 된 귀진악은 깊은 고민에 빠졌다.

'대체 그놈들의 정체가 뭘까? 어쨌든 내가 먹은 술이 산공독의 일종이라면 며칠 지나지 않아 저절로 해독이 될 것이다. 그때 가서 제대로 솜씨를 보여주마. 아니다. 이놈들은 보통내기가 아닌 것 같다. 차라리 그냥 도주하는 편이 좋을지도. 천하의 혈영마종이 어쩌다 이런 꼴이 되었는지 모르겠구나.'

귀진악은 광 한쪽에 웅크린 채 절로 흘러나오는 한숨을 억제할 길이 없었다. 생각하면 할수록 제 신세가 가련했기 때문이다.

* * *

태사를 찾아가는 발걸음은 언제나 무거웠다. 언제부턴가 그가 자신이 알고 있던 사람이 맞나 의심이 갈 정도로 달라져 있었고 그런 변화들이 결코 긍정적인 게 아니었기 때문이다.

태사의 손을 거쳐 화려하게 등장한 마교 내 신진 세력 중 최강의 고수를 구마존이라 한다. 그들 아홉 명은 마교의 새로운 시대를 상징하는 고수들이었다. 구마존 중 한 명이자 그들 가운데 가장 큰 관심을 받은 인물이 다름 아닌 천살마존(天殺魔尊) 등초량(鄧初凉)이었다. 그 후에 옥면마존(玉面魔尊)이 천살마존의 경쟁자로 대두되긴 했지만 다소 역부족이었고 오히려 무공만으로 따지면 혈영마존(血影魔尊)이 진정한 적수라 할 만했다. 현재 아홉 명의 마존 중에서 등초량을 지지하고 성원하는 이는 독비(獨臂), 뇌정(雷霆), 귀독(鬼毒), 백안(白眼), 이 네 명이었고 옥면마존과 뜻을 함께하는 이는 단혼(斷魂)과 소수(素手)뿐이었다. 두 무리가 서로를 견제하고 견원하는 입장을 확실히 하고 있는 반면에 혈영마존은 어느 무리에도 가담하지 않은 채 관망하고 있었다.

천살마존 등초량은 오늘만은 반드시 증지산의 허락을 얻어내겠다고 굳은 각오를 한 터였다. 태사가 거처로 삼고 있는 곳은 올 때마다 느끼는 거지만 사람의 온기가 거의 감돌지 않았다. 태사의 수족들이 도처에 있을 터인데도 태사가 뿜어내는 냉기가 워낙에 독하고 강렬했기 때문에 묻히는 것이었다. 과거 자신도 여기 머물렀던 적이 있기에 익숙한 장소일 텐데도 오늘 등초량에게 이곳은 처음 오는 낯선 곳처럼 생경하기만 했다.

대전 문은 활짝 열려 있었다. 태사는 하루 중 대부분을 대전에서 지낸다. 그가 무엇 때문에 해남도를 아직 떠나지 않고 있는지에 대해서는 사람들마다 관점이 달라 서로 갑론을박하기 일쑤였는데, 그래 봤자 답이 안 나오는 건 마찬가지였다. 정도련과의 첫 대결에서 모습을 드러냈던 증지산은 정도련의 총단을 풍비박산 낼 때 잠시 무위를 발휘했을 뿐 정파인들이 퇴각하고부터는 해남도로 다시 들어가버렸다.

 등초량은 뼛속까지 파고드는 냉기에 몸서리쳤다. 증지산은 태사의에 앉은 채 눈을 감고 깊은 묵상에 빠져 있는 것 같았다. 등초량은 그와 이 장의 간격을 둔 채 무릎을 꿇었다.

 "태사님께 문안 인사 올립니다."

 태사는 눈을 뜨지도 않고 입을 열었다.

 "초량이냐?"

 "그렇사옵니다."

 "네 심장이 유난히 빠르게 뛰는구나."

 등초량은 부담을 떨쳐내며 고개를 들어 태사를 바라봤다. 그때를 맞춰 증지산이 감은 눈을 떴다. 새까만 구슬을 박아 놓은 것 같은 동공은 흰색 자위가 없어 보는 이를 질리게 만들었다. 게다가 언제인가부터는 그 눈에서 보는 이를 빨아들이는 엄청난 흡입력까지 흘러나오고 있어 한층 두려움을 자아냈다. 등초량은 내심 오기가 발동해 그 눈을 마주 보았지만 곧 시선을 피하지 않으면 안 되었다.

 '눈을 통해 내 혼백이 빨려 들어가는 것 같다. 이젠 눈동자가 아프기까지 하군. 과연 태사의 능력은 어디까지일까?'

사람 같지 않은 태사 앞에 있다 보면 천살마존 등초량은 자신이 한없이 어리고 약하다는 느낌을 지울 수 없었다.

"태사님께 간청할 일이 있어 왔습니다."

"뭐지?"

"천명회의 역도들을 쫓아갔던 마존들이 단 한 명도 귀환하지 않았습니다. 그들에게 심각한 사태가 벌어진 것 같습니다."

"천명회의 아이들에게 당한 게로군."

등초량은 부정했다.

"그럴 리가 없습니다. 세 마존을 위기에 빠트릴 만큼 천명회의 무력이 뛰어나진 않다는 생각입니다. 거기다 그들은 철기대와 마혼대까지 이끌고 갔습니다. 아무리 생각해도 이해할 수 없는 일입니다."

태사도 일정부분 등초량의 의견에 동의하고 있었다.

"그래서?"

"철기대와 마혼대 전원을 이끌고 중원으로 나갈 수 있도록 허락해주십시오."

마존들이 교주들처럼 중원으로 나가고 싶어 안달이 나 있다는 건 익히 알고 있던 일이었다.

"쓸만한 핑곗거리가 생겼군."

증지산이 무슨 뜻으로 한 말인지 모를 리 없는 등초량은 굳이 변명하진 않았다.

증지산은 지금 들어오지 않은 마존들이 죽었다고 단정 짓지는 않았지만 그럴 가능성도 배제하지 않았다. 그럼에도 이 사태를 심각하게 받아들이고 있는 등초량과 달리 증지산은 대수롭지 않게 여겼다. 어차피 그에게 마교는 있으면 편한 도구 정도에 불과했기 때문이다.

'때가 무르익기는 했군. 날 칠 자신이 서지 않는 한은 먼저 찾아오지 않을 것이다. 그렇다면 내 쪽에서 찾아 나서는 수밖에.'

증지산의 관심은 대마령들이 과연 완전체를 이뤘는지 여부였다.

'완전체를 이룰 만한 대마신체는 한정되어 있다. 대마신체를 찾아내지 못했다면 그들은 내 눈을 피해 숨어다닐 것이다. 그런 그들을 찾아내기란 쉽지 않은 일일 테지만 이 먼 곳에 떨어져 웅크리고 있어서는 이득이 없지. 약세라고 판단하고 힘을 합한다면 그것도 성가시고. 완전체를 이루기 전에 치면 손쉽게 제거할 수 있다. 아직까지 별 소식이 없는 걸로 보아 뭔가 문제가 생긴 것 같긴 한데. 슬슬 움직일 때가 온 것 같군.'

"좋다. 허락하겠다. 단, 나도 함께 중원으로 가겠다."

등초량은 좋다 말았다는 표정이었다.

"명령을 하달하겠다. 현재 해남도에 머물고 있는 전력 모두를 이끌고 중원으로 간다. 준비를 서둘러라."

"조, 존명."

예상하지 못한 뜻밖의 명령에 등초량은 당황하긴 했지만 애초 이곳에 올 때 상정해두었던 최악의 상황은 아니었다. 대전을 물러 나오는 등초량의 심사는 복잡하기 그지없었다.

'젠장, 이걸 좋아해야 할지 말아야 할지를 모르겠군. 중원으로 나가도 태사의 손바닥 위를 벗어나긴 글렀나.'

* * *

마교의 주력은 지리적으로 대륙의 중심이라 할 수 있는 안휘와 하남 지역에 집중돼 있었다. 상대적으로 견제와 경계가 덜한 사천과 섬서, 산서와 하북 지역이 차례로 정도련의 세력권으로 들어가기 시작했다. 정도련의 역습은 계속되고 있었다. 간간이 출몰하는 천명회 주력이 퇴로를 봉쇄하거나 지원군을 차단하면서 정도련을 돕고 있어 두 세력이 힘을 합쳤다는 사실을 알 수 있었다. 이런 마당인데도 합비에서 지원을 해주지 않자 각 지역의 마전들에서 불만들이 터져 나오는 건 당연했다.

한편 정도련 측에서 회복한 지역으로 이주민들이 대거 몰려들었지만 치안 상태가 불안정해 정파는 정파대로 그것 때문에 고민이 깊어져갔다. 마전에 협조하며 앞장서서 백성들을 탄압하고 착취하던 군벌을 대체할 세력이 없어 하는 수 없이 임시방편으로 그들을 용인하고 지역의 치안을 맡겨야 하는 상황이었다. 새 시대를 열려면 과거를 청산하지 않고서는 불가능하다고 주장하는 강경파들은 이런 정도련 수뇌부의 처사를 못마땅해 했다. 그 수가 얼마가 됐든 모조리 수급을 잘라 다시는 이와 같은 잘못이 반복되지 않도록 해야 한다는 게 강경파의 주장이었다. 정도련주를 비롯한 정도련의 수뇌부는 결국 용단을 내리기에 이른다. 마교에 협조했던 군벌 수뇌들을 모조리 처형한 것이다. 그런 뒤 각 지역의 호족들과 명망 높은 인사들을 중심으로 지역 자치를 감당할 수 있는 호민청을 설치하기에 이른다. 호민청에는 명나라의 옛 관리 출신들을 대거 등용해 안정을 기했다. 처음에는 다소 불안정해 보였던 치안 상태가 날이 갈수록 좋아지고 있었다. 민관 가릴 것 없이 다 같이 힘을 합해 질서를 잡아가고 있었으니 가능한 일이었다. 참혹하고 비참했던 시절을 겪어본 탓에 분열은 일어나지 않았다.

빠르게 회복되고 있는 정도련 세력권에 비해 그 외 지역은 여전히 혼란한 상황이었다. 그 때문에 마교가 확실히 뿌리를 내린 대도시에서조차 사람들이 빠져나가는 현상이 벌어지고 있었다. 강남에서 대륙의 서북부 지역으로 이주하는 사람들이 늘어나 오랫동안 변동이 없던 인구비가 역전되기까지 했다. 대체 교주들은 현 상황을 위기라고 여기지도 않는단 말인가? 마교 교도들 사이에 수뇌에 대한 불신이 깊어져

가고 있었다. 그러던 차에 해남도에 남아 있던 주력들이 대거 중원으로 북상하고 있다는 소식이 대강 남북을 뒤흔들어 놓았다. 마교의 절대자인 태사 증지산을 포함해 신진 세력의 구심점인 구마존과 마탑, 철기대, 마혼대가 총망라된 핵심 전력의 북상은 중원을 다시 혼란 속으로 빠트리고 있었다. 그들이 과연 어디에 자리를 잡을 것인가도 초미의 관심사였다. 대개는 합비를 예상했지만 그 예상은 보기 좋게 빗나가고 말았다. 잘 정비되고 안정돼 있는 합비 대신 이전에 총단을 설치해 두었던 악양에 자리를 잡았다.

증지산이 악양에 자리를 잡았다는 사실 그 하나만으로도 저항 세력에게는 무척 큰 효력을 발휘했다. 정도련과 천명회의 진군이 주춤하는가 싶더니 급기야 아예 마전에 대한 공세를 중단해버리는 사태까지 벌어졌다. 그들은 이후 조심스럽게 악양의 동태를 살피며 관망하기에 이르렀다.

당장에라도 정파 잔당을 소탕하기 위해 진군하리란 예측은 빗나갔다. 악양에서는 움직임도 없었을뿐더러 합비와 낙양에 별다른 지시도 내리지 않았다. 이 때문에 강호는 긴장감에 휩싸인 채 언제 끝날지 모를 소강상태를 유지하고 있었다.

* * *

아무리 무공이 뛰어난 사람이라도 원래의 이교주 상지천과 현재의 그 사이의 다른 점을 찾아낼 수 없을 것이다. 적어도 외견상으로는 완벽하게 일치했다. 그렇지만 그와 한때나마 부부 관계였던 사람이라면 얘기가 틀려진다.

 예고 없이 찾아온 사교주 혜검(慧劍) 화난영(華蘭英)은 기품이 넘치는 귀부인이었다. 교주들 중 유일한 여인으로 마교 여중 제일 고수라고 불리지만 그것보다는 지혜로움으로 오히려 더 유명한 사람이었다. 마교가 천마교와 혈마교로 나뉘어 대립하고 있던 중에 회천교라는 또 한 무리의 세력이 자리를 잡기까지는 많은 시련이 있었다. 그 시초가 검계의 이단자들로부터 시작되었다는 것 때문에 오해도 많이 받았고 핍박도 적잖았다.

 천마교가 주도하는 시대에는 혈마교의 지원 아래 존립할 수 있었고 혈마교가 세력이 커질 때는 천마교 측이 배려해주기도 했다. 두 세력의 중재를 위해 존재하는 회천교는 실상 명맥만 유지할 뿐 마교의 주도권에는 별 영향력을 행사하지 못했다. 심지어 교주를 배출하지 못했던 시대도 있었는데 그런 암흑기가 도래할 때마다 명맥을 잇는 것마저 위태로워지기 일쑤였다. 역대의 회천교 영수 중 가장 지혜로운 사람이라는 평이 있을 만큼 혜검 화난영은 자기 영역을 확고히 했고 천마교도, 혈마교도 우습게 여기지 않을 정도의 세력과 지위를 구축하기도 했다. 그렇지만 그녀 개인사만 놓고 본다면 여자로

서는 매우 불행한 삶을 살아온 사람이었다.

대교주와 이교주가 젊었을 시절에 화난영 역시 그들 두 사람과 친분이 있었다. 하필이면 그들 두 사람이 한꺼번에 화난영을 사모하게 되었고 그게 모든 불행의 시작이었다. 경쟁이 치열하긴 했지만 우정을 이어가던 두 사람은 결국 화난영의 사랑을 쟁취하는 문제로 완전히 갈라서게 되었다. 화난영은 더 적극적이던 상지천 대신 다소 자기 마음을 표시하기에 서툴던 태사문을 받아들였다. 두 사람이 급속하게 연인 관계로 발전해가자 상지천은 질투심에 불타올랐다. 그 이후부터 상지천과 태사문의 관계는 돌이킬 수 없을 정도로 악화돼갔다.

화난영과 태사문은 사랑의 결실을 맺지 못했다. 태사문은 무공광이었고 경쟁 관계에 있던 상지천을 넘어서기 위해 너무 자주 폐관 수련을 했다. 그 때문에 화난영은 홀로 외롭게 지내야 할 때가 잦았다. 그때 접근한 사람이 상지천이었다. 태사문이 막 폐관에 들어가 있던 시기였는데 그때를 노리고 상지천이 화난영에게 접근했다. 화난영은 적극적인 상지천의 구애를 물리쳤다. 하지만 상지천은 결코 포기를 모르는 사람이었다. 상심이 꽤 컸을 텐데도 집요하게 구애했다. 아무리 애원하고 간청해도 화난영의 마음을 얻을 수 없게 되자 상지천은 그녀를 겁탈하기에 이른다. 강제로 몸을 뺏긴 했지만 결코 그녀의 마음까지 얻을 순 없었다. 오히려 상지천을 향한 원한만 키우게 된 셈이었다. 비극은 단 한 번의 정사로 화난영의 몸속에 새 생명이 잉태됐다는 사실이었다.

폐관 수련을 끝내고 나온 태사문은 정혼녀인 화난영이 배가 불러 있자, 더군다나 그 상대가 상지천이란 사실을 알고 광분했다. 태사문은 화난영을 너무나 사랑했다. 만약 그 당시 화난영이 상지천이 강제로 겁탈해서 그리되었음을 밝혔다면 태사문은 그녀를 용납하고 상처를 보듬어 안았을 것이다. 그걸 짐작하면서도 화난영은 그 사실을 밝히지 않았다.

화난영은 아들 상백혼이 태어난 후 얼마간 상지천과 부부처럼 지냈다. 그러나 그건 어디까지나 다른 사람들의 눈길을 의식한 임시방편이었을 뿐 둘은 부부라고 할 수 없는 어정쩡한 관계였다. 그것도 얼마 지나지 않아 끝나고 말았고 세월은 속절없이 흘러갔다.

해남도에 있을 때도 어지간히 급하거나 중요한 일이 아니면 얼굴도 잘 마주하지 않으려 했던 화난영이 상지천을 찾아온 것은 의외의 경우라 할 수 있었다. 이런 배경까지 알 턱이 없는 휘륜은 그녀를 일단 맞아들이긴 맞아들였지만 여간 조심스러운 게 아니었다. 평소 그가 화난영을 어찌 대했는지에 대한 정보가 없으니 사소한 한 마디 말실수로도 의심을 살 수 있었다.

"어서 오시오, 부인. 그간 잘 지냈소?"

마주 앉자마자 상지천이 건넨 말이었다. 화난영은 다소 냉랭한 어투로 말했다.

"용건이 있어서 왔어요."

"용건?"

"그래요. 현재 태사 곁에는 검계 남파의 생존자들이 머물고 있어요. 그들은 태사의 신임을 바탕으로 장차 마교와 천하 전부를 가지길 원해요. 그만큼 야심이 큰 자들이죠. 그들을 이대로 방치해둔다면 당신이나 대교주나 뜻을 이루는 게 쉽지 않을 거예요."

"그래서?"

"내가 그들을 유인해 줄 테니 그들을 처리하세요."

휘륜은 머리를 굴렸다. 상지천이라면 이때 어떤 생각을 했고 무슨 말을 꺼냈을까를 고민했다.

"이해하기 힘든 부탁이로군. 그들은 당신 핏줄과 무관하지 않은 사람들일 텐데 왜 그들을 제거하려고 하지?"

화난영은 아미를 찡그렸다. 그걸 본 상지천, 아니 휘륜은 자신이 혹 실언이라도 했나 싶어 긴장했다.

"당신은 일전에 나와 했던 거래를 무시할 셈인가요?"

'거래, 거래라고? 상지천이 사교주와 대체 무슨 거래를 했단 거지?'

모르는 걸 아는 척하는 건 어리석은 일이었지만 그렇다고 모른 척 시침을 떼기엔 위험 부담이 컸다. 그래서 대충 얼버무렸다.

"상황에 따라 약속은 깨지기 마련 아니겠소? 그들을 제거하는 일은 내게도 무척 부담이 되는 일이오. 만약 그 사실이 태사의 귀에 들어가면 그 뒷감당을 하기 어려워지오."

"당신답지 않은 말을 하는군요. 당신이 먼저 부탁해놓고서는 이제 와 딴소리를 하는 건가요? 혼이를 앞세워 강요하다시피 해놓고서는 이제 와 모른 척하겠다니…… 좋아요. 나도 그리 썩 내키는 일은 아니었으니깐."

휘륜은 대충 잘 넘어갔다고 생각했다.

"그럼 두 번째 거래도 취소하는 건가요?"

휘륜은 즉시 대답했다.

"그것 역시 좀 더 상황을 두고 보면서 결정하도록 합시다. 아무래도 지금은 태사 때문에 조심하는 편이 좋겠소."

화난영은 휘륜을 똑바로 쳐다봤다. 그녀의 입에서 나직하나 힘찬 목소리가 흘러나왔다.

"당신은 누구죠? 누군데 이교주 행세를 하는 거죠?"

휘륜은 속으로 아차 싶었다.

'젠장. 걸린 건가? 역시 부부였던 이 여인을 속인다는 건 애초에 불가능했던 일이었나 보군. 하긴 다른 누군가가 설리 행세를 한다면 내가 그걸 모를 리가 없지 않은가. 이왕 이렇게 된 것.'

휘륜은 최악의 경우 사교주 화난영을 죽여 입을 봉하리라 마음먹었다.

"역시 어려운 일이었어. 내가 이교주가 아니란 사실을 어찌 알았소?"

"그와 나는 거래 같은 걸 한 적이 없죠."

휘륜은 어처구니없을 따름이었다.

"혹시 처음부터 의심했소?"

"우리가 이런 대화를 나누고 있어야 할 만큼 친밀한 관계던가요? 당신이 누구며 왜 이교주 행세를 하고 있는지를 먼저 밝혀야겠어요. 그리고 그는 어디 있죠?"

"좋소. 선택은 당신이 하시오. 그는 죽었소. 나는 당신들 마교를 영원히 이 땅에서 제거해 버리려고 작정한 사람이고."

그가 죽었다는 말에도 화난영의 표정에는 별 변화가 없었다. 너무도 태연하여 오히려 이상하게 여겨질 정도였다. 화난영은 이런 상황에 어울리지 않는 엉뚱한 요구를 했다.

"당신의 본모습을 내게 보여줄 수 있나요?"

이 여자가 갑자기 왜 이러나 싶은 의심마저 들었다. 어차피 드러난 이상 죽여야 할 여자였다. 그럼에도 쉽게 손을 못 쓰는 건 그녀가 여자인데다 마교의 교주라고는 믿기지 않을 정도로 고귀한 기품을 지니고 있다는 사실 때문이었다. 휘륜은 별로 내키진 않았지만 마지막으로 그 정도 부탁쯤 못 들어줄까 싶어 그녀가 원하는 대로 해주었다. 휘륜의 본모습을 확인한 화난영은 웃었다.

"역시 당신이었군요. 검황 휘륜. 결국 검황총에서 살아 돌아왔군요."

휘륜은 어리둥절해졌다.

"나를 아시오?"

"그림으로 본 게 전부예요."

"그림?"

"일전에 내 밑에 있는 아이가 당신의 모습을 그리는 걸 본 적이 있죠."

휘륜은 잊고 있던 사실을 떠올렸다.

"혹시 그녀는…… 회천교 외총당 부당주인 옥자하, 옥소저가 아니시오?"

"맞아요. 용케 기억하고 계시는군요."

"어찌 잊을 수 있겠소. 그녀가 준 지도가 아니었다면 난 검황총으로 가지도 못하고 교주들의 손에 죽었을 수도 있었소."

휘륜은 그때 직감적으로 한 가지 추측에 접근할 수 있었다.

"혹시 당신이 또 한 명의 천명회주가 아니오?"

화난영은 부인하지 않았다. 그저 빙긋 웃고 있는 것만 보아도 확실해 보였다.

"당신이었군요. 천명회를 조직하게 하고 마교 내부에서 천명회를 도와온 사람이. 이교주가 그 사실을 알게 됐다던데 어찌 무사할 수 있었소?"

"그것 역시 짐작일 뿐 결정적인 증거는 없었기도 하지만 그는 내가 천명회에 영향력을 행사할 수 있다는 사실을 역으로 이용하려고 했어요. 언젠가는 도움이 될 것이라 생각하고 날 압박하지 않은 것이지요."

제10장
증지산, 오랜 칩거를 깨다

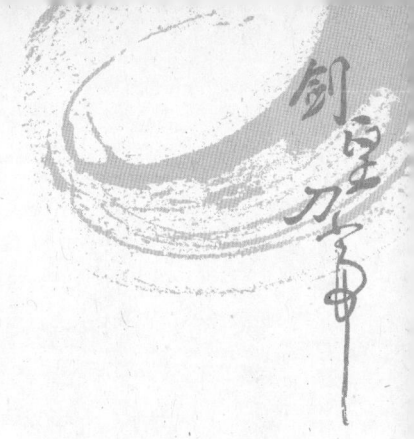

 이교주 상지천의 죽음에는 그리 냉담하던 화난영도 아들 상백혼의 죽음에는 그만 울음을 참지 못했다. 그녀 역시 모정을 지닌 여인이었던 것이다. 생모보다는 생부의 뜻을 따르겠다며 품을 떠났지만 한시도 잊어본 적이 없는 아들이었다. 원하지 않는 악연으로 생긴 아들이었어도 배 아파 낳고 젖 물려 키운 자식이라는 사실엔 변함없었다. 휘륜은 그녀가 아파하고 슬퍼하는 모습을 지켜볼 수밖에 없었다. 위로의 말을 건넨다고 그녀에게 별 도움이 안 된다는 걸 알기에 잠자코 기다렸다.

 울음을 그친 화난영은 잠시 천장을 올려다보며 마음을 진정시키려 애쓰고 있었다. 잠시 뒤 마음을 어느 정도 가라앉힌 화난영이 처연하게 말했다.

"언젠가는 이런 일이 생길 줄 알았죠. 대비하고 각오했던 일이지만 막상 닥치니 무척 힘이 드는군요. 그 아이는 누구보다 마교도라는 사실을 자랑스러워했고 자신의 본분에 충실하려고 노력했죠. 아마 자기 생모가 검계 출신의 혈통을 이어받았기 때문에 더 그랬던 것 같아요. 내 배로 낳은 자식이지만 천명회의 회주로 맞서야 한다면 어찌해야 할까를 두고 숱한 고민을 했었어요. 그런데 천명회의 아이들이 하나둘씩 죽어가는 걸 보고 내 그런 고민들이 사치스럽다는 걸 깨달았어요. 그런데 막상 혼이가 죽었다는 말을 들으니…… 그간의 다짐도 소용이 없군요. 잠시 추태를 보였던 것 같아 죄송할 따름입니다."

정말 강한 여인이었다. 아니, 그런 말로는 부족한 철혈의 여장부라고 해야 좋을 것이다.

'강호에서 여인으로 살아간다는 건 그 자체가 비극적인 일인지도 모르겠구나.'

화난영은 매우 특수한 경우이긴 했지만, 하나뿐인 아들의 죽음을 겪고도 마음껏 슬퍼할 수 없다는 사실이 휘륜은 안타까울 따름이었다. 아들을 죽였을지도 모르는, 최소한 그 무리와 관련이 있는 사람과 마주하고 있으면서도 분노하거나 살기를 드러내지 않는 화난영이 휘륜은 오히려 가련하게 여겨질 정도였다. 그만큼 그녀가 품은 대의가 크고 깊기 때문이겠지만 휘륜은 솔직히 이런 그녀를 완전히 이해할 순 없었다.

"그 두 사람이 죽은 걸 보니 이곳은 완전히 검황께 제압되었나 보군요."

"그렇소."

"그럼 지금부터 제 얘기를 귀담아들으세요. 전 여길 떠나서 다시 낙양으로 갈 계획이었습니다. 곧 악양에서 첩지가 당도할 거예요. 첩지에는 태사의 전원 소집령이 담겨 있을 겁니다."

"결국 증지산이 칼을 뽑을 심산이구려."

"마교의 전력을 하나로 집결시키기 위함이기도 하지만 다른 의도가 숨어 있어요. 첩지가 당도해도 절대 악양으로 가시면 안 됩니다."

"혹시 증지산이 교주들을 제거할 계획을 수립했습니까?"

"짐작하고 계셨군요. 그는 오래전부터 껄끄러운 교주와 구세력을 대체할 신진 세력을 양성하는 데 주력해왔죠. 새로운 세대로 교체하고 구세력은 제거할 뜻을 오래전부터 지니고 있었지만 신진 세력의 역량이 기대에 다다르지 못해 지금껏 보류해 왔던 것이죠. 이제는 교주들을 대체할 적임자들이 충분하다고 판단한 탓인지 본심을 드러내려 하고 있어요."

결국 이리될 것이란 예상은 했지만 너무 느닷없는 일이긴 했다. 휘륜은 궁금했다.

"낙양에도 이 소식을 전한다고 했는데 회주께서는 원래 무얼 획책하고자 이런 수고를 마다하지 않으시는 것입니까?"

"교주들이 살아 있는 한 마교는 증지산 아래 완전한 통합을 이룰 수 없죠. 증지산을 따르는 신진 세력의 전력이 무시 못 할 수준이지만 낙양과 합비의 전력 역시 그 못지않죠. 교주들이 제거되고 합비와 낙양의 전력마저 증지산이 흡수하고 나면 중원은 희망이 없어요. 대교주와 이교주가 살아서 증지산을 대적해주어야 증지산이 천명회와 정도련에 전력을 집중할 수 없게 돼요. 제 목적은 그겁니다. 어차피 대교주나 이교주가 증지산을 넘어서기란 역부족이라고 봐요. 그렇지만 괴롭혀 줄 순 있겠죠. 전력을 약화시키는 데도 상당 부분 기여할 거구요."

휘륜은 고개를 끄덕였다.

화난영은 악양을 떠난 순간부터 증지산에게 돌아가지 않을 생각을 굳힌 셈이었다. 그녀는 자신을 따르는 회천교 무리들을 이끌고 올 경우, 의심을 사게 될까 봐 소수만 대동하고 합비로 왔다. 또한 이제부터 화난영은 천명회에 본격적으로 동참하게 될 것이기에 회천교의 무리를 합류시킬 수도 없는 노릇이었다. 그들이 비록 자신을 지지하고 따라왔다고 해도 마교를 대적하는 건 또 다른 문제였다. 화난영은 합비 상황이 이런 줄 미리 알았다면 좀 무리를 해서라도 회천교 무리를 이끌고 왔을 것이라 생각했다.

두 사람은 이후에도 수 시진을 더 상의했다. 논의가 끝난 뒤 화난영은 시간이 촉박하다며 곧장 낙양으로 떠났다.

*　　*　　*

대교주의 반응도 화난영의 예상을 크게 빗나가지 않았다. 대교주 역시 언젠가는 이런 날이 오리라 예상하고 그에 대비하고 있었기에 그다지 놀라워하지 않았다. 그는 단지 증지산과 싸워야 한다는 사실이 부담스러웠을 뿐이었다. 승산이 별로 없는 싸움이란 걸 알기에 지금껏 굴욕인 줄 알면서도 태사에게 고개를 조아렸지 않은가. 하지만 상황은 달라졌다. 증지산이 공격해온다면 살아남기 위해서라도 이제는 맞서 싸워야 했다. 화난영은 이교주와 연합 전선을 펼칠 것을 제안했다. 대교주는 상지천의 얘기가 나오자 처음에는 발끈했지만 그 제안 자체를 묵살하진 않았다. 전력의 약세를 감안하면 그 수밖에 없다는 현실적 고충을 그도 알기 때문이었다. 화난영은 끈질기게 설득했다. 태사문이 자존심 때문에 굽히지 않으려 한다는 걸 알기에 될 수 있는 한 그의 자존심을 건들지 않는 선에서 합당한 이유를 내세웠다.

확실히 그 역시 천하를 제패하겠다는 야심을 가진 효웅임은 분명했고 감정보다는 실리를 택해야 한다는 사실을 누구보다 잘 알고 있었다. 설득하는 사람이 다른 이도 아닌 화난영이었기에 태사문은 좀 더 버텼던 것뿐이었다. 그녀에게 사내다운 모습을 보이고 싶은 건 현재 그녀에 대한 애정의 유무와는 별개의 문제였다. 한때나마 사랑했던 정인에게 사내다운 모습을 보이고 싶은 순수한 욕구의 발로였다. 그 역시 그런 점에서는 보통의 사내와 다를 바가 없었다.

화난영은 결국 자신이 원하던 대답을 태사문에게서 들을 수 있었다. 그녀는 애써 태연한 척하지만 아쉬워하는 게 분명한 태사문을 떠나 천명회의 비밀 거점 지역으로 이동했다.

중원은 겉으로 보기엔 잠잠했지만 수면 아래에서는 천하를 뒤집어 버리고도 남을 격변의 조짐이 서서히 꿈틀거리고 있었다. 격동의 시대는 또다시 시작되려 하고 있었다.

*   *   *

마전주들을 비롯해 직급 총명 이상의 전 마교도들에 대한 총소집 명령이 대륙 각지에 전달되었다. 마교도들이 있는 곳이면 그 어디든 이 소식이 빠짐없이 전달되었다. 그 첩지에는 총명 이상의 직급을 지닌 교도들은 자기 휘하의 무사들을 대동하고 모조리 악양으로 향하라고 돼 있었다. 결국 그건 마교도 전원에 대한 소집령이나 다름없었다.

정파인과 사파인, 그리고 마교도들은 어떤 점에서 차이점을 보일까? 하나부터 열까지 모든 부분에서 조금씩의 상이점을 지니고 있다는 사실은 틀림없다.

예를 들면 역사와 전통을 소중하게 여긴다는 점에서는 모두가 다 마찬가지였지만 정파인들이 좀 더 보수적인 경향이 강했다. 심지어 정파 중에서는 율령이나 유훈에 대한 해석 차이로 분란이 생겨 수뇌부가 교체되는 경우도 있을 정도였다. 또는 선조에 대한 제사를 지내거나 할 때, 원래의 방식을 따르지 않고 방주 멋대로 했다가는 트집을 잡혀 곤란을 겪기 일쑤였다. 이처럼 명문이며 대파라고 불리는 정파들 대부분은 전통적으로 내려오는 관습을 수정하는 걸 병적으로 싫어한다.

사파는 그런 면에서는 확실히 좀 덜한 편이다. 오히려 반대로 무시하고 천대하는 경향이 짙다. 문파의 장로나 원로들도 무능하다는 이유만으로 곧잘 후배들에게 능멸을 당하기도 하고 명예를 잃고 쫓겨나기 일쑤였다. 사파의 수장이란 힘으로 억압하고 무력으로 통치하지 않으면 언제 목숨을 잃을지 모르는 위험천만한 자리였다.

마교도는 전통에 대한 인식이 정파와 사파와는 또 달랐다. 이들은 기본적으로 혈통에 대한 우월 의식이 강해 중원에서 유입된 사람들을 은연중 깔보고 무시하는 경향을 지니고 있었다. 그런 점만 제외하면 딱히 전통을 보호하고 계승하려는 의지는 그다지 강한 편이 아니었다.

정과 사, 마에 대한 정체성만 놓고 따져도 각각의 성향은 크게 달라진다. 정파인들에게 있어 자신이 정도를 따르고 그 정도에 속해 있다는 만족감과 자긍심은 매우 중요한 가치였다. 방주를 비롯한 방파의 수뇌들이 회의를 열어 오늘부터 우리는 사파다, 라고 선언한다 해서 그걸 순순히 받아들이고 불만을 가지지 않을 사람이 몇 명이나 되겠는가.

사파는 그런 의식 자체가 그다지 무의미했다. 철저하게 개인의 이득에 초점을 맞추기 때문에 어느 쪽이 더 이득이 큰가를 따질 뿐 관념적인 유희에 불과한 정, 사에 대한 개념은 희박했다. 단, 개인의 자유를 너무 지나치게 속박하는 것에 대한 불만이 있을 따름이었다.

그럼 마도는 어떨까? 마교의 무사들은, 해남도에서 태어나고 자란 순수한 혈통의 마교도들은 과연 어떤 성향을 지니고 있을까? 휘류운 그 점을 이번에 확신처 확인할 수 있게 되었다. 총소집령에 응하지 않고 합비를 떠날 생각을 않는 교주들에게 마교 교도들은 의문을 표했다. 다른 교주들과 함께 합비에 있는 마교 무사 전원을 한자리에 모아들였고 그 자리에서 사실을 털어놓고 선택을 강요했던 것이다. 하루 동안의 말미를 주고 떠날 사람은 떠나도 좋다고 했고 실제로 그들에 대한 어떤 위협도 없었다.

태사 증지산이 교주들을 제거하고 새롭게 길러낸 신진 세력을 전면에 내세워 마교 전체를 바꿔놓으려 한다는 사실도 알렸다. 마교도들은 교주들을 따를 것인가, 아니면 대세가 분명한 태사를 따를 것인가를 두고 선택해야만 했다.

하급 무사들의 혼란은 쉽게 가라앉을 기미가 보이지 않았다. 각 대의 대주들 역시 마찬가지였다. 이교주 상지천이 사흘간의 말미를 주었다는 것 자체가 더 큰 혼란을 가중시켰다. 마교에 편입돼 있던 사파인들 대부분이 합비를 떠났다는 사실만은 분명했다. 그들은 이번 사안을 두고 그다지 갈등하지도 않았을뿐더러 오히려 갈등할 필요도 없는 문제로 여기는 것 같았다. 합비의 교주들이 상대적으로 더 약하며 이곳의 전력이 악양을 능가하지 못한다는 사실만으로도 선택은 너무도 수월했다. 합비를 이탈한 사파인 전원이 악양을 향한 건 아니었다. 이참에 아예 그 어느 쪽으로도 가담하지 않고 떠난 이들도 상당했다.

쉽게 결정을 내린 사파인들과 달리 마교도들은 좀 더 신중했고 고민 중에 진통을 겪는 것 같았다. 따지고 보면 태사와 태사가 내세운 신진 세력의 수뇌들은 엄밀히 말해 정통성을 지닌 마교도라 할 수 없었다. 모두 외부에서 유입된 자들이었고 혈통으로 보아도 자신들과는 하등 관련이 없는 사람들이었다. 그러다 보니 그런 그들이 마교를 장악하고 주도한다는 사실에 반감이 들지 않는다는 건 거짓말이었다. 이런 이유들만 따져보면 선택은 수월할 것 같지만 현실적인 문제를 간과할 수 없었다.

냉정하게 말해 합비 교주들은 무능했다. 하급 무사라도 그 정도는 알고 있었다. 태사 중지산의 절대적인 무력에 비하자면 그 힘이 얼마나 하잘 것 없는지를 능히 짐작하고 있는 사람들은 지금의 선택이 제 목숨을 결정짓는다는 것쯤은 충분히 이해하고도 남음이 있었다.

 상지천이 허락한 사흘의 유예 기간이 지났다. 의외로 많은 수가 남았다는 보고를 받고 휘륜도 뜻밖이란 생각을 했다. 마교도들의 경우 이 할 정도만 떠났고 팔 할이 남았다.

 *   *   *

 산동의 추성 마전은 산동에서 두 번째로 규모가 컸다. 제남의 마전이 흉수를 알 길 없는 변고로 몰살당한 적이 있었는데 그때도 그 사건을 조사했던 조사관이 단서가 될 만한 걸 단 하나도 발견하지 못했다고 상부에 보고한 적이 있었다. 이번에는 추성 마전이 전멸을 당했다. 이전과 다른 점이라면 살해된 마전 소속 무사들의 시체를 한 구도 찾아내지 못했다는 점이었다. 시체의 일부로 짐작되는 육편이 곳곳에서 발견되었을 따름이었다. 도저히 사람의 능력으로 만들었을 것 같지 않은 깊은 구덩이들과 산산조각 나 원래의 모습과 규모, 위치를 가늠하지 못할 정도로 황폐화된 구조물의 잔해들이 참상을 짐작하게 할 뿐, 단서가 될 만한 것은 아무것도 없었다. 대체 이곳에서 무슨 일이 벌어졌던 걸까? 소식을 듣고 처음 찾아온 자들은 인근 곡부 마전 소속의 무사들이었다. 그들은 도저히 이곳의 참상이 인간의 소행이라고 여기지 못했고 자연적인 재해나 신비한 현상쯤으로 여기며 두려워했다. 곡부 마전에 속해 있던 무사들의 태반이 그저께 악양으로 떠났기 때문에 악양 총단에 이 참상이 보고된 건 며칠 뒤의 일이었다.

악양 총단에선 조사관을 파견하지 않았다. 대신 누구도 예상하지 못한 한 사람이 나타났다. 바로 태사 증지산이었다. 거대한 송골매를 타고 폐허 위로 내려선 증지산은 주변을 면밀하게 조사했다. 증지산은 확신하고 있었다.

'명백하군. 드디어 둘 중 하나가 나타났어. 나를 의식하지 않고 이런 짓을 하고 다닌다는 건 그만큼 불완전하단 증거다. 이놈은 완전체를 이루지 못했다.'

증지산은 회심의 미소를 지었다. 그는 보지 않았지만 이곳을 이 꼴로 만들어버린 대마령이 현재 어떤 상태인지 훤히 짐작하고 있었다.

'완전체를 이루지 못하면 주기적으로 폭발하는 마성을 다스릴 수가 없다. 한 번씩 체외로 폭발시킬 때마다 신체의 저항력은 약화되고 훼손된다. 이런 일이 되풀이되면 결국 또 다른 숙주를 찾아야 하는 주기가 단축된다. 대마령이 셋이니 대마신체 역시 이 세상에 셋이 있다는 소리다. 그런데도 완전

체를 찾지 못했다는 건 내가 아직 모르고 있는 문제점이 있다는 소리.'

증지산은 금마궁에 함께 있던 대마령이 태공악을 장악했으리라 여기고 있었다. 그랬기 때문에 지금 증지산의 진단은 살짝 엇나갔지만 도출된 결론은 사실과 차이가 없었다.

'나머지 하나의 대마신체에 뭔지 모를 문제가 생겼다. 이건 내게 희소식이라 할 만하군.'

확신을 내린 증지산은 송골매를 타고 하늘로 솟아올랐다. 대상이 완전체가 아니라면 찾기는 더 수월했다. 실상 대마령이 완전체를 이루면 근접 거리에 있어도 알아볼 수 없게 된다. 능력을 발휘하기 전까지는 다른 여타의 인물들과 구분하지 못하는 것이었다. 그것 때문에 증지산은 그리 오랫동안 해남도에서 숨죽이고 기다려 왔던 것이다. 자신은 드러나 있고 상대는 감춰져 있었다. 그나마 다행인 점은 또 하나의 대마신체인 태공악을 알고 있다는 것, 그 하나뿐이었다. 그가 중원을 비우고 해남도로 들어간 건 두 대마령의 신원을 확보하기도 전에 양쪽으로부터 동시에 공격받을 가능성 때문이었다. 대마령을 찾겠다고 천하를 뒤지고 다니는 건 어리석은 일이었고 쓸모없는 시간 낭비일 뿐이었다. 기다리면 언젠가는 마주치게 돼 있었다.

'자, 다시 한 번만 더 폭주를 해다오. 그 순간이 네 마지막이 될 것이다.'

증지산은 송골매를 타고 그 일대를 누비고 다녔다.

증지산의 확신대로 추성 마전을 초토화시킨 장본인은 다름 아닌 동방천추였다. 동방천추는 산동에서 강소 땅으로 넘어가 있었다. 운태산의 은밀한 천연 동굴 속에서 그는 숨을 고르고 있었다. 동방천추는 제 몸을 내려다보았다. 상의와 하의 곳곳이 불에 타 구멍이 뚫려 있었고 피부엔 피고름이 맺혀 흐르고 있었다. 흘러내린 진액으로 질척해진 얼굴은 차마 똑바로 쳐다보기 힘들 지경이었다. 만신창이가 된 몸을 잠시 내려다보던 동방천추는 한숨을 내쉬었다.

"비교적 상승의 골격을 지녀 쓸 만하긴 하지만 역시 대마신체가 아닌 이상 한계가 뚜렷하군. 이 상태에서 다른 대마령을 만난다면 죽은 목숨이겠군. 그전에 대마신체를 찾아내야 한다.'

동방천추의 몸에 깃든 대마령은 검황총에서 태공악과 씨름하던 바로 그였다. 그는 태공악을 사실상 포기해버린 상태였다. 그는 마성과 대마신체의 특질을 상당 부분 제거해버린 상태였다.

'하나, 하나 남은 대마신체를 어서 찾아야 한다. 이런 상태에서 증지산 그놈을 만난다면 죽은 목숨이다.'

그는 아직 또 다른 대마령이 하나 남은 대마신체를 차지해버렸다는 사실을 모르고 있었다. 이제 이 세상에는 대마신체가 더 이상 존재하지 않는다는 사실을.

동방천추는 산을 샅샅이 뒤져 산삼을 몇 뿌리 찾아냈다. 흙을 털어내지도 않고 으적으적 통째로 씹어 먹은 동방천추는 땅을 파고 그 안에 들어가 누웠다.

 아늑했다. 피로가 사라지고 짓물러 가던 전신의 피부가 빠르게 원상태로 깨끗하게 복원되기 시작했다. 그는 달콤한 잠 속으로 빠져 들어갔다.

*　　*　　*

 또 한 명의 대마령이 차지해버린 악초림은 낙양으로 돌아왔다. 합비로 가던 도중에 악초림이 실종되자 그를 따르던 수하들은 다시 낙양으로 돌아가 이 사실을 보고했다. 그에게 예기치 못한 사고가 발생한 건 분명해 보였다. 죽었을 거라 여기고 있던 악초림이 멀쩡한 신색으로 낙양으로 돌아오자 다들 그를 귀신 쳐다보듯 했다.

 악초림을 바라보는 대교주와 삼교주의 시선엔 의문이 가득했다. 악초림의 얘기를 다 들은 삼교주가 되물었다.

 "그러니까 네 말은 인근을 수색하던 중에 실족해 낭떠러지로 떨어졌고 부상을 당해 다리가 부러졌는데, 근처 동굴에서 만년하수오를 발견해 그걸 먹고 기적처럼 부활했다…… 뭐 이런 얘기냐?"

 악초림은 담담하게 고개를 끄덕였다.

"맞습니다."

만년하수오(萬年何首烏)는 무림에서 전해지는 상상 속의 영약이었다. 하수오란 무처럼 생긴 약초인데 이것이 사람이나 짐승에게 발견되지 않고 만 년 동안 생명을 유지하면 근처의 지기와 생기를 모조리 흡수한 어마어마한 약효를 지닌 영약이 된다는 것이었다. 그렇지만 만년하수오란 것이 실제로 나타난 적도, 그런 걸 채취했다는 사람도 현세에는 단 한 명도 없었다.

하수오 자체는 흔한 약재였다. 남자의 정력에 좋다고 여겨져 곧잘 처방되기도 했지만 다른 약재와 잘못 섞어 복용할 경우 오히려 독이 되기도 하므로 제한적으로 사용되었다. 그런 하수오가 만 년을 살 수 있는지에 대한 의문은 차치하고라도 과연 만 년을 먹은 하수오가 일반 하수오와 어떤 점에서 다른지, 외견상 구분이 가능한지 전혀 알려진 바가 없었다. 그런 걸 먹었다고 뻔뻔하게 말하고 있는 악초림을 보며 삼교주는 어이없어했다. 그래서인지 삼교주가 빈정거리기 시작했다.

"좋았겠구나. 그런 인세에 드문 희귀한 영약을 먹었으니 너는 이제 앞으로 백 년은 끄떡없겠다. 게다가 정력이 넘치니 삼처사첩을 두어도 부족하겠어."

"저도 그 점이 약간 걱정입니다."

능청스럽게 대꾸하는 악초림을 바라보며 삼교주가 넌지시

물었다.

"혹시 남겨온 건 없느냐?"

별 기대 없이 물어본 것에 불과했지만 악초림은 품속을 뒤져 천으로 곱게 싼 하수오를 보여주는 것이었다. 퉁방울같이 휘둥그레진 삼교주의 눈에는 호기심이 가득했다. 비단천에 쌓인 하수오는 확실히 크기가 남다르긴 했다. 그리고 그 향이 지독해 코가 벌렁거릴 지경이었다.

"으음. 한 번 만져보자."

악초림은 별로 대수롭지 않게 하수오를 내밀었다. 삼교주는 하수오를 요리조리 뜯어보며 신기해했다.

"이거 정말로 만 년 먹은 하수오인가 본데요. 제가 여태껏 본 하수오와는 완전 다릅니다."

대교주는 삼교주와 달리 하수오에는 별 관심이 없는지 눈길조차 주지 않았다.

"무사하게 돌아왔으면 된 거지. 가서 쉬어라. 너와 할 얘기가 많다만 귀환하자마자 일을 시킬 순 없지."

"아닙니다. 저도 대충은 들었사온데 대체 어찌 돌아가고 있는 겁니까?"

악초림이 그리 나오니 대교주는 말을 꺼내기가 편해졌다.

"태사가 야욕을 드러냈다. 교주들을 제거하고 제 손으로 키워낸 애송이들에게 본교의 통제권을 주겠다고 하는군."

"미쳤군요."

"그러게 말이다. 늙어 노망이 난 게지. 무공이 좀 고강하다 해도 어쨌든 아직은 새파란 애송이들인데 그놈들에게 천하 경영을 맡길 생각을 하다니. 그래서 합비에 있는 상지천과 공동의 적에 맞서 연합하기로 했다. 그러니 합비에 다시 갈 필요는 없다. 넌 이제부터 증지산의 수족을 잘라낼 궁리만 하면 된다. 증지산이 두 손 들고 항복할 때까지 타협은 없다."

"그가 항복할 리는 없잖습니까."

"끝까지 가봐야지. 좀 부담스러운 상대이긴 하지만 어딘가 분명 약점이 있을 게다. 세상에 완벽한 절대자란 존재하지 않는다고 믿는다."

"제게 맡겨두십시오. 증지산이 자랑하는 수족들을 하나씩 잘라내 그 혼자 남도록 만들어 버리겠습니다."

대교주는 악초림이 자신만만해하며 뱉어낸 말만 들어도 벌써 제 숙원이 이뤄진 것 같은 기분이 들 정도였다. 얘기가 끝나자 악초림이 대전을 빠져나갔다. 자칭 만년하수오라고 내민 영약을 가져가지 않고 그냥 나가려 하자 삼교주가 다급하게 물었다.

"이건 안 가져가느냐?"

"교주님 드십시오. 복귀한 기념으로 드리는 선물입니다."

삼교주의 얼굴에 화색이 돌았다.

"저, 정말이냐?"

"저는 많이 먹어 더 이상의 약효는 기대할 수 없으니 드리는 겁니다."

 악초림이 나가고 난 뒤 삼교주의 얼굴이 싹 돌변했다. 냉랭해진 얼굴로 입을 열었다.

 "뭔가 좀 수상쩍지 않습니까?"

 "뭐가 말이냐?"

 "이게 만년하수오인지 뭔지는 모르겠지만 어쨌든 저놈에게서 예전과 다른 강력한 기운이 넘치는 건 사실입니다. 어찌 그 짧은 시간 동안 이런 변화가 생길 수 있겠습니까. 아무리 생각해도 납득이 가지 않습니다."

 대교주 역시 그 점이 좀 께름칙하긴 했다.

 "중요한 건 저놈은 꽤 쓸만하단 거지. 소리만 요란한 빈 수레가 아니고 정말 속이 꽉 찬 보기 드문 인재인 건 사실이지 않으냐. 배신만 하지 않으면 다소 미심쩍은 구석이 있어도 모른 척해라."

 "부려 먹을 만큼 부려 먹고 저놈이 딴마음을 먹은 게 밝혀지면 그때 제거해도 된다는 생각이신 거로군요."

 거기에 대해 대교주는 대답하지 않았다. 사실 악초림이 끝까지 변치 않고 충성을 다한다면 자신의 후계자로 삼을 생각까지 하고 있었다. 그만한 후계자를 다시 찾을 수 없을 것 같았기 때문이다. 그런 말을 굳이 삼교주 앞에서 할 필요는 없었다.

대전 밖으로 나온 악초림은 제 거처로 가며 생각을 정리하고 있었다.

'마교 태사라는 증지산이 대마령인 건 거의 확실해 보이고 나머지 하나가 누구인지를 가려내야 한다. 확실한 승산이 보일 때까지는 나를 먼저 드러낼 필요는 없지. 지금 내 위치는 그리 썩 나쁘지 않다. 그다지 크게 두드러지지 않으면서 증지산의 수족을 하나씩 제거하기에도 적당해. 특별한 변화가 생기기 전까지는 지금의 위치가 제격이겠어.'

악초림은 대마신체였다. 그가 제 발로 걸어 들어온 건 대마령 입장에선 천운이 따른 셈이었다. 완전체를 이룬 이상 악초림은 서두를 것이 없었다. 증지산은 자신을 모르지만 자신은 그를 언제든 노릴 수 있었다. 허나 그 유리함은 단 한 번의 기습 이후에 사라진다.

'그 한 번에 승부를 결정지어야 한다. 셋 중 최후에 남게 된 하나가 세상을 가지게 된다. 그때부터 세상을 피로 물들여도 충분하지. 마성을 최대한 억제하고 그때를 기다리자. 수천 년을 참았는데 고작 몇 년을 더 못 기다리겠는가. 흐흐흐흐흐.'

그 역시 나머지 하나의 대마령이 대마신체를 얻지 못했다는 사실은 아직 모르고 있었다. 현세에 등장한 대마령이 모두 증지산 주변으로 몰려온 것은 결코 우연이 아니었다. 제일 먼저 완전체를 이뤘고 현재 가장 앞서나가고 있으며 그 때문에 드러나 있는 그를 최후의 적수로 여기는 건 어쩌면 당연한 일일 것이다.

증지산은 휘륜을 만난 적이 있지만 그가 죽었거나 설사 검황총으로 들어갔다 하더라도 아무것도 얻지 못했을 것이라 여기고 있었고, 악초림은 그와 악연으로 얽힌 적은 있지만 그에 대한 특별한 경계심은 없는 상태였다. 단 한 사람, 동방천추가 변수라면 변수였다. 그는 휘륜 때문에 대마신체인 태공악을 빼앗겼고 그가 지령신녀의 도움을 받아 원영신을 완성하기 위한 준비에 착수했다는 짐작까지 하고 있었다. 그렇지만 그 역시도 휘륜이 성공했으리라고는 여기지 않았다.

그나마 마음 한쪽에서나마 휘륜의 존재를 신경 쓰고 있을 동방천추만이 완전체를 이루지 못했다는 사실이 휘륜의 입장에서 보자면 천만다행이라 할 수 있었다. 아직 이들 간의 대결이 본격적으로 시작된 건 아니었다. 그리고 이들의 본질을 꿰뚫고 있는 사람들도 극소수에 불과했다. 장차 이들 간의 대결 결과에 따라 세상이 지옥이 될 수도 있었다.

〈다음 권에서 계속〉

『소천무쌍』, 『위드카일러』의 작가
가람검 판타지 장편소설!

『라이던 킹』

기회와 운명이 선택한 자! 엠페러 런이 길러 낸 유일한 황제, 라이던.
부디 가장 위대한 황제가 되어
마하칸 제국의 영광을 다시 한 번 실현시켜라!

『생사신』, 『삼류자객』, 『천마봉』의 작가!
몽월 신무협 장편 소설

『도지산』

명공명무(名工名武)라, 천지악에게 주어진 건
일렁이는 불길이었으되 그 자신으로 한 자루 명도가 되어
강호를 베어낼, 처절한 숙명이었다!

ROYAL DOOM

파천의 군주

태제 판타지 장편소설
FANTASYSTORY & ADVENTURE

문피아 선호작 1위! 골든베스트 1위!
『리버스 담덕』,『역천의 황제』의 작가

태제 판타지 장편소설

파천의 군주

제국을 향한 야심, 9번의 환생, 뒤틀린 운명.
새롭게 태어난 군주 카빌론의 대륙정벌이 시작된다.

라이나프! 신이 되고픈 자들에게 내리는 신들의 저주!
9개의 삶이 끝나는 순간 제국을 집어삼킬 군주가 태어난다.

dream books
드림북스

黄金公子

황금공자

김강현 신무협 장편소설

ORIENTAL FANTASYSTORY & ADVENTURE

『마신』, 『전신』, 『마룡전』의 작가!
김강현 신무협 장편소설

『황금공자』

천하제일인이었던 혈룡귀갑대주 금철휘!
천하제일 금룡장의 소장주가 되어
금력을 휘두르다!